古典文學研究輯刊

二五編
曾永義主編

第16冊

旅行視野下的《山海經》

曹昌廉 著

國家圖書館出版品預行編目資料

旅行視野下的《山海經》／曹昌廉 著 -- 初版 -- 新北市：花
木蘭文化事業有限公司，2022〔民 111〕
目 4+230 面；19×26 公分
（古典文學研究輯刊　二五編；第 16 冊）
ISBN 978-986-518-798-9（精裝）
1.CST：山海經 2.CST：研究考訂
820.8　　　　　　　　　　　　　　　　　110022419

ISBN-978-986-518-798-9

9 789865 187989

古典文學研究輯刊
二五編　第十六冊　　　　　ISBN：978-986-518-798-9

旅行視野下的《山海經》

作　　者　曹昌廉
主　　編　曾永義
總 編 輯　杜潔祥
副總編輯　楊嘉樂
編輯主任　許郁翎
編　　輯　張雅淋、潘玟靜、劉子瑄　美術編輯　陳逸婷
出　　版　花木蘭文化事業有限公司
發 行 人　高小娟
聯絡地址　235 新北市中和區中安街七二號十三樓
　　　　　電話：02-2923-1455／傳真：02-2923-1452
網　　址　http://www.huamulan.tw 信箱 service@huamulans.com
印　　刷　普羅文化出版廣告事業
初　　版　2022 年 3 月
定　　價　二五編 19 冊（精裝）台幣 48,000 元　　　版權所有・請勿翻印

旅行視野下的《山海經》

曹昌廉　著

作者簡介

　　曹昌廉，輔仁大學中文研究所博士，大學畢業於淡江中文系，並以第一名考入南華大學第一屆文學研究所，取得碩士學位後於嘉義空軍服役，退伍時榮獲國軍優良義務役官兵，曾任教於輔仁大學、海洋科技大學、明新科技大學，現為新生醫護管理專科學校教師。

　　碩士論文研究現代武俠小說以及相關評議，兩岸三地頗多關注，博士論文則以《山海經》為對象，解碼全書統一的概念乃在旅行，此外論述了秦始皇與《山海經》的關係，獨創性見解為理解《山海經》提供了一種值得探索的角度。

提　　要

　　透過對於《山海經》的文獻考察，發現歷來對《山海經》性質的各種見解，莫衷一是，即使是現今研究者也存有個別片面研究《山海經》而失之偏狹的焦慮。

　　因此本文試以其地理特徵切入，觀察歷來地理觀點在各朝代的發展，並發現除了學術角度外，《山海經》在類書及地圖上也有相當精彩的呈現。回過頭來針對《山海經》明顯的地理性質在漢代卻遭到否定的疑點，重新檢討《山海經》的性質當具地理特點，卻又不只有地理性質的特徵，提出可以統合《山海經》的觀點即是「旅行」，而從「旅行記錄」進行探究，發現「旅行記錄」必須回歸是誰完成這些記錄的問題，因此再從「旅行者、記錄者」的角度進行探討，確認「放士」當為重要的線索，這可能就是指明了方士是《山海經》背後重要的文化傳統，而歷來線索亦指向了同一事實。

　　然後進一步在旅行角度下，討論《山海經》中呈現的各種旅行方式、其中包括了平面乃至於上下，換句話說這解釋了《山海經》中有實的旅行也有虛幻之旅的並存之因。而在旅行記錄、旅行者、敘述者之後進一步討論《山海經》的一位重要讀者秦始皇，研究秦始皇將《山海經》視為旅行指南的五次巡行，在其中找出秦始皇對《山海經》的解讀角度，進而討論《山海經》的成書以及流傳過程。

第一章　緒　論

第一節　《山海經》性質的眾說紛紜

　　《山海經》歷來是一部奇書，自劉歆將《山海經》提出來做整理，並為其寫序，直到郭璞注解《山海經》，自此以下至今一千七百餘年，讀者甚眾，並且也累積了大量的研究成果，然而這些成果顯現的是對其看法的眾說紛紜，甚至南轅北轍。

一、地理書

　　從性質與分類觀之，自東漢劉歆作序上表，便指出《山海經》「內別五方之山，外分八方之海，紀其珍寶奇物，異方之所生，水土草木禽獸昆蟲麟鳳之所止，禎祥之所隱，及四海之外，絕域之國，殊類之人。禹別九州，任土作貢；而益等類物善惡，著《山海經》。」〔註 1〕與地理、風土、資源密切相關的特點。此後《隋書・經籍志》把《山海經》列入地理類，認為《山海經》是地理書，是一部主要記述地理事物的著作，直到現在仍然有相當多人抱持這個觀點。例如日本學者小川琢治在《〈山海經〉的考證及補遺》文中說：「《山海經》一書遠比一向認為金科玉律之地理書《禹貢》為可靠，其於中國歷史及地理之研究為唯一重要之典籍」。徐旭生則認為除了海經諸篇因為來自傳聞，今日可證者極少之外，「〈五山經〉為古代遺留下相當可信之地理書。」〔註 2〕

〔註 1〕東漢・劉歆：〈上山海經表〉，引自袁珂：《山海經校注・附錄》（臺北：里仁書局，1981 年），頁 477。

〔註 2〕徐旭生：〈附錄三　讀山海經札記〉，《中國古史的傳說年代》（北京：科學出版社，1960 年），頁 292。

二、巫書數術五行乃至神話

但是就在劉歆稍後的班固在《漢書·藝文志》中卻是把《山海經》列入數術類形法家，和「宮宅地形」、「相人」、「相寶劍刀」、「相六畜」這些書籍並列。暫且不論其實際用意究竟為何？〔註3〕但是顯然就《漢書·藝文志》所謂「形法者，大舉九州之勢以立城郭室舍形，人及六畜骨法之度數、器物之形容以求其聲氣貴賤吉凶。」〔註4〕和地理性質的所指頗不相類，反而《宋史·藝文志》則延續班固的看法把《山海經》列入「五行類」〔註5〕之中。

明代胡應麟在《四部正譌》中則指《山海經》為「古今語怪之祖」〔註6〕。〈四庫全書總目提要〉則論述「究其本旨，實非黃老之言，然道理山川，率難考據，按以耳目所及，百不一真，諸家並以為地理書之冠，亦為未久，覈實定名，實則小說之最古者爾。」直接指出「百不一真」，說《山海經》是最古小說。

魯迅則抱著類似看法，但是卻觀察到了書中羅列了很多神話與傳說材料的特點，他一方面認為：「中國之神話與傳說，今尚無集錄為專書者，僅散見於古籍，而《山海經》中特多。」〔註7〕

一方面卻又認為「今所傳本十八卷，記海內外山川神祇異物及祭祀所宜，以為禹益作者固非，而謂因《楚辭》而造者亦未是；所載祠神之物多用糈，與巫術合，蓋古之巫書也，然秦漢人亦有增益。」這可謂替《山海經》的陰陽五行一脈加上了神話的新切入點。

此後茅盾反對把《山海經》視為地理書或者小說，他主張從神話角度來剖析：「所謂『神話』者，原來是初民的知識的積累，其中有初民的宇宙觀，宗教思想，道德標準，民族歷史最初期的傳說，並對於自然界的認識等等。」〔註8〕應用西方人類學派的神話理論來理解《山海經》。

李豐楙的《山海經：神話的故鄉》則將《山海經》內容整理為「山川寶

〔註3〕班固與劉歆兩者的差異詳見後文討論。

〔註4〕東漢·班固撰，唐·顏師古注：《漢書》（臺北：宏業書局，1972 年），頁 451。

〔註5〕元·脫脫編修：〈藝文志第一百五十九 藝文五〉，《宋史（三）》卷 206（臺北：藝文印書館，1972 年），頁 2469。

〔註6〕明·胡應麟：〈四部正譌〉，《少室山房筆叢》卷十六（臺北：世界書局，1979 年），頁 412。

〔註7〕魯迅：《中國小說史略 第二編》（臺北：里仁書局，1990 年），頁 15。

〔註8〕玄珠：〈中國神話研究 ABC〉，收錄《中國古代神話 甲編三種》（臺北：里仁書局，1982 年），頁 2。

藏」「帝王世系」「遠方異國」「神話信仰」作為清楚理解的章節篇目〔註9〕。

袁珂則更是全面以神話來做為主要立論的研究者，他的《山海經校注》〔註10〕為如今研究山海經的必備註本，其專著《中國神話史》則對《山海經》的神話做了詳細描述。

在此神話研究基礎上，葉舒憲則認為《山海經》按照南西北東中順序展開的「五方空間結構」，並非透過現實地理勘察，而是某種理想化的秩序理念，透過方位結構呈現，他進一步主張《山海經》為「神話政治地理」書。是山川地理志的現實描述與神話的交織，構建出「虛實相參」的空間圖式，展現為神權服務的宗教政治想像圖景，通過對各地山神祭祀權的把握，達到對普天之下掌控的政治意圖〔註11〕。

三、歷史書

清代張之洞則在《書目答問》中將《山海經》列入「古史類」，是把它視做一種歷史書的觀點。而此類研究特徵多顯現在以《山海經》作為史料應用的研究上，例如王國維在《殷卜辭中所見先公先王考》中考證王亥、王恆是殷人的祖先：「甲寅歲莫，上虞羅叔言參事撰《殷虛書契考釋》，始於卜辭中發見王亥之名。嗣余讀《山海經》、《竹書紀年》，乃知王亥為殷之先祖」〔註12〕。此外傅斯年提出的〈夷夏東西說〉即多援用《山海經》作為史料證據。楊樹達、胡厚宣在考證卜辭中的四方神名及四方風名時，也從《山海經》找到對應的資料。

因此我們可以發現《山海經》充滿了各種解讀可能，在不同的讀者理解下有著各式各樣的風貌。

第二節　《山海經》的特殊詮釋觀點與矛盾

《山海經》自劉歆整理上書以來除了以上提到的解讀之外，還有許多具有創意的極端解釋，在各種角度上可以看到對立、矛盾以及共存。幾個極端

〔註9〕李豐楙：《山海經——神話的故鄉》（臺北：時報文化，2012年）。

〔註10〕袁珂：《山海經校注・序》（臺北：里仁書局，1981年）。

〔註11〕葉舒憲、蕭兵、鄭在書：《山海經的文化尋蹤：想像地理學與東西文化碰觸》（武漢：湖北人民出版社，2004年）。

〔註12〕王國維：〈殷卜辭中所見先公先王考〉，收錄於馬昌儀選編：《中國神話學百年文論選》上冊（西安：陝西師範大學出版社，2013年），頁20。

解釋的例子，例如廖平主張《山海經》為《詩經》舊傳〔註13〕，這是歷來唯一將兩者作直接聯繫的一種立場，當然這個說法很少人同意。可是從「多識蟲魚鳥獸之名」以及語言角度上來看，例如四字一句，或者押韻的現象；語氣詞的使用方面，廖平的看法也不是完全沒有依據。

此外也有從科學角度上來做解釋的，例如丁振宗在《破解《山海經》——古中國的X檔案》中主張核子大戰說，他認為《山海經》中所記的黃帝蚩尤大戰是一場核子戰爭，發生在六千七百萬年前，戰場則在亞洲、南太平洋、南美洲。而那場戰爭很可能是來自外星的生物，來到地球為爭奪金礦等資源而有的戰爭。而《山海經》由周人記下這些資料，是為了警惕人類記取教訓，告知後世核子戰爭的可怕。〔註14〕這個說法呼應著《山海經》文本中隨處可拾的「無草木」「是食人」等等的駭人景象，似乎誇張但卻一樣有著獵奇的信眾。

至於從神話角度上來解釋《山海經》者，很有創意的要算是杜而未，杜而未《山海經神話系統》認為：「山海經中一切的神靈和神話描寫，都以一位月神和月山為根據」〔註15〕，強調經中的月山、月神、以及無數的草木鳥獸蟲魚都是一個神話系統，都屬於一個月山神話的範疇。他非常堅持這個月山神話的立場，也因此「在歷代否定《山海經》地理屬性的各種說法中，杜而未是最極端的。其說曾經一時轟動，但是由於作者迴避歷史地理問題，所以證據缺乏，今已逐漸失去學術影響。」〔註16〕

除了以上這些有許多《山海經》研究者都有許多精彩但是相當極端的見解，例如主張《山海經》的時間點上和三代歷史，甚至許多關注到《山海經》地理性質的學者，在地理範圍的主張上從中國至亞洲甚至散射至全世界。因此即使就普遍的地理觀點來看，對於《山海經》的釋讀也有著大小不一的視野，換句話說《山海經》既然記錄地理資訊，那麼他所涉及的範圍究竟多大？限於早期中國？還是旁及了東亞、南亞、西亞甚至整個亞洲？或者更甚至是全世界呢？

〔註13〕廖平：〈《山海經》為《詩經》舊傳考〉，《地學雜誌》，1923年14卷3期、4期。

〔註14〕（馬來西亞）丁振宗：《破解《山海經》——古中國的X檔案》（鄭州：中州古籍出版社，2001年）。

〔註15〕杜而未：《山海經神話系統》（臺北：學生書局，1977年），頁153。

〔註16〕陳連山：《《山海經》學術史考論》（北京：北京大學出版社，2012年），頁201。

　　譚其驤從歷史地理觀點上認為基本《山海經》沒有離開中國本土〔註17〕，吳承志則提出了像是「甘水今英吉利屬部孟加拉西北之印度河」之類的論點，認為《山海經》已經跨到了朝鮮、日本、俄羅斯、蒙古、阿富汗的領土〔註18〕。

　　梁啟超則曾經提到「此經蓋我族在中亞細亞時相傳之神話，至戰國秦漢間始寫以華言」〔註19〕，他認為《山海經》的地理中心在中亞。蘇雪林則認為《山海經》記載的海實際指黑海、裏海、阿拉伯海、印度海、地中海，「《山海經》是兩河流域的地理書」〔註20〕，於戰國時期透過波斯學者引入中國。

　　凌純聲則認為《山海經》乃是以中國為中心，記錄東至西太平洋、南至南海諸島、西至南亞、北至西伯利亞的地理、民族、宗教、博物材料的《古亞洲地理志》〔註21〕。

　　蒙文通也認為《山海經》所記載的地域遠超過了現在的中國範圍〔註22〕。

　　王兆明則說「我們從《山海經》中看到，我們的祖先早在公元前四五百年其認識領域是相當廣大的。在東方已達日本、庫頁島和南太平洋諸島；西方達到中亞和西亞地區；北達西伯利亞乃至極圈以內；南至今中南半島。」〔註23〕

　　《山海經》所指地域不僅由中國而亞洲，甚至美國學者默茨（Henrietta Mertz, 1898～1985）則以實地勘察的方式，試着對《山海經》所記進行考察發現《山海經》的大壑指的就是美國大峽谷。

　　他認為起自今美國懷俄明州，至德克薩斯的格蘭德河止，共 12 座山的一列山脈與《東山經》中第一列山相符；起於加拿大的曼尼托巴的溫尼泊，止於墨西哥的馬薩特蘭，共 17 座山與《東山經》第二列山脈相合；接著沿海岸山脈的太平洋沿岸，完全走太平洋海岸航行，起於阿拉斯加的懷爾沃德山，至加州的聖巴巴拉，共 9 座山也與《東山經》所列第三條山脈相符；起於華盛頓州的雷尼爾火山，經俄勒岡州到內華達州北部，共 8 座山與《東

〔註17〕譚其驤：〈《五藏山經》的地域範圍〉，收錄於譚其驤：《長水集續編》（上海：人民出版社，1994 年），頁 373～413。

〔註18〕清・吳承志：〈大壑之外少昊之國釋〉，《遜齋文集》卷八。

〔註19〕梁啟超：〈翻譯文學與佛典〉，收錄於《佛教與中國文學》（臺北：大乘文化出版社，1981 年）。

〔註20〕蘇雪林：《屈原與〈九歌〉》（臺北：文津出版社，1978 年），頁 107。

〔註21〕凌純聲：〈中國邊疆民族與環太平洋文化・昆侖丘與西王母〉（臺北：聯經書局，1979 年），頁 1577。

〔註22〕蒙文通：〈研究〈山海經〉的一些問題〉，《光明日報》，1962 年 3 月 17 日。

〔註23〕王兆明：《〈山海經〉和中華文化圈〉，《東北師大學報》，1994 年第 5 期。

山經》第四列山相合。

於是她斷言：「過去二千多年一向被中國人認為是神話的《山海經》，不是神話，而是真實的文字記錄。珍藏在書庫中的這部文獻提供了充分的證據表明，早在公元前二千多年中國人便已到達美洲探險，而這些材料迄今為止一向是很缺乏的。」〔註24〕

同樣採取這種觀點的還有法國學者維寧於 1985 年出版的《無名的哥倫布或慧深和尚於五世紀發現美洲之證據》一書中，論述《海外東經》中的「朝陽之谷」是美國西部科羅拉多大峽谷，認為《山海經》的範圍已經到達現今北美洲、中美洲。他判斷「《山海經》是以中國為中心的世界地理書」〔註25〕。

因此像是宮玉海〔註26〕、胡遠鵬〔註27〕、王兆明〔註28〕等人主張《山海經》地域涉及今歐洲、非洲、大洋洲、美洲等地，將《山海經》地理範圍廣及全球也就無足為奇了，正如主張大荒西經所謂壽麻國是非洲赤道沙漠的徐顯之說：

> 在研究《山海經・大荒經》和最後一部分《山海經・海內經》的時候，都可以看到遠方絕域的先民與中華民族的祖先，有著同宗共祖的關係。這不能不說是中華民族的先民早就與世界一些地方有著密切關係。真的《山海經・海內北經》所說的冰夷，正是今日愛斯基摩人的形象，《山海經・大荒東經》所見日月所出之山六，恰是今南北美洲的地理情狀。〔註29〕

而相對於這些信誓旦旦的說法，四庫全書總目提要卻指稱《山海經》「百無一真」。

所以無怪乎陳連山旁徵博引，寫完一部《山海經學術史考論》，全書不論「附錄」，正文的最後一句是「中國歷史上第一奇書的稱號，非《山海經》莫屬。」〔註30〕而這句話與近年來《山海經》的權威注解者同時也是研究者袁

〔註24〕 （美）默茨（Henrietta Mertz）著，崔岩峙等譯：《幾近退色的記錄——關於中國人到達美洲探險的兩份古代文獻》（北京：海洋出版社，1993 年）。

〔註25〕 宮玉海：《〈山海經〉與世界文化之謎》（吉林：吉林大學出版社，1995 年）。

〔註26〕 宮玉海：〈談談如何揭開〈山海經〉奧秘〉，《長白論壇》，1994 年第 3 期。

〔註27〕 胡遠鵬：〈《山海經》揭開中國及世界文化之謎〉，《淮陽師專學報》，1995 年第 3 期。

〔註28〕 王兆明：〈《山海經》和中華文化圈〉，《東北師大學報》，1994 年第 5 期。

〔註29〕 徐顯之：《山海經探原》（武漢：武漢出版社，1991 年）。

〔註30〕 陳連山：《〈山海經〉學術史考論》，頁 206。

珂《山海經校注》開宗明義的第一句話「吾國古籍者，瑰偉瑰奇之最者，莫《山海經》若。」〔註31〕如出一轍。若非有意呼應，那麼這研究《山海經》的兩本書，結論與序都落在「第一奇」的概念上，顯然《山海經》依然沒有解答。也正如袁珂在《山海經校譯》的序文說的：

> 由於時代的睽隔，不少古代的名物和古字古義現在都不能夠確切地了解了，特別是《五藏山經》各經末尾關於祭典的部分，更是肯綮的所在，相當難於翻譯。歷代注家雖然都各盡其力，對這書作了或詳或略的注釋，但是我敢相信，他們中也沒有一個能夠完全徹底地了解這部書。遇到困難不解處，態度老實的，就只好坦白承認：「所未詳也」，如晉代的郭璞。郭璞而下的近代注家，從明代的楊慎、王崇慶到清代的畢沅、郝懿行等，這種坦白承認「未詳」的態度便已經看不到了，要不就略而不論，要不就強為之說，其結果也不過只是表明大家都沒有全讀懂。〔註32〕

在這些極端例子外，向中間靠攏的研究者，例如歷來的注家、嚴謹的學者、明清以來、包括袁珂、張步天、陳連山、劉宗迪等等研究者可謂每個人心中都有一部自己的山海經。

　　而面對《山海經》邁入現代如此多樣的解讀與解釋現象，陳連山以其學術敏感度，在觀察到現代以西方思維作為參照，直接橫向移植作為《山海經》研究的南鍼之時，同時或顯性或隱性地排斥了古代傳統解讀《山海經》的思維或策略。而前者是以「《山海經》作為中國神話第一經典」〔註33〕為立場，並仰賴「神話學引入西方文化參照系而確定的」〔註34〕中國神話經典地位。後者則是古代中國正統思想角度下，歷史地理考據名物觀點下的《山海經》。

> 這種重新闡釋經典的學術活動充滿了意識形態的熱情。梁啟超、蔣觀雲、魯迅、茅盾、袁珂，幾乎都是懷著重建中國文化的雄心從事神話和《山海經》研究的。所以當他們發現現有的西方學術術語、價值觀和研究模式可以直接用來「發現」山海經新價值的時候，馬上全面接受，並據以塑造了《山海經》的經典地位。〔註35〕

〔註31〕袁珂：《山海經校注・序》（臺北：里仁書局，1981年），頁1。

〔註32〕袁珂：《山海經校譯》（上海：上海古籍出版社，1985年），頁7～8。

〔註33〕陳連山：《《山海經》學術史考論》，頁202。

〔註34〕陳連山：《《山海經》學術史考論》，頁202。

〔註35〕陳連山：《《山海經》學術史考論》，頁202。

陳連山質疑在這種學術熱情下的現代《山海經》神話研究，不能否認取得了相當的成果，但是在建構與「西方神話系統」抗衡的「中國神話系統」企圖中，將《山海經》作為重要超自然敘事經典的代表時，其學術合法性存在了相當的疑問。陳連山說：

> 西方文化的價值觀和研究模式是以該文化的歷史實踐為基礎的，而中國傳統文化的歷史實踐與之存在很大差別。直接引入西方觀念而不顧雙方歷史實踐之間的差異，結果當然無法確保其研究成果的科學價值。例如，現代學者拋棄中國古代正統儒學「不語怪力亂神」的舊價值觀，以西方觀念評價《山海經》的崇高價值，是一種全新的研究策略。但是，如果無人注意所謂「語怪」在中國古代文化體系之中的確沒有起到希臘神話、基督教神話在西方文化史上所起到的那種巨大作用，那就無從正確理解古代《山海經》學的許多問題。
>
> 這裡仍然存在著關於套用其他文化模式時的合法性問題。〔註36〕

陳連山舉出幾個例子，例如他提到《山海經》作為自然與人文地理志之外，在歷史上雖然有一定的地理志功能，然而大多數時候還是「被人們當作談資存在」。恐怕讀過《山海經》的屈原、看過《山海圖》的陶潛，實際上對《山海經》裡的神話都是一種「懷疑」。因此這是一種以西方神話模式來談山海經的偏頗。

例如他又提到現代學者「直接套用進化論的歷史發展模式，否定胡應麟關於『《山海經》專以前人陳跡附會怪神』的論斷，認定《山海經》的語怪是一種原始性的表現。」〔註37〕這種揚棄中國傳統史觀模式，採取另一種模式的研究，在沒有足夠的具體例證說明《山海經》的語怪的確早於古史系統之前，他認為：

> 這種研究只是以一種模式代替了另一種模式而已，儘管其中一種模式看起來也許比另一種模式更好一些。〔註38〕

姑且不論陳連山憂心的歷代對於《山海經》本來就存有的「語怪」閱讀角度，是如何被現代學者揚棄；也不論《山海經》作為神話淵府是如何的證據不足。這句話倒是精準點出了《山海經》研究的「現象」。

那就是「一種模式」以及「另一種模式」以及「另外一種模式」以及……。

〔註36〕陳連山：《《山海經》學術史考論》，頁203。
〔註37〕陳連山：《《山海經》學術史考論》，頁204。
〔註38〕陳連山：《《山海經》學術史考論》，頁204。

這種現象，我們以另外幾位綜合式研究者的成果來觀察。

> 《山海經》的價值，曾經被司馬遷當作荒誕不經的書，也曾被雜廁
> 於書目中的小說類，而近代研究古代地理的專家學者，尊稱為最有
> 價值的古地理書，神話學家也像發現寶藏一樣，深入發掘，這真是
> 一本奇特的古書。〔註39〕

李豐楙的說法除了再次重申「奇」特的古「書」，所謂「奇書」一語之外，可
以看到「神話」「地理」「語怪」的關鍵字，更全面性的觀察則例如張步天在
〈20世紀《山海經》研究回顧〉中就觀察20世紀以來的178篇（內含6篇外
國學者）學術論文，歸納羅列了20世紀以來對於《山海經》的觀察角度：首
先是研究的深化，這顯現在專著的推出；其次是觀察類型分別有「地理學派」、
「歷史學派」、「文學神話派」，而這三類發端皆可上溯甚早，不以20世紀為
限。然後近來也多有側重「科學價值及經文破譯」者，這也自成一格。此外在
30年代以前廖平則提過「山海經為詩經舊傳」，魯迅提出過「巫書說」這個說
法也獲得相當多支持。

其中「地理學派」可以依個別學者所主張的範圍再分為三類，其一為「傳
統的華夏說」、其二為「局部小區說」、其三則是「世界圈說」。

按照這樣的分類觀察，《山海經》果然呈現出多姿多采的樣貌，在不同學
者的研究之下，呈現出「一個模式」以及「另一個模式」以及「再另外一個模
式」……的研究現象，而這樣的眾多紛紜到了南轅北轍的境地，如同之前所列
杜而未的「月山神話說」、廖平的「詩經舊傳說」、丁振宗的「核戰後世界說」
可以同時拿到話語權，甚至在同一種「地理學」角度下，《山海經》可以不出古
代中國範圍，也可以西到非洲，東到美洲、北達歐洲、南達大洋洲〔註40〕。

而即使將《山海經》限縮在古代中國範圍中，主張地域中心在何處者也
各有主張，有認為〈海經〉僅在「今山東省中南部以泰山為中心的地域」〔註
41〕者，也有主張「記述的是雲南西部東經101度以西，北緯23度以北縱谷
地區的地理，書中的古昆侖山即今雲南納溪河和毗雄河——苴力河以西、雲
縣縣城以北、高黎貢山以東、金沙江以南橫斷山脈地區」〔註42〕的說法。

〔註39〕李豐楙：《山海經——神話的故鄉》（臺北：時報文化，2012年），頁2～3。
〔註40〕宮玉海：〈談談如何揭開〈山海經〉奧秘〉，《長白論壇》，1994年第3期。
〔註41〕何幼琦：〈海經新探〉，《歷史研究》，1985年第2期。
〔註42〕扶永發：《神州的發現——山海經地理考》（昆明：雲南人民出版社，1992年）。

　　而這些說法都可以同時存在，這是為什麼呢？無怪乎袁珂要說這是一本「百科全書」了，這是一個最周延性的說法，然而這也同時展現了《山海經》難以定義的困難。而這個困難是歷來閱讀《山海經》者最大的難題，當顧此，即失彼。這也是陳連山指出「一個模式」與「另一個模式」之間的緣故，所以《山海經》究竟是什麼呢？大家都不約而同說他是一部「奇書」外，難有共識，那麼為什麼會這樣呢？

第三節　《山海經》的虛與實

　　其實這是一個閱讀《山海經》者必然遇到的現象，從上面文獻考察過程中就可以發現，《山海經》性質眾說紛紜，不僅有各種解讀角度，也不乏各種極端解釋，學者們在《山海經》之後的文本創造了《山海經》各式各樣的定義與解釋，這也就是陳連山說的：

> 判斷《山海經》的性質很困難，因為其中既有寫實性的內容，又有虛幻性的內容。……所以後世學者對其性質產生了不同認識，陸續提出「刑法家書」、「地理書」、「方物書」、「小說家書」、「巫書」、「神話書」、「綜合志書」等說法。〔註43〕

這些不同的說法展現了歷來《山海經》的性質多樣，不同詮釋者各因個別的需要而有了各自的取鏡和景深，有歷史、地理、百科、巫書、神話等等。這些詮釋建立在各自學術的、實用的等等需要上。

　　就客觀觀察而言《山海經》具有實際可徵的部分，這一點劉歆的《上山海經表》便早已開始：

> 禹乘四載，隨山刊木，定高山大川。……逮人跡之所希至，及舟輿之所罕到。……紀其珍寶奇物，異方之所生，水土草木禽獸昆蟲麟鳳之所止，禎祥之所隱，及四海之外，絕域之國，殊類之人。……其事質明有信，可以考禎祥變怪之物，見遠國異人之謠俗。〔註44〕

此外在〈五藏山經〉的最後一段文字提到了「禹曰：…封于太山，禪于梁父，七十二家，得失之數，皆在此內，是謂國用。」〔註45〕的國家資源概念，也指

〔註43〕陳連山：《〈山海經〉學術史考論》，頁12。
〔註44〕東漢・劉歆：〈上山海經表〉，引自袁珂：《山海經校注・附錄》（臺北：里仁書局，1981年），頁477～478。
〔註45〕東漢・劉歆：〈上山海經表〉，引自袁珂：《山海經校注・附錄》，頁179～180。

向了實際可用的性質。也因此無怪乎歷來主張地理性質，以歷史地理角度進行研究的學者如衛挺生、宮玉海、徐顯之、蘇雪林乃至王紅旗等等，蔚為大觀。

可是這些主張以實證進行研究的學者，最終還是要面對《山海經》的另一個真實面相，亦即《山海經》中有許多神話，或者遺留了古代巫術的特徵、談到祭祀，談到見到怪異之物的災異結果，食用某些物品時的特殊效用。又或者文本中本即有無法解決的怪異之處，甚至還有許多長生不死的記載，這些可以視作「超驗」也就是超乎一般人類理性認知經驗的《山海經》內容。也就是司馬遷所說的「吾不敢言」的「《山海經》所言怪物」〔註46〕。

無法否認的是〈海經〉裡面有很多神話，而事實上夾在〈山經〉裡面也有不少神話，因此研究者也很難避免面對神話內容反映的初民思維、祭祀與災異的巫術特徵、怪異的現象、長生不死的相關記載、山海經「超驗」性質顯現出來的與宇宙的關係等等議題。

因此我們看到了從實證角度的研究者用擴大地理圈的方式，上推時間的做法涵攝那些《山海經》超驗的內容，因而主張實際地理，強調與歷史相合的論者最終把地理圈擴大到了全世界，把時間推到了六萬七千年前。

從神話角度的研究者則比較吃香，由於神話事實上是先民們對世間種種信以為真的詮釋，因此神話的研究可以同時涵攝虛構與真實，然後例如像袁珂主張《山海經》是一部「百科全書」；葉舒憲說《山海經》是「神話政治地理學」一樣，定義周延但是卻無法說明虛與實的並存特質。

因此既然如此《山海經》既有「實」亦有「虛」的現象，造成了詮釋的空間，正是詩意與文學性所在之處。距離、時間越長越有利於文學發展，而科學上則在時間越接近時代越有實際幫助，如東漢「王景治水」、《水經》、北魏酈道元《水經注》之後實際地理上的幫助越來越少。同時代幾乎同時的劉歆和班固兩個人對於《山海經》的認識根本南轅北轍，劉歆強調《山海經》語怪，班固把《山海經》放到術數類形法家這是為什麼？因此《山海經》同時具有實與虛兩個面向，唯一可以統攝這些二元對立的概念是什麼？這將是本論文試圖釐清《山海經》各項問題的開始。

〔註46〕四庫館臣在〈四庫全書總目提要〉裡認為《山海經》「百不一真」，把它從「地理類」歸到了「小說」三大屬中的「異聞之屬」。郭璞〈注山海經敘〉則認為「世之覽山海經者，皆以其閎誕迂誇，多奇怪俶儻之言，莫不疑焉」。司馬遷則在〈大宛列傳〉裡面提到了《山海經》卻說「所有怪物余不敢言也」。

第二章 《山海經》的地理性質

第一節 以地理學角度解讀《山海經》的周延性

　　據前章討論《山海經》的性質歷來眾說紛紜，但是它依然展現出一些明顯的特徵，而這也是歷來學者大多發現的，那也就是地理性質，我們在《山海經》中接受到大量的山川名物訊息，數量可觀的山川名物。

　　據馬昌儀統計《山海經》「在不到三萬一千字的篇幅裡，記載了約四十個方國，五百五十座山，三百條水道，一百多個歷史人物，四百多個神怪畏獸。」〔註1〕然而這些方國山川物種之間，卻有著大量的距離以及方向，甚至《山海經》的篇名設計，「山海」、「南西北東」「內外」無不與空間相關，所以它的地理性質一直是歷來關注山海經者所難以忽略的特徵。但是地理歸地理，它與地理的相關性究竟到達什麼層次？

　　以現代地理學而言，地理學可以概分為兩個主要領域：自然地理學及人文地理學。

　　自然地理學注重於研究自然環境的形式和活動。〔註2〕調查自然環境及如何造成地形及氣候、水、土壤、植被、生命的各種現象及他們的相互關係。

　　人文地理學則研究世界、人類社會、文化、經濟與環境的相互作用，強調空間和地區的關係專注在環境和空間是如何被人類製造、看待及管理以及

〔註1〕馬昌儀：〈尋找山海經的另一半〉，作為「導論」收錄於馬昌儀：《古本山海經圖說（上卷）》（臺北：蓋亞文化，2016年），頁VII。
〔註2〕Michael Pidwirny, "Fundamentals of physical geography" P.63.

人類如何影響其占用的空間。

在現代研究領域中《山海經》似乎正是在這門學科中的一個早期發展的實例。誠如《山海經的文化尋蹤：想像地理學與東西文化碰觸》中提到「一般說來，20世紀以前，國人較多地把《山海經》視為地理著作（《辭海》『地理學』條目下云：地理一詞始見於中國《易經·繫辭》和古希臘埃拉托色尼的《地理學》，中國最古的地理書籍有《禹貢》、《山海經》。）」〔註3〕「《山海經》雖然乍看起來確實很像一部地理書的架勢，甚至還會給人以科學實錄的假象：不厭其煩地羅列山川河流、地形地貌、物產資源、方向里程等等……」〔註4〕。

葉舒憲、蕭冰、鄭在書等人在《山海經的文化尋蹤：想像地理學與東西文化碰觸》書中基於這樣的觀察，發現和前面所提到陳連山所指出的同一問題：「這些……虛實難辨的陳述……古往今來試圖用純實證的方法對《山海經》內容加以考實的種種嘗試均不能令人如願，總不免陷入公說公之理，婆說婆之理的無盡紛爭之中。」〔註5〕

與陳連山不同的是他們進一步提出了解決的路線，他們把西方現代學術研究的成果應用到《山海經》的觀察之上，把《山海經》放進了「政治、神話地理學」的名詞下，而這也正是陳連山在《山海經學術史考論》中試圖質疑的路線。

的確除了陳連山的憂慮，本書名謂「想像地理學」內文第三章又謂「神話政治地理觀」此神話與想像連結，並強調為政治服務的論述是否適當恐怕值得再討論，但是也不可否認地，這一條觀察路線也提供了一個可以切入的觀察點。他們透過援用米歇爾·傅柯（Michel Foucault）〔註6〕的論述，把《山海經》視作「權力地理學」的一個中國古代個案，論述「權力的消亡是不可避免的，其原因就像它最初誕生一樣難於理解。政治地理學家相信，權力自身是牢固地根植於世界的自然性質之中的。……現代國家的力量也是來源於它所安身立命的領土。……但是地球自身有著巨大的差異（捕捉、界定差異的

〔註3〕葉舒憲、蕭兵、鄭在書：《山海經的文化尋蹤：想像地理學與東西文化碰觸》，頁52。

〔註4〕葉舒憲、蕭兵、鄭在書：《山海經的文化尋蹤：想像地理學與東西文化碰觸》，頁54。

〔註5〕葉舒憲、蕭兵、鄭在書：《山海經的文化尋蹤：想像地理學與東西文化碰觸》，頁54。

〔註6〕《山海經的文化尋蹤：想像地理學與東西文化碰觸》譯作「福柯」。

需要），在氣候、植被、土壤和海拔上表現不同，陸塊分布不均。這些因素使得地球的表面遠非只是人類歷史戲劇表演的舞台。」〔註7〕最終提出「地理政治的世界是一個巧妙結合而成的機制。地理政治研究所使用的方法是綜合考慮產生這個總體的各種因素，以便更好地認識全局的性質。」〔註8〕。

事實上這樣的著眼在過去的研究者眼中即是以「任土作貢」為出發的觀察，立基於《山海經》中大量的山川名物，被描述命名，而描述命名來自權力。此處正是人與地關係的微妙之處。

透過閱讀《山海經》即可明白當時《山海經》蒐集這麼多的自然、人文地理資料，不管寫作或者編輯都是刻意而非偶然的情況下形成，所以《山海經》當時成書必有一個具體目的，此具體目的至少會是「描述這個世界，並將原本陌生世界秩序化」建構對世界的認知的企圖。而這樣的企圖，就是先民們對於世界的解釋和認知，裡面存有神話不足為奇，而傳播過程的誤導，導致的名物難辨也很正常，不變的應當就是《山海經》裡企圖描述世界的動機與和世界之間的關係。這種關係以現在來看，的確正是屬於地理學的概念範圍。

這種地理學的概念在早期的文獻中其實也有跡可尋，「地理」一詞在先秦典籍中已經出現，諸如周易繫辭「仰以觀於天文，俯以察於地理，是故知幽明之故。」〔註9〕而概念上符合前面提到的人與地之間互動關係的首推〈禹貢〉。

〈禹貢〉記述了山川、物產、田賦等方面的重要內容。它畫分九州，描述各州山川物產的情況。記錄導山、導水的活動，最後則提出描述諸侯繳稅的管理與規範的「五服制」。因此，《禹貢》是一部中國最古老的有關政治地理（九州制、五服制）、自然地理和經濟地理等內容的地理著作。觀察一下原文的首句：

> 禹別九州，隨山濬川，任土作貢。禹敷土，隨山刊木，奠高山大
> 川。〔註10〕

〔註7〕葉舒憲、蕭兵、鄭在書：《山海經的文化尋蹤：想像地理學與東西文化碰觸》，頁55。

〔註8〕葉舒憲、蕭兵、鄭在書：《山海經的文化尋蹤：想像地理學與東西文化碰觸》，頁56。

〔註9〕劉思白：《周易話解》（臺北：天龍出版社，1985年），頁342。

〔註10〕漢·孔安國撰，唐·陸德明音義：《尚書》，《四部叢刊初編》卷三（上海：商務印書館，1922年）。

作為主詞的禹加上動詞「別」、「隨」、「任」、「作」、「敷」、「刊」、「奠」，其意不脫劃分、勘查、疏通、制定、命名、確立。受詞則為「九州」、「山川」、「土」、「貢」不脫地理名詞與因地理而產生的資源。

這種描述方式，可以銜接到東漢班固在《漢書》中首以「地理」為「志」名，首開了「地理志」之先河，從「地理志」的內容，可以大致了解所謂「地理」的內涵，班固開宗明義：

> 昔在黃帝，作舟車以濟不通，旁行天下，方制萬里，畫野分州，得百里之國萬區。是故易稱「先王以建萬國，親諸侯」，《書》云「協和萬國」，此之謂也。堯遭洪水，襄山襄陵，天下分絕，為十二州，使禹治之。水土既平，更制九州，列五服，任土作貢。〔註11〕

從這段話一樣，除了主詞多了「黃帝」、「堯」以及〈禹貢〉本來就有的「禹」，描述方式也一樣不脫和〈禹貢〉一樣的句式，充滿了對於地理的「開拓」「行動」「命名」「劃分」。

而這一點從內容上觀察《漢書・地理志》也一樣，它總述漢代地理的疆域情況，著重於漢平帝時期全國行政區的劃分與設置，分區記載山岳、水道、戶口等等，此外更記了一部分域外地理，包括了朝鮮、倭國以及南海絲路的航行情形。

而這些內容與《漢書・食貨志》、《漢書・溝洫志》頗有相互發明之處，《溝洫志》一開始即引《夏書》言：

> 禹堙洪水十三年，過家不入門。陸行載車，水行乘舟，泥行乘毳，山行則檋，以別九州；隨山濬川，任土作貢；通九道，陂九澤，度九山。〔註12〕

《食貨志》則說：

> 堯命四子以「敬授民時」，舜命后稷以「黎民祖飢」，是為政首。禹平洪水，定九州，制土田，各因所生遠近，賦入貢棐，楙遷有無，萬國作乂。〔註13〕

可以理解，《漢書》中的禹已經是《禹貢》中那「禹別九州，隨山濬川，任土作貢。」的「治水」以及劃分行政區「九州」乃至依照區域制定朝貢規範的標

〔註11〕東漢・班固撰，唐・顏師古注：《漢書》，頁388。
〔註12〕東漢・班固撰，唐・顏師古注：《漢書》，頁426。
〔註13〕東漢・班固撰，唐・顏師古注：《漢書》，頁287。

準聖王形象之外，整個地理學的系統自此也清晰可辨起來，這沒有脫離前面我們提到的「政治地理學」以及「經濟地理學」的範圍。

第二節 漢代的兩個地理系統（儒與非儒）

班固開創〈地理志〉的這一脈正是以「禹貢」為宗的地理系統，而令人不敢言怪的《禹本紀》、《山海經》則隱隱約約似乎成了另外一系的地理學系統。換句話說「儒家」所傳承認同的地理學，以及「非儒家」所傳承認同的地理學，也跟著獨尊儒術、今古文經之爭的漢代學術發展，有了兩條發展路線。

舉例觀之，《山海經》五藏山經結尾有一段話以禹曰開頭：

> 禹曰：天下名山，經五千三百七十山，六萬四千五十六里，居地也。言其五藏，蓋其餘小山甚眾，不足記云。天地之東西二萬八千里，南北二萬六千里，出水之山者八千里，受水者八千里，出銅之山四百六十七，出鐵之山三千六百九十。此天地之所分壤樹穀也，戈矛之所發也，刀鎩之所起也，能者有餘，拙者不足。封於太山，禪於梁父，七十二家，得失之數，皆在此內，是謂國用。〔註14〕

這段話向上追索，可以在《管子・地數》中找到：

> 桓公曰：「地數可得聞乎？」管子對曰：「地之東西二萬八千里，南北二萬六千里，其出水者八千里，受水者八千里，出銅之山四百六十七山，出鐵之山三千六百九山，此之所以分壤樹穀也。戈矛之所發，刀幣之所起也，能者有餘，拙者不足。封於泰山，禪於梁父。
>
> 封禪之王，七十二家，得失之數，皆在此內，是謂國用。」〔註15〕

這段雷同的話，不只出在非儒家典籍《管子》之中，更出自現在咸認為傾向法家的管仲口中，此外這篇章名稱〈地數〉也值得玩味，「地之數」似乎正呼應了《漢書・藝文志》對《山海經》的分類。〈藝文志〉將《山海經》歸在「數術類」下天文、歷譜、五行、蓍龜、雜占、形法等六家中的「形法」一家，歷來眾說紛紜，但是這樣的呼應，正是認識《山海經》為何歸為「形法家」的一條線索。

〔註14〕袁珂：《山海經校注》（臺北：里仁書局，1981 年），頁 179～180。
〔註15〕王冬珍、徐文助、陳郁夫、陳麗桂校注：《新編管子》下冊（臺北：國立編譯館，2002 年），頁 1513。

再舉一例，《漢書‧藝文志》中言「地」者五處，首見〈六藝略〉「易經十三家」引《易》曰「宓戲氏仰觀象於天，俯觀法於地，觀鳥獸之文，與地之宜，近取諸身，遠取諸物，於是始作八卦，以通神明之德，以類萬物之情。」；二見〈六藝略〉「孝經十一家」說孝道是「天之經，地之義，民之行也。」；三見〈六藝略〉總結提到「易」時重申「言與天地為終始也。」；四見〈兵書略〉「陰陽十六家」有〈地典〉六篇；五見〈數術略〉「刑法六家」有〈宮宅地形〉二十卷（就在《山海經》十三篇的次二條）。扣掉講孝道是天經地義的套語式說法，言「地」者，三處分為「易」、「兵書」、「數術」。

這三處與《易》相關可以理解即是「觀天文，察地理，知人文」對於宇宙秩序的一種觀察與歸納，與兵書相關的理解則可以從《六韜》所引武王與姜太公對話窺見一二：

武王問太公曰：「何以知敵壘之虛實，自來自去？」

太公曰：「將必上知天道，下知地理，中知人事。登高下望，以觀敵之變動。望其壘，即知其虛實。望其士卒，則知其去來。」〔註16〕

這應當也不離一種觀天地之理以知未來的企圖，和《易》觀天地以知人的理解一致，而這應當也是「刑法家」所謂〈宮宅地形〉的內涵，反觀同樣被歸在「刑法家」的《山海經》恐怕也必須特別注意這樣的背景因素。因此可見，《山海經》大有與儒家不同路線的傾向，而這一點我們可從分析漢代地理學發展來進一步觀察。

一、天地相應的地理觀念

早期所謂「地理」幾乎都是作為與「天文」相對應而成組的概念出現，到了兩漢對於「地理」大致延續了《鶡冠子》的說法：

天，文也；地，理也。月，刑也；日，德也。四時，檢也。度數，節也。陰陽，氣也。五行，業也。五政，道也。五音，調也。五聲，故也。五味，事也。賞罰，約也。此皆有驗，有所以然者，隨而不見其後，迎而不見其首。〔註17〕

〔註16〕周‧呂望：〈虎韜‧壘虛〉，《六韜》《景印文淵閣四庫全書》第726冊卷四（臺北：臺灣商務印書館，1983年），跨頁十。

〔註17〕《鶡冠子‧夜行》：「天，文也；地，理也。月，刑也；日，德也。四時，檢也。度數，節也。陰陽，氣也。五行，業也。五政，道也。五音，調也。五聲，故也。五味，事也。賞罰，約也。此皆有驗，有所以然者，隨而不見其

這種把「天文」「地理」視為認識世界的一種推理基礎，進一步到了「天人相應」發展趨熟的「天文」「地理」對應觀，例如賈誼〈容經〉提及「古之為路輿也，蓋圜以象天，二十八橑以象列星，軫方以象地，三十輻以象月。故仰則觀天文，俯則察地理，前視則睹鸞和之聲，四時之運。此輿教之道也。」〔註18〕乃至《新語》中所言「先聖乃仰觀天文，俯察地理，圖畫乾坤，以定人道」〔註19〕把天地人的對應關係以「圖畫」聯繫起來。

　　這種天地人相應的地理觀念，現在學術上追溯得到的開端大致不脫戰國陰陽家，而其集大成者聯繫到了西漢作為公羊學者且倡議獨尊儒術的董仲舒，誠如王葆玹說：

> 近年學界已注意到董仲舒的思想十分博雜，對先秦各家學說幾乎做到了兼收並蓄，他的「改制度」、「易服色」的學說主要是以「五德終始」說為依據，而「五德終始」說的創始者乃是陰陽家的祖師鄒衍。董仲舒的天人感應說、政治學說及性情學說等，無不以陰陽五行的系統為基本框架，而陰陽五行思想蔓延也主要是得力於陰陽家的宣傳。當然陰陽家的很多概念、命題和思想框架為「學者所共術」，從戰國晚期時起便已向各家學說中滲透，董仲舒接受陰陽家的影響幾可說是理所當然。〔註20〕

可是這種色彩在《山海經》裡卻顯得很淡，或者原始。呂子方對此有觀察：

> 騶衍的書早已佚亡，他用陰陽五行來概括一切、解釋一切，究竟如何談法，雖不得而知，但從……文獻可看到一些線索。說他先列出山川、禽獸及機祥、度制等等，然後來進行推演。並說他深觀陰陽消息，當然是把那套陰陽五行之說注入他所講的其他事務之內，這

後，迎而不見其首。成功遂事，莫知其狀。圖弗能載，名弗能舉。強為之說曰：芴乎芒乎，中有象乎，芒乎芴乎，中有物乎，窅乎冥乎，中有精乎。致信究情，復反無貌，鬼見，不能為人業。故聖人貴夜行。」引自黃懷信撰：《鶡冠子彙校集注》（北京：中華書局，2004 年），頁 24～27。

〔註18〕閻振益、鍾夏校注：〈容經·兵車之容〉，《新編諸子集成：新書校注》卷六（北京：中華書局，2000 年），頁 230。

〔註19〕《新語·道基》：「於是先聖乃仰觀天文，俯察地理，圖畫乾坤，以定人道，民始開悟，知有父子之親，君臣之義，夫婦之道，長幼之序。於是百官立，王道乃生。」參見王利器撰：〈道基第一〉，《新編諸子集成：新語校注》卷上（北京：中華書局，2000 年），頁 9。

〔註20〕王葆玹：《西漢經學源流》（臺北：東大圖書公司，2008 年二版），頁 196～197。

是無疑的。或者可以說他是做得相當完備的。照此看來，陰陽五行學說在戰國時代已經開始盛行。而《山海經》所記的占驗卻絲毫未涉及陰陽五行，連痕跡沒有。我們知道，任何一種思想、學說，以至於論述，總不離開當時的社會環境，不能不受當時社會上流行的思想和學說的影響，沒有孤立存在的事物。我國的陰陽五行學說產生以後，不但歷代的學術思想受其影響，就是在一般人的頭腦裡也佔據著重要的地位，直到近代，它的思想殘餘也並未消滅。如果《山海經》成書於陰陽五行學說產生以後，不可能不受其影響。故我認為，《山海經》是陰陽五行學說產生以前的資料，它也記載了當時許多地方的氣候和自然環境變遷的痕跡。〔註21〕

據此《山海經》顯然是比陰陽五行思想逐漸成形的時代更原始的地理資料，在那天文地理也許還沒有分開的時代，那種成熟的政治思想還沒有影響到它。

二、地理言利

過去談地理，除了天地人相感應的軸心概念外，我們更常觀察到的是言「利」。尤其在早期實際應用上，地理直接的有利之處，無非即是和平時期的生產，亦即經濟之利；戰亂時期的行軍佈陣，亦即地勢之利，《文子・上仁》中有載：

> 故人君者，上因天時，下盡地理，中用人力。是以群生遂長，萬物蕃殖，春伐枯槁，夏收百果，秋蓄蔬食，冬取薪杪，以為民資，生無乏用，死無傳口。

說明著地之利是如何蓄養萬物，這其中的關係《淮南子・泰族》說得清楚：

> 昔者，五帝三王之蒞政施教，必用參五。何謂參五？仰取象於天，俯取度於地，中取法於人，乃立明堂之朝，行明堂之令，以調陰陽之氣，以和四時之節，以辟疾病之菑。俯視地理，以制度量，察陵陸水澤肥墝高下之宜，立事生財，以除饑寒之患。中考乎人德，以制禮樂，行仁義之道，以治人倫而除暴亂之禍。〔註22〕

這段文獻中「地理」作為與「天文」「人德」對應的一環，可以得出以下圖表：

〔註21〕呂子方：〈讀《山海經》雜記〉，收錄於其《中國科學技術史論文集（下）》（成都：四川人民出版社，1984年），頁73～74。

〔註22〕熊禮匯注釋，侯迺慧校閱：《新譯淮南子》（臺北：三民書局，1997年），頁1095。

表2.1 《淮南子‧泰族》中「地理」作為與「天文」「人德」對應的列表

角度	對象	方法	積極應用	消極防治
仰象	天	立明堂之朝，行明堂之令	以調陰陽之氣，以和四時之節。	辟疾病之菑
中法	人	考乎人德	以制禮樂，行仁義之道，以治人倫	除暴亂之禍
俯度	地	以制度量	察陵陸水澤肥墝高下之宜，立事生財。	除饑寒之患

　　這「地理」的積極作用「察陵陸水澤肥墝高下之宜，立事生財」，顯然和從《管子‧地數》管子對桓公所言那段「是謂國用云云」〔註23〕以降至於《山海經》〈中山經〉禹曰〔註24〕那段話，一脈相承，而消極的抵禦作用，《山海經》中「除饑寒」〔註25〕僅有五處，相對「辟疾病」〔註26〕「除暴亂」的功能反而更多，顯然《山海經》是地理典籍，卻又不只。

　　這原因在於所謂「地理」對於仰觀俯察並加以紀錄成《山海經》內容的作者而言，天、地、人的界線，也許並不那麼清楚，在宇宙的大視野下，天地人三個角度都被包羅進了認識世界的理路中。

　　因此以現代的說法而言，所謂《山海經》被關注到的地理性質，之所以多元多樣，建立在餛飩未開的先民認知前提，也因此《山海經》可以有自然地理、人文地理、神話地理、天文地理等等面向。對於這些過去的觀察紀錄者來說，這是一個知識拓展的過程，從《禹貢》、《史記》、《漢書》以來，我們可以發現《山海經》的地理性質和它們一脈相承的線索，但是涵蓋範圍卻又大於這些典籍。可是他依然具有無法忽視的地理特徵，距離、方向，以及對山、水的大規模模描述，所以他顯然既有地理性質，又大於地理性質。

〔註23〕王冬珍、徐文助、陳郁夫、陳麗桂校注：《新編管子》下冊（臺北：國立編譯館，2002年），頁1513。

〔註24〕袁珂：《山海經校注》，頁179～180。

〔註25〕《山海經》中言及「除饑寒」之意者共五處，其中「食之不飢」僅見〈南山經〉「招搖之山」「侖者之山」；〈西山經〉「崦山」；〈北山經〉「馬成之山」，共四處。「服者不寒」則僅有〈中山經〉「敏山」一處。

〔註26〕呂子方：〈讀山海經雜記〉之二十三「醫藥」，收錄於《中國科學技術史論文集（下冊）》。「據呂子方先生統計，《山海經》載錄的藥物數目，動物藥76種（其中獸類19種，鳥類27種，魚龜類30種），植物藥54種（其中木本24種，草本30種）礦物藥及其他7種，共計137種。」

第三節　漢代讀者對《山海經》地理性質的態度

　　在班固之前的劉歆應該是文獻中最清楚陳述對《山海經》看法的東漢人，他在〈上山海經表〉中說「山海經者，出於唐虞之際」是由禹「隨山栞木，定高山大川」然後協助禹的「益與伯翳主驅禽獸，命山川，類草木，別水土。」再透過「四岳佐之，以周四方」最終能「逮人跡之所希至，及舟輿之所罕到。內別五方之山，外分八方之海，紀其珍寶奇物，異方之所生，水土草木禽獸昆蟲麟鳳之所止，禎祥之所隱，及四海之外，絕域之國，殊類之人。」〔註27〕

　　這段文字和前面提到的〈禹貢〉以及班固〈地理志〉〈溝洫志〉〈食貨志〉的內容很相似，從這裡看到劉歆很明確指出了《山海經》的地理性質。可是又有點不同，劉歆提到了「人跡罕至」的遠方「絕域之國」、「殊類之人」。

　　然後劉歆也依循〈禹貢〉再次提到「禹別九州，任土作貢」，但是他的助手如益之屬「類物善惡，著山海經。」〔註28〕這卻未見〈禹貢〉，然後他強調《山海經》的內容「皆聖賢之遺事，古文之著明者也。其事質明有信。」〔註29〕

　　為了強調可信，劉歆舉了兩個例子其一是孝武帝時有人獻異鳥，眾人不識，唯東方朔識之「言其鳥名，又言其所當食」正因為東方朔讀過《山海經》；孝宣帝時「擊磻石於上郡，陷得石室，其中有反縛盜械人。」當時劉向為諫議大夫，「言此貳負之臣也。」宣帝問劉向何以知道，他也引了《山海經》文「貳負殺窫窳，帝乃桎之疏屬之山，桎其右足，反縛兩手。」〔註30〕來說明。

　　因此根據劉歆的結論「朝士由是多奇山海經者，文學大儒皆讀學，以為奇可以考禎祥變怪之物，見遠國異人之謠俗。」〔註31〕

　　他把《山海經》作者歸給了禹的助手益，指出了《山海經》地理以及神怪性質並存。同時舉出「睹重常之鳥」「曉貳負之尸」的實例推論《山海經》具有真實性，把很可能令儒生們不知所措的「語怪」作了解套，讓「語怪」與「博物之君子」聯繫，指出《山海經》在當時蔚為風潮。

〔註27〕東漢・劉歆：〈上山海經表〉，引自袁珂：《山海經校注・附錄》頁477。
〔註28〕東漢・劉歆：〈上山海經表〉，引自袁珂：《山海經校注・附錄》，頁477。
〔註29〕東漢・劉歆：〈上山海經表〉，引自袁珂：《山海經校注・附錄》，頁477。
〔註30〕東漢・劉歆：〈上山海經表〉，引自袁珂：《山海經校注・附錄》，頁477。
〔註31〕東漢・劉歆：〈上山海經表〉，引自袁珂：《山海經校注・附錄》，頁477。

郭璞〈注《山海經》敘〉也說:「蓋此書跨世七代,歷載三千,雖暫顯於漢,而尋亦寢廢」〔註32〕,郭璞說的應該正是劉歆對《山海經》所作的努力與企圖。

因此在這樣的理解角度下,值得注意的是劉歆的努力得到了多少的重視呢?回到劉歆所處時空來看,自武帝之後的西漢末期約莫百年,整個漢代學術是今文經學者為主角的場域,劉歆在〈移書讓太常博士〉裡提到那段時期「博士書有歐陽,春秋公羊,易則施孟」〔註33〕因此作為劉歆自謂為「古文之著明者」〔註34〕的《山海經》,恐怕也難脫〈移書讓太常博士〉文中提到的今文經學者「專己守殘,黨同門,妒道真,違明詔,失聖意,以陷於文吏之議」〔註35〕的情狀,就算沒有,要說當朝文學鴻儒「皆讀學」應該也很有問題。

這西漢中到王莽篡漢間《山海經》的「暫顯」,應當是要到劉向、劉歆校宮中祕書之後,整理、隸定為十八篇之後了。而且時間上恐怕也相當短,以劉歆一生觀之,從他與父親劉向一同校定宮中祕書並呼籲重視古文經學,推動《左傳》及《古文尚書》等古文經列於學官開始顯露其重視古文經並與當代不同調的學術性格,乃至他成為王莽篡漢的要角,王莽甚至任「劉歆為國師,嘉新公」〔註36〕,最終劉歆卻「怨莽殺其三子,又畏大禍至」〔註37〕而謀反王莽,最後自殺。劉歆的主張都不像是當代學術主流,他倡議的古文經雖然也暫時在西漢末立過博士,甚至在王莽時期受到較多的政治注目,但是事實上東漢之後古文經就再無立博士,就當朝而言古文經的政治地位可以說是遭到了壓制。因此身為古文寫作的《山海經》要談得上大受歡迎,可能性不高,可是《山海經》的被關注,也的確是不可否認的現象,因此東漢之後越來越多的研究者開始關注古文經學的研究,連帶注意到了《山海經》,很可能這才是《山海經》續命的契機。

例如在劉歆之後的許慎、應劭分別應該讀過《山海經》,現在猶可在《說

〔註32〕東漢・劉歆:〈上山海經表〉,引自袁珂:《山海經校注・附錄》,頁479。
〔註33〕梁・蕭統編,唐・李善注:《文選》(臺北:華正書局,1982年),頁612。
〔註34〕東漢・劉歆:〈上山海經表〉,引自袁珂:《山海經校注・附錄》,頁477。
〔註35〕梁・蕭統編,唐・李善注:《文選》(臺北:華正書局,1982年),頁612。
〔註36〕東漢・班固撰,唐・顏師古注:《漢書》,頁1033。
〔註37〕東漢・班固撰,唐・顏師古注:《漢書》,頁1054。

文解字》〔註38〕、《風俗通義》〔註39〕中找到一些蛛絲馬跡。而除此外，最支持劉歆的要算是王充，王充在作者立場上以及論述上幾乎都來自劉歆，《論衡》不僅接收了禹治水、益記事的看法，同時也引用了相類似的兩個以「語怪」聯繫「博物」的故事：

> 禹、益並治洪水，禹主治水，益主記異物，海外山表，無遠不至，以所聞見，作《山海經》。非禹、益不能行遠，《山海》不造。然則《山海》之造，見物博也。董仲舒睹重常之鳥，劉子政曉貳負之尸，皆見《山海經》，故能立二事之說。使禹、益行地不遠，不能作《山海經》；董、劉不讀《山海經》，不能定二疑。〔註40〕

然而《論衡》卻是漢代非主流思維的一部著作，這睹重常之鳥的董仲舒在劉歆筆下作東方朔，董仲舒、東方朔皆是儒生〔註41〕，董仲舒是河北廣川人，治公羊傳與齊學淵源頗深，東方朔是平原人，與齊魯淵源不淺。很可能劉歆因為董仲舒作為公羊學者同時是今文經學者的身分而故意不提他，改提了另一位很可能和《山海經》系統很有關係的東方朔，但是也同時在此提示了《山海經》與齊魯學術有關的線索。

　　若暫不論董仲舒、東方朔誰「睹重常之鳥」，這兩位的活躍時代都相當於西漢，閱讀《山海經》時一致地關注在「語怪」「博物」的部分，若不管態度上的正面與否，那其實和司馬遷在說「至《禹本紀》、《山經》所有怪物，余不

〔註38〕 許慎《說文解字》二處引《山海經》，一處於〈卷二·玉部〉：「璿：環屬。從玉㸰聲。見《山海經》。」另一處見〈卷十四·劦部〉：「劦：同力也。從三力。《山海經》曰：『惟號之山，其風若劦。』凡劦之屬皆从劦。」前者見〈中山經〉：「又東十里，曰青要之山，實惟帝之密都。是多駕鳥。南望墠渚，禹父之所化，是多僕纍、蒲盧。魁武羅司之，其狀人面而豹文，小要而白齒，而穿耳以鐻，其鳴如鳴玉。是山也，宜女子。畛水出焉，而北流注于河。其中有鳥焉，名曰鴢，其狀如鳧，青身而朱目赤尾，食之宜子。有草焉，其狀如葌，而方莖黃華赤實，其本如藁本，名曰荀草，服之美人色。」郝懿行云：「說文新附字引此經，云：『鐻，環屬也。』」，後者為今本〈北山經〉北次三山之末，作「雞號之山」。

〔註39〕 應劭於典籍中兩見言及《山海經》，其一《風俗通義·祀典·雄雞》引《山海經》曰：「祠鬼神皆以雄雞。」此確為《山海經》祭祀例，然而值得注意的是以雄雞祭祀的例子〈中山經〉四處，〈北山經〉一處，其餘未見。其二《漢書·地理志》中顏師古注「沶氏」引應劭語：「山海經沶水所出者也。」此為佚文今本無。

〔註40〕 黃暉：《論衡校釋（一～二）》（臺北：臺灣商務印書館，1964年），頁599。

〔註41〕 林麗娥：《先秦齊學考》（臺北：臺灣商務印書館，1992年），頁565。

敢言也。」時所閱讀到的訊息是相類似的，換句話說他們都閱讀到了《山海經》的「語怪」以及「博物」。

依照劉歆的說法這個「博物」、「語怪」來自禹、益在「地理」的發現與行動，可是泛觀東漢劉歆、王充、許慎、應劭，事實上幾無真正提到《山海經》與地理的真實連結，換句話說這些提到《山海經》者，都沒有真正地聚焦《山海經》真實地理的特質，反而多強調「語怪」、「博物」，尤其是就在劉歆稍後的班固。

班固在《漢書》中首創有〈地理志〉，開宗明義：

> 昔在黃帝，作舟車以濟不通，旁行天下，方制萬里，畫野分州，得百里之國萬區。是故易稱「先王以建萬國，親諸侯」，《書》云「協和萬國」，此之謂也。堯遭洪水，襄山襄陵，天下分絕，為十二州，使禹治之。水土既平，更制九州，列五服，任土作貢。曰：禹敷土，隨山贊木，奠高山大川。〔註42〕

顏師古注解時指出這段文字，引用了《易經》比卦象辭、《虞書·堯典》、《夏書·禹貢》〔註43〕，而這幾本書在《漢書·藝文志》都列在「六藝略」屬於儒家經典，而一樣具備相類似地理性質的《山海經》在《漢書·藝文志》裏卻屬於「術數略」「形法家」，更別說《漢書》專列了〈地理志〉一部，根本未提《山海經》，〈地理志〉所引用的知識來源，似乎也和《山海經》大相逕庭，從《漢書·地理志》說「黃帝作舟車」可知，《山海經》裏作舟的是帝俊曾孫番禺〔註44〕，作車則是番禺之孫吉光〔註45〕，顯然不是同一回事。

因此據此可知班固寫了〈地理志〉，在〈藝文志〉中也羅列了《山海經》。但是班固顯然把《山海經》排除在他認知的「地理」之外。

而且這種態度很可能延續自《史記》，在《漢書》中首稱〈地理志〉之外和地理相關的還有〈溝洫志〉、〈食貨志〉，這都可以分別對應到《史記》的〈河渠書〉〈貨殖列傳〉，而《漢書·地理志》中提到包括了朝鮮、倭國以及南海絲路的域外地理記錄，甚至早在《史記》中，這些域外地理的資訊，也可從〈匈奴列傳〉、〈大宛列傳〉、〈南越列傳〉、〈東越列傳〉、〈朝鮮列傳〉、〈西南夷列

〔註42〕東漢·班固撰，唐·顏師古注：《漢書》，頁388～389。

〔註43〕東漢·班固撰，唐·顏師古注：《漢書》，頁388～389。

〔註44〕〈海內經〉：「帝俊生禺號，禺號生淫梁，淫梁生番禺，是始為舟。番禺生奚仲，奚仲生吉光，吉光是始以木為車。」引自袁珂：《山海經校注》，頁465。

〔註45〕引自袁珂：《山海經校注》，頁465。

傳〉等篇章分別得見。而在〈大宛列傳〉這篇域外地理的記載中，司馬遷以太史公曰陳述了他對《山海經》的看法：

> 《禹本紀》言「河出崑崙。崑崙其高二千五百餘里，日月所相避隱為光明也。其上有醴泉、瑤池」。今自張騫使大夏之後也，窮河源，惡睹本紀所謂崑崙者乎？故言九州山川，《尚書》近之矣。至《禹本紀》、《山海經》所有怪物，余不敢言之也。〔註46〕

他說「余不敢言」，語氣上還算是客氣，同樣的話班固改成

> 贊曰：禹本紀言河出昆侖，昆侖高二千五百里餘，日月所相避隱為光明也。自張騫使大夏之後，窮河原，惡睹所謂昆侖者乎？故言九州山川，尚書近之矣。至禹本紀、山經所有，放哉！〔註47〕

然後最後一句說「禹本紀、山經」的全部「所有」還不只是「怪物」而已，甚至太史公客氣的「余不敢言」則改成了「放哉」。顏師古引如淳曰說明所謂「放哉」意為：「放蕩迂闊，不可信也。」這不能不說是一個對《山海經》的進一步負面表態。

此外班固〈地理志〉在言及「秦地」時，泛述了秦疆界後簡述了一段秦的歷史淵源：

> 秦之先曰柏益，出自帝顓頊，堯時助禹治水，為舜朕虞，養育草木鳥獸，賜姓嬴氏，歷夏、殷為諸侯。〔註48〕

這段文字提到的助禹治水的柏益，顯然就是劉歆〈上山海經表〉裡隨禹四處助水的伯益，但是兩相比較可以發現班固略掉了伯益記事以為《山海經》的紀錄。

顯然劉歆所謂讀學《山海經》並「以為奇可以考禎祥變怪之物，見遠國異人之謠俗。」的「文學大儒」不包括班固。

因此整個漢代自司馬遷以降大致上我們觀察到，閱讀《山海經》者都讀到了「地理」、「語怪」、「博物」的主題。不管他們在文獻上呈現與《山海經》的資料是詳是略，描述敘述上採取的態度是正或反，這幾個主題確實出現在《山海經》文本中。

〔註46〕（日）瀧川龜太郎：《史記會注考證》（臺北：萬卷樓圖書有限公司，1993年），頁1315～1316。

〔註47〕引自東漢・班固撰，唐・顏師古注：〈張騫李廣利傳〉，《漢書》（臺北：宏業書局，1972年），頁684。

〔註48〕引自東漢・班固撰，唐・顏師古注：〈張騫李廣利傳〉，頁418。

而且透過司馬遷《史記》班固《漢書》的資料運用上，顯然在地理資料上《山海經》被排除在正確可信的「地理」資料外，對於《山海經》採取呼籲重視的劉歆，則斧鑿地透過包裝司馬遷、班固這些歷史學家他們不認同的「語怪」為「博物」，逕自推論「朝士由是多奇山海經者，文學大儒皆讀學」，而我們泛觀現今漢代可見文獻，恐怕從這一個角度上面而言，劉歆說的是他個人的期望，而非真正的現實情況。

而且劉歆最後指出所謂讀《山海經》者的結論點反而在「奇」字上，「以為奇可以考禎祥變怪之物，見遠國異人之謠俗。」這恰好呼應了當時對於《山海經》的主流抨擊，這一點可以從「其言多激」〔註 49〕的王充《論衡》立論和劉歆驚人的一致上得到印證。

所以從司馬遷以降的漢代對於《山海經》的地理性質已經有了很大的懷疑，《山海經》在地理性質上幾乎失去話語權。它的留存是以「獵奇」「語怪」「博物」的角度被理解的。

第四節 漢代之後地理角度下的《山海經》

一、博物性質的擴散與類書的吸納

依據上一節的討論可以發現《山海經》實際具有地理性質，但是卻被排斥在標誌著漢代「地理學」里程碑的《漢書》〈地理志〉之外。就連為之校正、編訂、作序的劉歆也強調《山海經》的「語怪」、「博物」特質，相對地把它的「地理性質」次要化，在這樣的敘述中其實也正展現了對《山海經》地理特徵若信若疑的曖昧態度。

如今觀察班固的〈地理志〉，作為正史中首以「地理」為名的專篇，它樹立了爾後歷代撰寫史志的主要方向，亦即以疆域變化，古今地名演變為敘述主軸的「沿革地理學」角度，而顯然在班固把《山海經》視為「放哉」的同時，《山海經》不能提供班固在疆域變化、古今地名演變的幫助。

例如：《漢書》提到的「西域三十六國」與《山海經》的「海外三十六國」根本是全然不同的兩個系統。

〔註 49〕《四庫全書總目提要》雜家類四《論衡》，引自黃暉：《論衡校釋（三~四）》附編三（臺北：臺灣商務印書館，1964 年），頁 1246。

　　例如：1990 年起發掘的「懸泉置」遺址〔註 50〕，在其中出土的漢簡詳細記載了漢代從長安到敦煌的一條路線，很可能是兩漢時期絲路東段的主幹道。觀察簡牘的記載方式搭配「居延漢簡」如「長安至茂陵七十里，茂陵至茯置卅五里，茯置至好止（畤）七十五里，好止至義置七十五里。」〔註 51〕這樣的敘述乍看相類於《山海經》中既有方向又有里程的記載，但是卻又非常明顯地可以觀察到，《山海經》中沒有某處至某處的明確地名記載，里程上也動輒數百里，在精度上相差甚鉅。可見漢代的官方地理資料，已經超過《山海經》的細膩程度，當然這樣的資料很難作為實際的參考應用，但是卻也不難看出來漢代記錄路線的敘述方式，和《山海經》也相去不遠。因此顯然漢代記錄地理距離的方式和《山海經》相類似，這基本上來自相類似的地理資料傳統，可是在精度上，漢代的資料顯示已經更為細膩，這顯示了《山海經》資料是相對古老的證據。

　　這樣的態度從司馬遷「不敢言」到班固的「放哉」，正是整個漢代基本上對於《山海經》的觀點，而這正是郭璞在〈注《山海經》敘〉開宗明義說的：「世之覽山海經者，皆以其閎誕迂誇，多奇怪俶儻之言，莫不疑焉。」〔註 52〕這指的就是司馬遷以來，一直到郭璞所處之時，對《山海經》的態度。而從郭璞的這篇敘裡面，他標舉《山海經》的價值就頗和劉歆不同，劉歆強調了《山海經》「語怪」、「博物」的價值，而郭璞卻反過來用一般人「玩所其習見而奇所希聞，此人情之常蔽也。」的觀點，指出怪異其實是人心的作用，他說道：

　　　世之所謂異，未知其所以異；世之所謂不異，未知其所以不異。何
　　者？物不自異，待我而後異，異果在我，非物異也。〔註 53〕

觀察到了所謂怪異是在於人的詮釋，物的本身其實無所怪異。因此他進一步論述：

　　　陽火出於冰水，陰鼠生於炎山，而俗之論者，莫之或怪；及談山海
　　經所載，而咸怪之：是不怪所可怪而怪所不可怪也。不怪所可怪，

〔註 50〕懸泉置遺址為絲綢之路驛站遺址，由中國甘肅省文物考古研究所發掘於 1990
　　　年 5 月至 1992 年，先後出土各種文物 7 萬件，其中漢簡 3.5 萬枚（包括上面
　　　寫有懸泉置的一枚漢簡），400 多片紙張，還有大量其他器物。參見胡平生、
　　　張德芳編撰：《敦煌懸泉漢簡釋粹》（上海：上海古籍出版社，2001 年）。
〔註 51〕郝樹聲：〈敦煌懸泉里程簡地理考述〉，收錄於胡平生、張德芳編撰：《敦煌懸
　　　泉漢簡釋粹》（上海：上海古籍出版社，2001 年），頁 207～229。
〔註 52〕袁珂：《山海經校注》，頁 478。
〔註 53〕袁珂：《山海經校注》，頁 478。

則幾於無怪矣；怪所不可怪，則未始有可怪也。夫能然所不可，不

可所不可然，則理無不然矣。〔註54〕

把《山海經》的怪，透過人們因孤陋寡聞而大驚小怪的角度做了詮解，企圖
消弭《山海經》所謂「怪」的觀點，相反地透過實際的角度來解讀《山海經》。

郭璞舉出在西晉時出土的「汲郡竹書及穆天子傳」為例，他言及其中記
載了穆天子西行的遊歷，並回歸文獻稽核《史記》所載「穆王得盜驪騄耳驊
騮之驥，使造父御之，以西巡狩，見西王母，樂而忘歸，亦與竹書同。」再看
《左傳》的紀錄，也有「穆王欲肆其心，使天下皆有車轍馬跡焉。」的句子可
以證實的確真有其事。據此郭璞說：

而譙周之徒，足為通識瑰儒，而雅不平此，驗之史考，以著其妄。司

馬遷敘大宛傳亦云：「自張騫使大夏之後，窮河源，惡睹所謂昆侖者

乎？至禹本紀、山海經所有怪物，余不敢言也。」不亦悲乎！〔註55〕

直指司馬遷作此發言不敢遽信《山海經》之可悲，並以此為代表，一併批判
整個兩漢對《山海經》懷疑的論調，然後指出「若竹書不潛出於千載，以作徵
於今日者，則山海之言，其幾乎廢矣。」〔註56〕的結論。一方面正是出土證
據可以作為研究印證的應用實例，二方面他強調《山海經》是再真實不過的
文獻。三方面值得注意的是，他舉出的例子：

穆王西征見西王母，執璧帛之好，獻錦組之屬。穆王享王母於瑤

池之上，賦詩往來，辭義可觀。遂襲昆侖之丘，游軒轅之宮，眺

鐘山之嶺，玩帝者之寶，勒石王母之山，紀跡玄圃之上。乃取其

嘉木艷草奇鳥怪獸玉石珍瑰之器，金膏燭銀之寶，歸而殖養之於

中國。穆王駕八駿之乘，右服盜驪，左驂騄耳，造父為御，奔戎

為右，萬里長鶩，以周歷四荒，名山大川，靡不登濟。東升大人

之堂，西燕王母之廬，南轢黿鼉之梁，北躡積羽之衢。窮歡極娛，

然後旋歸。〔註57〕

這個例子正是一場周穆王的四方旅行記。

把觀察點拉高到郭璞所處時代觀之，依現在可見的資料，除郭璞〈注《山

〔註54〕袁珂：《山海經校注》，頁478。

〔註55〕袁珂：《山海經校注》，頁479。

〔註56〕袁珂：《山海經校注》，頁479。

〔註57〕袁珂：《山海經校注》，頁478～479。

海經》敘〉和北魏《水經注》引用「百餘條山海經」〔註58〕之外，彷彿在郭璞把《山海經》抬到世人眼前之後，有一段時間《山海經》在學術界的眼光中，彷彿變成了另外一部知識全書，性質近於類書。

《宋書》提到《山海經》是記載一件在海中獲得石樹的事件，「孫晧天璽元年，臨海郡吏伍曜在海水際得石樹，高三尺餘，枝莖紫色，詰屈傾靡，有光采。山海經所載玉碧樹之類也。」〔註59〕這已經是張華《博物志》以來整體魏晉南北朝史學界對《山海經》可稽考的少數資料之一了，運用的方式顯然也是視為一種博物的知識佐證。

而這在《齊書》也沒有不同，《齊書》中見《山海經》是在王筠的傳中談及王筠，說他「幼年讀五經，皆七八十遍。愛左氏春秋，吟諷常為口實，廣略去取，凡三過五抄。餘經及周官、儀禮、國語、爾雅、山海經、本草並再抄。」〔註60〕很明顯勤於抄書的王筠所抄寫與《山海經》併列的書，都具有類書性質，換句話說是一種博物知識的全書。

此後除《文選》李善注對《山海經》頗有應用，但是他也是把《山海經》的資訊作為一種類書，運用在注解鳥獸草木之名，此外「唐代《山海經》研究材料稀如星鳳，只有杜佑《通典》對於大禹作《山海經》提出懷疑之論，陸淳《春秋集傳纂例》引其師啖助的話涉及《山海經》，……還有李白、韓愈、白居易等人詩歌引用《山海經》內容」〔註61〕。

《山海經》在郭璞之後的一段時間裡，《山海經》的博物性質似乎超過了它本身的地理特徵，倒是若把眼光從這些知識份子的角度移開，《隋書　經籍志》把《山海經》（二十三卷）以及《山海經圖讚》（二卷）、《山海經音》（二卷）列入史部地理類，這是回歸到郭璞、酈道元以《山海經》為真實資料的一種相同態度，都是把《山海經》視作實際地理資料來應用。甚至《隋書　經籍志》史部地理類將與郭璞時代大致相近的《博物志》、《神異經》、《海內十州記》這類作品與《山海經》並列，這所標誌的意義應當不僅僅是後來評論

〔註58〕陳橋驛：〈陳序〉，收入張步天：《山海經解》（香港：天馬圖書公司，2004 年），頁 2。

〔註59〕梁・沈約：《宋書》（卷二十九□志第十九□符瑞下），收錄於許嘉璐主編：《二十四史全譯》（上海：商務印書館，2004 年），頁 726。

〔註60〕唐・姚思廉：《梁書》卷三十三，列傳第二十七（臺北：鼎文書局，1975 年），頁 486。

〔註61〕陳連山：《《山海經》學術史考論》，頁 102。

者常用的「荒外之言，荒誕不經」〔註62〕即可帶過，正如神話經常被視為虛幻不實，可是他最重要的精神卻在於先民們解釋世界時「信以為真」的態度，而郭璞那個時代又為什麼如此呢？

郭璞這樣把《山海經》地理視為真實史料，進一步將真實地理連繫到人，強調了人在空間中的移動行為，恐怕也不是無跡可尋的。郭璞這種和司馬遷以來兩漢對《山海經》相反的解讀角度，除了郭璞個人對兩漢的批判態度，恐怕和當時整個時代也有密切的關係。

二、海外交流視野下的《山海經》

（一）隋唐時期《山海經》與海外地理書同類

《三國志　吳書》有一條記載

> （呂岱）遣從事南宣國化，暨徼外扶南、林邑、堂明諸王，各遣使奉貢。權嘉其功，進拜鎮南將軍。〔註63〕

這是東吳孫權麾下呂岱派人出使扶南〔註64〕的記載，也是史書記錄中國首次派遣使者和南海諸國往來之始。後來則在唐代姚思廉的《梁書》中有進一步的說明：

> 海南諸國，大抵在交州南及西南大海洲上，相去近者三五千里，遠者二三萬里，其西與西域諸國接。漢元鼎中，遣伏波將軍路博德開百越，置日南郡。其徼外諸國，自武帝以來皆朝貢。後漢桓帝世，大秦、天竺皆由此道遣使貢獻。及吳孫權時，遣宣化從事朱應、中郎康泰通焉。其所經及傳聞，則有百數十國，因立記傳。晉代通中國者蓋鮮，故不載史官。及宋、齊，至者有十餘國，始為之傳。自梁革運，其奉正朔，脩貢職，航海歲至，踰於前代矣。今採其風俗粗著者，綴為《海南傳》云。〔註65〕

其中依據《隋書·經籍志》和《新唐書》、《舊唐書》的藝文志及經籍志，呂岱

〔註62〕王雲五編：《四庫全書總目提要》卷一百四十二，子部五十二，小說家類三（臺北：商務印書館，1968 年），頁 70（總頁 2940）。

〔註63〕晉·陳壽撰，宋·裴松之注：〈吳書十五　呂岱傳〉，《三國志》（北京：中華書局，2006 年），頁 818。

〔註64〕古籍所稱扶南包括今柬埔寨一帶。

〔註65〕唐·姚思廉：《梁書》卷第五十四、列傳第四十八〈諸夷海南諸國□東夷□西北諸戎〉（臺北：鼎文書局，1975 年），頁 783。

派遣出使的朱應著有《扶南異物志》一卷。康泰則著有自《水經注》以至唐、宋類書大量引用的《扶南傳》、《吳時外國傳》等。雖然如今已不見其書，但是從被引錄的佚文觀察，「其記述確實不限於扶南一地，而包括東南亞、南亞乃至西亞各國數十個地方。光扶南一地而言就有十來條，專記扶南古代諸王（如混填、混盤況、范旃、范尋等）執政時的法律、征戰、物產、造船、風習和對外交通等等情況。他們的部分記敘不僅為同時代萬震的《南州異物志》和稍後的郭義恭《廣志》所襲用，而且《南齊書》、《梁書》、《南史》等歷史文獻也都據以編輯海南諸國傳。」〔註66〕如此再回觀《三國志》出現了〈倭人傳〉、《漢書》的〈西域傳〉〈西南夷兩粵朝鮮傳〉，《後漢書》〈南蠻西南夷列傳〉記載了最早的倭人女王卑彌乎。

　　這些目前可知道的書名以及史事，例如《扶南異物志》，在《隋書》、《舊唐書》、《新唐書》中都被著錄在經籍志中與《山海經》同樣的史部地理類。這種地理分類顯然視將它視為實際可用的地理書，因此在時代演變過程中，《山海經》自此回到世人視野，其賴以復甦的是它的實用性質，換言之是方向、距離、地名、景名、山名、物名乃至於對於異域異國特異文化的模糊與好奇，可是《山海經》真正符合實際，可資運用的訊息，恐怕早在班固的態度上已經看得出來，已經非常有限。

（二）宋明對《山海經》地理性質的曖昧與崩解

　　接著到了約當十世紀後期將《山海經》視為地理書卻又懷疑它的地理性質的矛盾開始更加清晰起來，北宋初年（977 年左右），宋太宗趙匡義指示李昉等人編纂的《太平御覽》，在其中不僅收錄了《山海經》中大量的資料，保存了一些佚文，它一方面延續魏晉、南朝以來的博物傳統，大量地運用《山海經》注解各種日月山川名物，另一方面很特別地將海荒經各異國，全部放在總共有二十二章，分成東夷、南蠻、西戎、北狄四大類中的〈四夷部十一·南蠻六〉，而且在資料羅列上並列了〈神異經〉、〈異物志〉這一類書籍，當然《太平御覽》作為類書的性質，收錄古籍中鉅細靡遺的資料可以理解，但是它把這些《山海經》中，分散東西南北的諸國，〔註67〕全部歸在「南蠻」，這一點除了頗啟人疑

〔註66〕陳佳榮：〈朱應、康泰出使扶南和《吳時外國傳》考略〉，《中央民族學院學報（哲學社會科學版）》，1978 年第 4 期，頁 261。

〔註67〕宋·李昉：〈四夷部十一·南蠻六〉，《太平御覽》（六）（臺北：商務印書館，1975 年），頁 3629～3634。

寶之外，這樣一種整體歸類的作法把《山海經》視為遠方異國怪人異文描寫的企圖甚明，應當才是所謂胡應麟視《山海經》為「志怪之祖」的先聲，而一般認為胡應麟所沿襲的看法來自鄭樵，生於北宋之末，主要活躍於南宋紹興年間的「鄭樵（1104～1162）《通志》卷六十六將《山海經》列入「方物類」與《神異經》、《異物志》並列。鄭樵是把《山海經》當作專門敘寫遠方怪物的著作，雖然也在懷疑其地理記述的真實性，而且暗示他是志怪之作。」〔註68〕但是這時間要晚於《太平御覽》的編纂上百年之久，要說他是一種暗示，並且「開了明代胡應麟定《山海經》為『志怪之祖』說法的先河。」〔註69〕，以成書時間先後論之，受到《太平御覽》的影響，可能性顯然更高。

　　而北宋《太平御覽》以來這一種因為《山海經》具有真實地理特徵，〈五藏山經〉中多有真實可稽之地理山川，因此無法忽略其地理特徵，可是卻又沒辦法解決「海、荒經」裡面充滿的異國、異域、異人、神人，甚至逐漸出現一種把《山海經》視為地理書，卻又懷疑其地理特徵的曖昧態度。

　　這在學者的論述上也有所呼應，例如南宋末年陳振孫一方面將《山海經》在《直齋書錄解題》列入史部地理類，不過卻也在論述中「轉引司馬遷評語認為《山海經》不真實，又引朱熹之語認為是『緣解《天問》而作』，暗示此書非地理志，故云：『古今相傳既久，姑以冠地理書之首。』馬端臨《文獻通考》贊同其說。」〔註70〕

　　此外南宋「王應麟（1223～1296）對《山海經》的地理學描述也不全信。但是王氏考慮到地理山川的歷史演變，並不認為《山海經》內容與當前真實地理之不相符合的原因都是經文失真造成。他的看法比較折中，態度也不那麼偏激。其《通鑑地理通釋·自序》云：『言地理者難於言天，何為其難也？日月星辰之度，終古而不易；郡國山川之名，屢變而無窮。……《虞書》九共，先儒以為《九丘》，其篇軼焉。傳於今者，《禹貢》、《職方》而止爾。若《山海經》、《周書·王會》、《爾雅》之《釋地》、《管氏》之《地員》、《呂覽》之《有始》、《鴻烈》之《地形》，亦好古愛奇者所不廢。』」〔註71〕

　　到了元代編纂《宋史》（1343～1346），綜合了《太平御覽》與宋代學者

〔註68〕陳連山：《《山海經》學術史考論》，頁116。
〔註69〕陳連山：《《山海經》學術史考論》，頁116。
〔註70〕陳連山：《《山海經》學術史考論》，頁116。
〔註71〕陳連山：《《山海經》學術史考論》，頁116。

的觀點，進一步地將《山海經》以及《山海經讚》分別著錄，《山海經》（十八卷）以及《山海經圖》（十卷）被著錄在志一百五十九之下的〈藝文五·子類二·五行類〉和鄭德源《飛電歌》、僧紹端《神釋應夢書》、詹省遠《夢應錄》、楊惟德《六壬神定經》等等這一類道術方面的書籍放在一起。而《山海經讚》則被著錄在志第一百五十七之下的〈藝文三·史類二·地理類〉〔註72〕和李德裕《黠戛斯朝貢圖》、崔峽《列國入貢圖》、陳隱之《續南荒錄》、韋皋（一作「臯」）《西南夷事狀》、《西戎記》、張建章《渤海國記》、顧愔《新羅國記》等等諸如此類的遠方殊異文化見聞紀錄視為同類。由此一方面可知元朝時延續隋唐以來將《山海經》與《山海經讚》分別視之的傳統之外，也將這兩個文本分開視為不同類的文本。除了道藏系統流傳中很可能全面地蒐集了《山海經》圖以及讚的文本之外〔註73〕，這一點可以從現在可見最早的明代正統道藏所蒐羅的《山海經》是與「讚」同刊的版本，可見一斑。此外，在北宋例如現存最早刊刻的淳熙八年（1181年）刊刻《山海經》即僅獨刊了《山海經》，無圖無讚，這很可能反映了早在宋元以前經讚已經有分別視之的現象。

除此之外，更重要的是元代編纂《宋史》時，不僅把《山海經》（十八卷）、《山海經圖》（十卷）、《山海經讚》（二卷）分別視之，並且將《山海經》一書視為道術類，《山海經讚》則屬於地理類，而這所謂地理則從其他並列的書籍可以了解，那是一種遠方文化見聞的見聞記錄，這和宋代《太平御覽》、《隋書》、《舊唐書》、《新唐書》一致。但是綜合以上，可以發現認為《山海經》是地理書的觀點已經開始因為它本身多元的性質、多元的學者解讀而搖擺，甚至自此可以看到《山海經》已然很難在正史地理書的位置上站穩，隨著歷史變遷，《山海經》從《隋書》、《舊唐書》、《新唐書》這些正史的地理類被驅逐，被劃歸在《太平御覽》，一方面回歸博物類書的功能，一方面被視作異國見聞志；被元人所著《宋史》一方面把「《山海經》十八卷」劃歸到五行類，變成堪輿、探穴、望氣、看相一類書籍〔註74〕，一方面卻把題為

〔註72〕元·脫脫編修：《宋史》（臺北：藝文印書館，1972年），頁5152。

〔註73〕陳連山考證後認為《山海經》是張君房首先收入道藏的。其后，另一部道藏也援例照收。筆者推測，第三部道藏應該也收錄了。進入道藏標誌著《山海經》第一次正式獲得神聖經典的地位。……這是北宋時代道教高度發展的結果。」陳連山：《《山海經》學術史考論》，頁107。

〔註74〕《宋史·藝文志》其中「子類十七：一曰儒家類，二曰道家類釋氏及神仙附，三曰法家類，四曰名家類，五曰墨家類，六曰縱橫家類，七曰農家類，八曰雜家類，九曰小說家類，十曰天文類，十一曰五行類，十二曰蓍龜類，十三

郭璞所著的《山海經讚》二卷，歸類在地理類，和遠方異聞錄在一起作為一種地理書。〔註75〕

　　這似乎是宣告了《山海經》的地理特徵，真實可信已然從學術界、史學界的角度上徹底被質疑，這可以從《明史》無著錄，《清史（清史稿）》〔註76〕直接把《山海經》劃歸小說類得到明證。此後明清學者也開始論述《山海經》的各種樣貌，各以自己的觀點詮解《山海經》，不論是以義理、考據的種種角度，《山海經》的流傳反而是以圖象與語怪的內容深植人心。

　　而自此明清之後《山海經》有了一個很獨特的討論議題，也就是「圖」，不管是從《山海經》有沒有古圖？《山海經》古圖是什麼樣子？是地圖？是異獸圖？諸如此類討論甚豐。

三、《山海經》與其地理博物視野下的圖像

（一）出現《山海經》地名的地圖

　　歷來有關《山海經》的文獻中，我們能看得現存最早的圖像相關記錄是明朝洪武年間（1389）的《大明混一圖》，這是一張巨幅地圖，此圖中的海洋諸島記載了許多《山海經》的異國地名。1402 年李氏朝鮮〈混一疆理歷代國都之圖〉的地圖也一樣可以找到各種《山海經》裡的地名。

　　然後這個地圖上存有《山海經》地名的作法持續存在，明代時利瑪竇往來並邀至白鹿洞書院宣講西學的章潢（1527 年～1608 年）著有彰顯西學的《圖書編》，從太極圖、河圖、洛書等等圖為始，解圖為著書。其中他收錄了〈輿地山海全圖〉當是臨摹自利瑪竇《坤輿萬國圖》的簡略版本，徒有大略圖形並錄大洲大洋名稱，其餘細節皆無。不過其中值得注意的是《圖書編》收錄了一幅名為〈四海華夷總圖〉〔註77〕的地圖，題為來自釋典這幅地圖「把中

日歷算類，十四曰兵書類，十五曰雜藝術類，十六曰類事類，十七曰醫書類。」《山海經》十八卷、《山海圖經》十卷分在「五行類」，與堪輿望氣探穴之類書籍一類。參見元・脫脫編修：〈藝文志第一百五十九　藝文五〉，《宋史（三）》卷 206（臺北：藝文印書館，1972 年），頁 2469。

〔註75〕題為郭璞所著《山海經讚》二卷分類在《宋史・志第一百五十七　藝文三》地理類。

〔註76〕在《清史（清史稿）》中《山海經》則劃歸在志一百二十二　藝文三　子部　小說類。參見關外二次本，頁 4367。

〔註77〕收錄於明・章潢：《圖書編》卷 29（《欽定四庫全書》本，子部十一・類書類，浙江大學圖書館影印古籍），跨頁 51。

國當成文明開化的核心地帶來呈現，化外之民則以認不出的形象擠在中國的
邊陲。章潢用這個標題來表明這張地圖符合中國的地圖繪製傳統，但他讓中
國融入四邊為大洋所環繞且面積大上許多的歐亞大陸裡」〔註78〕，而本圖來
自哪一部佛教經典，章潢未明確指出，現若以《圖書編》的編成年代定之，則
此圖當在明世宗嘉靖 11 年（1532 年）以前即存在，而〈四海華夷總圖〉右下
東南有小人國；西南有穿心國、君子國；西北有無腎國、東北有長腳國、長臂
國等，這些沿襲《山海經》的異國地名。

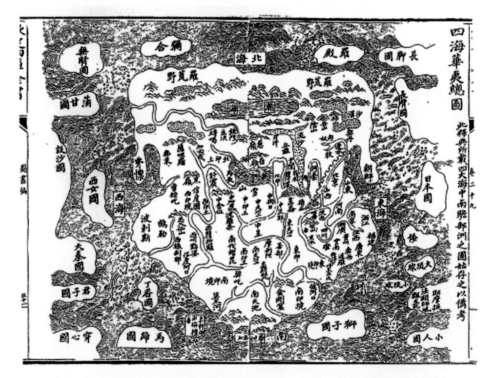

圖 2.1　收錄於明代章潢編撰《圖書編》中的〈四海華夷總圖〉

　　甚至 17 世紀末至 19 世紀間李氏朝鮮曾出現過一種「天下圖」，流傳很廣
版本眾多，地圖的內容立基於圓形的世界，內有一塊近似方形的大陸，標注
了中國、朝鮮國、蕃胡十二國、西域諸國等等資訊。

<hr />

〔註78〕（加拿大）卜正民（Timothy James Brook）著，黃中憲譯：《塞爾登先生的中
　　　　國地圖：香料貿易、佚失的海圖與南中國海》（臺北：聯經出版社，2015 年），
　　　　頁 201。

圖 2.2 天下圖，引自「韓國國立中央博物館」館藏〔註79〕

　　此大陸為一圈海洋所圍繞，此圈海域中則有真實可考的日本國，琉球國卻也有虛無飄緲間的仙山，以及《山海經》中記載的例如：歧舌國、不死國、交脛國、長臂國、貫胸國、厭火國、三首國、一目國、無腸國、聶耳國、博父國等等諸多異國。再往外則是一圈環型陸地，同樣是少昊國、龍伯國、中容國、女人國等等的大多源自《山海經》所錄異國的國名，並在東西兩端注明日月所出及所入之山，兩山各名為流波山及方山並各有一棵樹，分別是東方稱為扶桑、西方則謂盤格松。

　　日本學者中村拓（1890～1974）曾經研究過天下圖，他就蒐羅了十幾種天下圖以作為研究對象，而在這些天下圖中可考最早的是李燦所藏〈天下總圖〉（1684年）〔註80〕。中村在研究中羅列出了194個地名〔註81〕（重覆處不計），

〔註79〕韓國國立中央博物館，藏品，這幅圖題為太極圖，與其他天下圖較為不同處在於外為有一圈三環的虛實線條，依太極圖之名觀察，它應當表示了陰陽消息的概念。

〔註80〕（韓）李燦著，Kim Sarah（英譯），山田正浩、佐佐木史郎、渉谷鎮明（日譯）：《韓國之古地圖》（汎友社，2005年），頁28。

〔註81〕Hirosi Nakamura, "Old Chinese World Maps Preserved by the Koreans," Imago

指出中間大陸的地名多出自於中國古代史書例如《漢書‧西域傳》、《舊唐書‧
地理志》以及《通典》；周圍內圈海洋以及外環大陸的地名多源自《山海經》。

圖 2.3 〈天地全圖〉〔註82〕當中的東南方海洋

　　康熙 61 年（1722 年）則有一幅現存美國國會圖書館的《三才一貫圖》，
圖題〈三才一貫圖〉，全圖實為〈天地全圖〉、〈南、北二極星圖〉、〈大清萬年
一統天下全圖〉及〈歷代帝王圖〉、〈河圖洛書〉、〈伏羲、文王八卦方位〉各圖
所組成，各圖同時附了說明文字；圖下方則為《大學之道》全篇文字。這是利
馬竇《坤輿萬國圖》廣為人知的年代〔註83〕，而在〈天地全圖〉當中的東南

Mundi 4 (1947): 3～22.

〔註82〕引自中央研究院數位文化中心之「數位典藏與數位學習國家型科技計畫」項
　　　　下子計畫「皇輿搜覽——尋訪清宮流散歷史輿圖連結數位計畫」，圖題〈三才
　　　　一貫圖〉，然而全圖實為〈天地全圖〉、〈南、北二極星圖〉、〈大清萬年一統天
　　　　下全圖〉及〈歷代帝王圖〉、〈河圖洛書〉、〈伏羲、文王八卦方位〉各圖組成，
　　　　清‧康熙六十一年（1722）呂安世輯，本圖原藏美國國會圖書館。

〔註83〕雖然《坤輿萬國圖》在裏海左邊也注有「一目國」、「女人國」兩個古籍中的
　　　　異國，甚至女人國旁還有注解：「女人國：舊有此國，亦有男子，但生男即殺
　　　　之，今亦為男子所併，徒存其名耳。」但是畢竟這類情形少，而且《坤輿萬
　　　　國圖》精確度相當高。

方海洋，竟然還可以找到部分《山海經》異國國名，例如蓬萊、小人、扶桑、長腳、長臂、交脛。甚至北方海中也可以看到無臂、柔利、丈夫、一臂、一目等《山海經》異國國名。

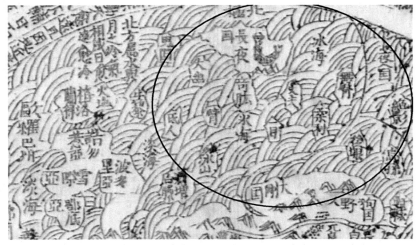

圖2.4 〈天地全圖〉當中的北方海洋

這種在地圖上記有《山海經》異國名的現象，甚至到乾隆八年（1743 年）仍可見到，例如在〈乾隆天下輿地圖〉東南角落也還存有《山海經》中海荒異國的國名，例如女人國、長臂國、小人國、長腳國等。

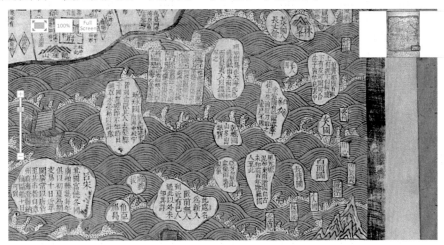

圖2.5 〈乾隆天下輿圖〉〔註84〕東南側海洋一隅

〔註84〕引自中央研究院數位文化中心之「數位典藏與數位學習國家型科技計畫」項下子計畫「皇輿搜覽──尋訪清宮流散歷史輿圖連結數位計畫」，本圖題〈乾隆天下輿地圖〉，原典藏單位為大英圖書館（British Library）。

全圖包括範圍涵蓋中國以及境外，也描述當時人所知的外國，雖然如「圖跋」所述：「凡圖天包地外，天如雞子白，地如雞子黃，四圍皆水，土居中央」，但是相較當時已知的世界地圖，這幅地圖比較相類於1389年〈大明混一圖〉、1402年朝鮮〈混一疆理歷代國都之圖〉之類，以中國為整個圖面主要中心，在四周圍少許空白添加境外異國的資料〔註85〕。

（二）描繪《山海經》海外異民的海外諸夷圖

除了地圖上載有《山海經》地名之外，明朝15世紀初開始鄭和首次下西洋的年代，這時候我們看見《山海經》姿態紛呈，它一方面在地圖上被載錄，甚至還有朝鮮「天下圖」這類以《山海經》為製圖主題的地圖，此外更有從《太平御覽》沿續而來的分類把《山海經》列入〈四夷部十一‧南蠻六〉，而且在資料羅列上與〈神異經〉、〈異物志〉這一類書籍並列，站在實際可徵的角度，把《山海經》視為一種遠方異國文化說明的典籍，更把這些資訊製作成圖。在這個觀點上，《太平御覽》之後始終有所延續不乏實例，元代題名為處士周致中所撰的《異域志》（原名《嬴蟲錄》）下卷就記載了《山海經》中海荒諸異國，並且加以說明，有的甚至還頗有其事，例如「穿胸國」條記：「在盛海東。胸有竅，尊者去衣，令卑者以竹木貫胸抬之。俗謂防風氏之民，因禹殺其君，乃刺其心，故有是類。」〔註86〕，在「柔利國」條下記：「國人類妖，非人比也。曲膝向前，一手一足。《山海經》云：『在一目國東。』」〔註87〕，在「羽民國」條下記：「在海東南岸巇間，有人長頰鳥喙，赤目白首，身生毛羽，能飛不能遠，似人而卵生穴處，即獸蝙蝠之類也。」〔註88〕，「小人國」條下則記：「《山海經》曰：『東方有小人國，名曰靖。』長九寸，海鶴遇而吞之。昔商人曾至海中見之，乃在海尾閭穴所也。」〔註89〕在「聶耳國」則記：「其人與獸相類，在無腹國東。其人虎文，耳長過腰，手捧耳而行。」〔註90〕

〔註85〕這可以參見圖下方「曹氏舊圖各省邊鎮外國路程」（曹君義，《天下九邊分野人跡路程全圖》，明崇禎17年，1644）所錄。另外圖下方「梁氏舊圖戶口賦稅」，則記錄了採自明萬曆21年（1593），梁輈編繪《乾坤萬國全圖古今人物事蹟》。

〔註86〕元‧周致中纂集，明‧周履靖輯刊，明‧陳繼儒校：《異域志》（北京：中華書局，據國家圖書館所藏荊山書林刊《夷門廣牘》本影印，1985年北京新一版），頁74。

〔註87〕元‧周致中纂集，明‧周履靖輯刊，明‧陳繼儒校：《異域志》，頁75。

〔註88〕元‧周致中纂集，明‧周履靖輯刊，明‧陳繼儒校：《異域志》，頁75〜76。

〔註89〕元‧周致中纂集，明‧周履靖輯刊，明‧陳繼儒校：《異域志》，頁76。

〔註90〕元‧周致中纂集，明‧周履靖輯刊，明‧陳繼儒校：《異域志》，頁76。

這些記載已經超出了《太平御覽》蒐集古籍資料的內容，不免都令人懷疑來自於字面國名的直接聯想或者演繹。不過四庫館臣則認為「其書中雜論諸國風俗物產土地，語甚簡略，頗與金銑所刻《異域圖志》相似，無足採錄。」〔註91〕認為它不可採信，乃是由於不夠詳細，這一點很可能是和書中其它國家的記錄相比而來，例如朝鮮國〔註92〕、日本國〔註93〕乃至其它至今可考諸國，《異域記》的記載可以說是清楚精準的。不過無論如何，大致從明朝朱權（1378～1448）開始《贏蟲錄》、《異域志》、《異域圖志》很可能是同實異名，而其中「從《新編京本贏虫錄》與新刻《贏蟲錄》，都可見到《贏蟲錄》是有圖」的，這種「海外諸夷圖」的類型「一再被新編、新刻，或者被日用類書『諸夷門』收錄。」〔註94〕

　　元代後例如像明末 1607 年出現了「山海輿地全圖」收錄在 1609 年出版的《三才圖會》，這幅地圖當中並無如《山海經》的怪異國名，但是在這部圖

〔註91〕清·永瑢、紀昀等：《四庫全書總目提要》卷七十八，史部三十四，地理類七（臺北：商務印書館，1968 年），頁 7（總頁 1659）。

〔註92〕「在東北海濱，周封箕子之國，以商人五千從之。其醫巫卜筮、百工技藝、禮樂詩書皆從中國。衣冠隨中國各朝制度，用中國正朔，王子入中國太學讀書。風俗華美，人性淳厚，地方東西三千，南北六千。王居開城府，依山為官，曰神窩。民舍多茅茨，鮮陶瓦。以樂浪為東京，百濟金州為西京，有郡百八十，鎮三百九十，洲島三十。以鴨綠江為西固，東南至明州，海皆絕碧，至洋則黑海，人謂無底谷也。」元·周致中纂集，明·周履靖輯刊，明·陳繼儒校：《異域志》（北京：中華書局，據國家圖書館所藏荊山書林刊《夷門廣牘》本影印，1985 年北京新一版），頁 3。

〔註93〕「在大海島中，島方千里，即倭國也。其國乃徐福所領童男女始創之國。時福所帶之人，百工技藝、醫巫卜筮皆全。福因避秦之暴虐，已有遁去不返之意，遂為國焉。而中國詩書遂留於此，故其人多尚作詩寫字。自唐方入中國為商，始有奉胡教者，王乃髡髮為桑門，穿唐僧衣。其國人皆髡髮，孝服則留頭。」元·周致中纂集，明·周履靖輯刊，明·陳繼儒校：《異域志》，頁 4。

〔註94〕根據鹿憶鹿的研究：「從《新編京本贏虫錄》與新刻《贏蟲錄》，都可見到《贏蟲錄》是有圖的，而且與《異域圖志》近似。我們稍微比對幾個圖，似可推測母本應為同一個，或者說，這三部書是同一系統的，《贏蟲錄》、《異域志》、《異域圖志》應是常被重編、改編，而過程中同實異名。……可以肯定地說，《贏蟲錄》的名稱很早就出現，後來被朱權更名為《異域志》，而有的版本可能有圖像，有圖像的或被稱為《異域圖志》，而不管有無圖像，在收錄的國名內容上幾乎大同小異。或者我們也可以說，無圖的《贏蟲錄》可能被更名為《異域志》，我們後來所見的《異域志》，不論寫本或刻本，都是不帶圖的；《異域圖志》則是某一種帶圖的《贏蟲錄》，而帶圖的《贏蟲錄》一再被新編、新刻，或者被日用類書「諸夷門」收錄。」詳參鹿憶鹿：《贏蟲錄》在明代的流傳——兼論《異域志》相關問題〉，《國文學報》第 58 期，2015 年 12 月，頁 150。

鑑性質的類書當中，人物卷的內容，描繪外國人物的圖本中，卻是出現了諸多《山海經》異國的人物。而經過鹿憶鹿的比對研究「《三才圖會‧人物》與胡文煥《新刻贏蟲錄》的圖文恰巧都是 161 圖，可見兩者系出同源，如果不是王圻參考胡文煥所編，即王圻與胡文煥有同一個母本。詳細情況可能還要進一步思考，《異域圖志》可能與《贏蟲錄》有關，或者說，《異域圖志》的原名也可能是《贏蟲錄》，有不帶圖的《異域志》抄本，也有圖的《異域圖志》刻本，他們都與《贏蟲錄》有關。」〔註95〕

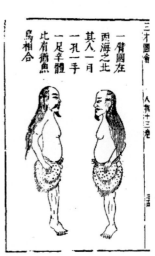

圖 2.6 《三才圖會‧人物》〔註96〕中繪有
《山海經》所載異國人物文字，並搭配圖像

　　這一系列的「海外諸夷圖」直到清初 1726 年《古今圖書集成》編輯，其中《邊裔典》〈東方未詳諸國部彙考〉裡面依舊羅列了大量《山海經》中的異國，例如大人、君子、毛民、小人、勞民、中容、白民等等（詳如圖），並且羅列典籍資料外，加上插圖。這應該也是源起自《異域志（贏蟲錄）》至《三才圖會‧人物》乃至與明清以來附圖的《山海經》互為影響補充的結果，不過在這裡值得注意一項重要訊息，而這恐怕即是這些羅列在地圖上、類書裡的異國，在知識上被如何看待的觀點，那即是「未詳諸國」，而這些未詳，不被探知的國度，並非不存在，而是以未詳的姿態存在於天下地理知識系統中。

〔註95〕鹿憶鹿：〈《贏蟲錄》在明代的流傳——兼論《異域志》相關問題〉，《國文學報》第 58 期，2015 年 12 月，頁 147。

〔註96〕明‧王圻編撰：《三才圖會》總第 33 冊，人物類第 13 卷（北京：北京大學圖書館掃描），左起頁 6、69、75。

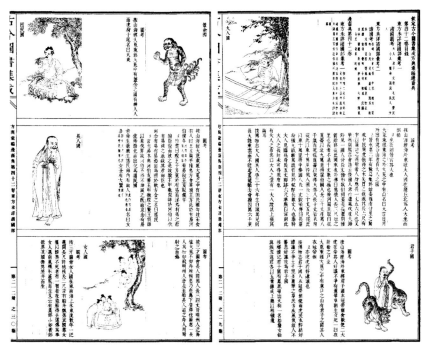

圖2.7 《古今圖書集成・方輿匯編・邊裔典・卷四十二》〔註97〕書中圖像

（三）隨著《山海經》出版搭配的異獸仙人圖

在這些與時俱進的《山海經》圖像傳播發展中，最廣為人知的不是前面所述二者，而是為《山海經》異獸仙人異域怪國之人配圖的系統，這最早從明朝中葉16世紀初，王崇慶（1484～1565）的〈山海經釋義〉有75圖開始，這些名為畏獸仙人的圖，其中有部分就是來自海外異域諸夷圖象的沿襲。

其中到馬昌儀相當全面地蒐集包括了初期先網羅的十種版本：

1. 明《山海經圖》，胡文煥編，格致叢書本，明萬曆二十一年（1593）刊行；全本共一百三十三幅圖，其中有二十三圖的神異怪獸未見於《山海經》。

2. 明《山海經（圖繪全像）》十八卷，蔣應鎬、武臨父繪圖，李文孝鐫，聚錦堂刊本，明萬曆二十五年（1597）刊行；全本共七十四幅圖。

3. 明《山海經釋義》十八卷，一函四冊，王崇慶釋義，董漢儒校，蔣一葵校刻，明萬曆二十五年（1597）始刻，萬曆四十七年（1619）

〔註97〕清・陳夢雷主編，蔣廷錫排校：《古今圖書集成・方輿匯編・邊裔典・卷四十二》第212冊（上海：中華書局影印），第29、30跨頁右側圖。

刊行。第一冊《圖像山海經》，共七十五幅圖。

4. 明《山海經》十八卷，日本刊行，四冊，未見出處；全本共七十四幅圖，是蔣應鎬繪圖本的摹刻本。全書附有供日文讀者閱讀的漢文訓讀。

5. 清《增補繪像山海經廣注》，吳任臣（志尹）注，佛山舍人後街近文堂藏版；圖五卷，共一百四十四幅。

6. 清《山海經》，畢沅圖注，光緒十六年（1890）學庫山房仿畢（沅）氏圖注元本校刊，四冊，圖一冊，全本一百四十四幅圖。

7. 清《山海經存》，汪紱釋，光緒二十一年（1895）立雪齋印本，圖九卷。

8. 清《山海經箋疏》，郝懿行撰，光緒壬辰十八年（1892）五彩公司三次石印本，圖五卷，共一百四十四幅。

9. 清《古今圖書集成·禽蟲典》中的異禽、異獸部。

10. 清《古今圖書集成·神異典》中的山川神靈。〔註98〕

以及後期陸續發現增蒐的六種版本：

1. 清《山海經廣注》，吳任臣注，康熙六年（1667）圖本，收圖一百四十四幅。

2. 清《增補繪像山海經廣注》，吳任臣注，乾隆五十一年（1786）圖本，收圖一百四十四幅。

3. 清《山海經繪圖廣注》，吳任臣注，四川成或因繪圖，四川順慶海清樓版，咸豐五年（1855）刻印本，收圖七十四幅。

4. 清《古今圖書集成·邊裔典》中的遠方異民。

5. 《山海經圖說》，上海錦章圖書局民國八年（1919）版，以畢沅圖本為摹本，收圖一百四十四幅。

6. 日本《怪奇鳥獸圖卷》，日本文唱堂株式會社 2001 年版本，收圖七十六幅。該圖本是江戶時代日本畫家根據中國的《山海經》與山海經圖繪製的山海經圖本。〔註99〕

〔註98〕 馬昌儀：〈山海經圖：尋找《山海經》的另一半〉，《古本山海經圖說》（臺北：蓋亞文化有限公司，2016年），頁 XIX。

〔註99〕 馬昌儀：〈前言〉，《古本山海經圖說》，（臺北：蓋亞文化有限公司，2016年），頁III。

這些看似種類繁多的版本，其實仔細觀察便可知道其中有著傳承的關係，這個序列大致上馬昌儀在《古本山海經圖說》一書中爬梳為「在圖像造型上，一百四十四幅圖中，有七十一幅圖全部或大部採自胡文煥圖本。吳任臣康熙圖本流傳甚廣，後來的乾隆圖本、近文堂圖本、畢沅圖本、郝懿行圖本都是以該圖本為摹本的。」〔註100〕換句話說胡文煥的《山海經圖》是明清以來各畏獸圖系統的主要共同來源，而無獨有偶胡文煥同時在萬曆二十一年（1593）刊刻了《新刻嬴蟲錄》。

表 2.2　《山海經》各類圖時間表

編號	刊刻時間	出版問世	朝代	作（編）者	生卒年	書名／圖名	篇　名	內　容	立場
1	1389	1389	明	朱元璋朝臣	洪武22年行政區	大明混一圖		《山海經》地名，如西南沿海有小人國	地圖
2	1402	1402	朝鮮	李氏朝鮮		混一疆理歷代國都之圖		《山海經》地名，如西南沿海有小人國	地圖
3	1448前	1448前	明	朱權	1378～1448	異域志（嬴蟲錄、異域志）〔註101〕		此海外諸夷圖，爾後從日用類書、三才圖會直到邊裔典一脈相承。	海外諸夷圖
4	1532	1532	明	**	明世宗嘉靖11年	四海華夷總圖		四方有異國名，例如有右下東南有小人國；西南有穿心國、君子國；西北有無腎國、東北有長腳國、長臂國等。	地圖
5	1593	1593	明	胡文煥	?～1596～?	格致叢書	內含數百餘種珍冊秘函	山海經圖本（萬曆21年）133圖	畏獸系統
6	1593	1593	明	胡文煥	?～1597～?	新刻嬴蟲錄		萬曆21年刊，藏日本東京尊經閣文庫。	海外諸夷圖

〔註100〕馬昌儀：〈前言〉，《古本山海經圖說》，頁IV。

〔註101〕鹿憶鹿：〈《嬴蟲錄》在明代的流傳——兼論《異域志》相關問題〉，《國文學報》第 58 期，2015 年 12 月，頁 150。

7	1597	1597	明	蔣應鎬、武臨父	?	山海經圖繪全像	萬曆25年聚錦堂本	18卷74圖（另有日本刊行本）	畏獸圖系統
8	1597	1619	明	王崇慶	1484～1565	山海經釋義	大體迂腐說教不過有些不錯的看法	有圖本（圖像獨立成卷）／注釋也不多有圖象山海經75圖	畏獸圖系統
9	1684	1684	朝鮮	李燦（收藏）		天下總圖	有各種版本	幾乎依照《山海經》文本而繪	地圖
10	1680	1700	清	吳任臣	?～1679～?	增補繪像山海經廣注	讀山海經語、山海經雜述	全面在郭注基礎上廣注，附圖依舒雅的畫重製／考年代源流並附圖144	畏獸圖系統
11	1722	1722	清	康熙年間		三才一貫圖	天地全圖	東南海有《山海經》異國名，如蓬萊、小人、扶桑、長腳、長臂、交脛。甚至北海中亦見無臂、柔利、丈夫、一臂、一目等。	地圖
12	1726	1726	清	雍正年間		古今圖書集成	《神異典》山川神靈		畏獸圖系統
13	1726	1726	清	雍正年間		古今圖書集成	《禽蟲典》異禽、異獸部		畏獸圖系統
14	1726	1726	清	雍正年間		古今圖書集成	《邊裔典》〈東方未詳諸國部彙考〉	羅列《山海經》異國如大人、君子、毛民、小人、勞民、中容、白民等，且羅列資料外，加上插圖。	海外諸夷圖
15	1743	1743	清	乾隆年間		乾隆天下輿地圖		東南海存《山海經》中異國名。例如女人國、長臂國、小人國、長腳國等。	地圖
16	1890	1890	清	畢沅	1730～1797	山海經畢沅圖注	光緒16年復刻版	144圖	畏獸圖系統
17	1895	1895	清	汪紱	1692～1759	山海經存	圖九卷		畏獸圖系統
18	1892	1892	清	郝懿行	1757～1825	山海經箋疏	圖五卷	144圖	畏獸圖系統

鹿憶鹿對此有深刻著墨：「新刻兩卷本《山海經圖》，圖本為合頁連式，右圖左說，採用的是無背景一神一獸一圖的格局。神怪鳥獸的順序沒有規則，既不按神、獸、鳥、蟲分類，與 18 卷經文也不相配合。全本共 133 圖，見於《山海經》的神與獸共 110 圖，其中，靈祇 16 圖、獸族 54 圖、羽禽 23 圖、鱗介（魚蛇蟲）17 圖。雖有多數《山海經》的神與獸，本書卻的的確確是新刻，將《山海經》的順序徹底打散，再重新編排。馬昌儀先生十幾年前就相當關注這本書，認為《山海經》的神祇與鳥獸蟲魚受到編選者的青睞。其中 23 圖未見於《山海經》，如：俞兒、白澤、比目魚、世樂（鳥）、玄鶴、角獸、龍馬、獬豸、比肩獸、三角獸、和尚魚、酋耳、貘等。這些神與獸分別出自《管子》、《軒轅本紀》、《爾雅》等書。這些山海異物應是晚明社會上一般讀者比較熟悉的，站在刻書者的立場，是有商業價值的。……胡文煥的《贏蟲錄》分四卷，與《山海經圖》的刊刻方式一樣，右圖左說。此書前三卷各 40 國，第四卷 41 國，合計 161 國，見不出編排的順序原則為何？而此書所列可以見出其中一些 18 卷《山海經》中的國名：君子國、高麗國、羽民國、奇肱國、穿胸國、不死國、女人國、聶耳國、長臂國、長腳國、小人國、三首國、三身國、交脛國、柔利國、盤瓠、丁靈國、氐人國、一臂國、一目國等。出自《山海經》的海外遠國異人並未像《淮南子》所稱的海外 36 國，而更多是《山海經》中未曾出現的異國贏蟲，而這些異國贏蟲似乎大都是現實地理中的國名，新刻《贏蟲錄》與其他同類型的書一樣，似乎代表晚明新的異域地理觀，想像與實證的異域地理同樣受到重視，異域殊俗對一般人是有吸引力的。」〔註102〕

而胡文煥自己在《新刻贏蟲錄》的〈贏蟲錄序〉說明：

> 天地間，人為贏蟲之長。人蓋生中國，得具體。有若麟、鳳、龜、龍之出其類，拔其萃，是謂之長，毋論已。長之外，而列贏蟲之名者，有若毛、羽、鱗、介諸蟲之為類，不一已也。苟不有以志之，何以知其類之繁？而吾中國之人，若是其尊且貴乎？第舊本多以毛、羽、鱗、介錯雜其間，今予悉迸諸《山海經》中。而《山海經》中所有贏蟲，亦悉拔之於此……。〔註103〕

〔註102〕鹿憶鹿：〈殊俗異物，窮遠見博——新刻《山海經圖》、《贏蟲錄》的明人異域想像〉，《淡江大學中文學報》第 33 期，2015 年 12 月，頁 118～128。
〔註103〕胡文煥：《新刻贏蟲錄》〈贏蟲錄序〉。

這就回答了鹿憶鹿的發現，《山海經圖》、《羸蟲錄》中各有一些來自其它知識系統的補充，而且這正是胡文煥的立意，這兩本書原本就是要一起互補，並且一起出版的，因此依照馬昌儀、鹿憶鹿的發現，明清的畏獸圖、日用類書（三才圖會、萬用不求人等等）中的海外異人，事實上在明清彷彿各自流傳，到了清雍正年間的《古今圖書集成》彷彿分成了〈神異典〉、〈禽蟲典〉、〈邊裔典〉幾個大類，事實上它們來自一個共同的源頭。

而這個源頭顯然是胡文煥的刊刻，而胡文煥的刊刻顯然也有其母本。「胡文煥在萬曆 21 年春天新刻《山海經圖》，同年夏天再刻《羸蟲錄》一書。《羸蟲錄》一書記海外職貢的夷狄羸蟲，並繪刻圖像，原刻本現已不傳，只能從胡文煥新刻與一些其他的資料去揣想他可能的內容。《朝鮮王朝實錄》中出現過幾則《羸蟲錄》的記載，較早的資料出現在朝鮮世宗 22 年（1440，明英宗正統 5 年），言明大臣以十五匹麻布向遼東人家買《羸蟲錄》一書。劍橋大學圖書館藏有金銑 1489 年做序的《異域圖誌》一書，其中內容與新刻《羸蟲錄》雷同。由此似可推測，異域的異人異物知識或許一直是明人極為感興趣的閱聽部分？

與《羸蟲錄》同名的另有一本書，現存於東京御茶水圖書館成簀堂文庫的《新編京本羸蟲錄》，是嘉靖 29 年版本，此書分兩冊不分卷，書前的序記載明代的入貢國 180 有餘。可見《羸蟲錄》的新編在胡文煥之前一直是存在的，也說明胡文煥的新刻，是有所本的。」〔註 104〕

此一所本究竟為何，來日當有繼續研究的空間。不過在此倒是可以根據前面一路所述，《山海經》的地理與神怪性質在時代流傳過程中始終糾結矛盾的發展，到了明清學術的論述，進入到了各種考據的研究時代，反觀在實際應用上我們觀察到了「地圖」、「畏獸圖」、「海外諸夷圖」的出現，而這幾項，依據前面討論，畏獸圖與海外諸夷圖可以溯源到胡文煥，那麼地圖呢？

胡文煥應當是沒有製作相關地圖，但是萬曆二十一年（1593）為什麼急於這麼刊刻這二種書呢？他在〈山海經圖序〉裡說「《山海經》迺晉郭璞所著，摘之為圖，未詳其人；若校集而增補之，重繪而剞劂之，則予也。」強調了他自己校集、增補、重繪、雕刻刊印之功外，他認為郭璞是一位異人「所窮者遠，故其所見者博，所見者博，故其所著者異，苟非窮遠見博之士，非唯不足

〔註 104〕鹿憶鹿：〈殊俗異物，窮遠見博——新刻《山海經圖》、《羸蟲錄》的明人異域想像〉，《淡江大學中文學報》第 33 期，2015 年 12 月，頁 126～127。

以識此，而亦且目此為誕矣。夫有陽必有陰，有常必有變，有中國必有夷狄，有異人必有異物。」郭璞窮遠所以見識廣，見聞廣博所以能記錄與眾不同之事物，而很多程度不足，見識不廣者，恐怕會以此為荒誕，因此胡文煥一方面標高了自己刊刻這類書籍的高度之外，同時也告訴大眾有陰必有陽，有中國必有夷狄，有異人必有異物。這種視怪為不怪的立意，直承了郭璞當年注解《山海經》作序時的立場。

回顧前文郭璞注《山海經》時的時代背景，正是海上交通發達之時，希望透過《山海經》以銜接，或者了解遠方異域的心境，即使是《山海經》的地理性質早在漢代已經被質疑，郭璞依舊把《山海經》重新喚醒。

那麼胡文煥這時候呢？萬曆二十一年（1593）三寶太監下西洋的壯舉還在溫熱，不遠的半世紀前，對於外來世界的認識需要，隨著下西洋的後續作用不停發酵，創造了閱聽需要，也成了胡文煥這兩類書最重要的銷路支持，這是其一。其二則是明神宗萬曆十二年（1584），義大利傳教士利瑪竇到達廣東肇慶，編制《山海輿地全圖》，由王絆首刻於肇慶。〔註105〕這是中國的第一幅世界地圖，影響甚巨，旁及東亞諸國，遑論當時中國內部。因此即使一時無法確知胡文煥《山海經圖》、《贏蟲錄》所本母本為何？即使當時利瑪竇編製王絆首刻《山海輿地全圖》，對整個中國影響程度未可蠡測，但是胡文煥的刊刻肯定在當時那段歷史發展中起了影響。

明清以來，這些與《山海經》密切相關的圖像，在所謂的學者考據、訓詁觀點之外有著極為民俗性的樂趣，既不需要厚重的學術背景，大量的文字閱讀，主要的圖像搭配形成了極佳的傳播載體，配合了明清時期的海外交通發展，異域異國的好奇，藉由這類圖像，得到滿足。這顯然可以上溯到郭璞的年代，對於這個世界的好奇、想像，因此《山海經》得到了新的詮釋發展。這一路而來，《山海經》的性質如同前面所論述，每個人依其解讀而有各種的角度，《山海經》可以是神怪、是地理、是神巫、是自然博物之書，這從明清類書、圖像的《山海經》呈現，再次證明此點。因此郭璞以來，直到胡文煥都沒有離開過「窮遠博見」的概念，這乍看之下「博見」似乎是主要目的，博物學傳統自在其中，然而「窮遠」不可忽略，這一窮盡遠方，方有博見，誠如鹿憶鹿在論述這一類圖像時所說：

〔註105〕故宮博物院：《圖文天下——明清輿地學要籍》（北京：紫禁城出版社，2011年），頁138。

> 華夷的分野並非真正的空間阻隔，是在文化上的親疏遠近；文化上
> 的親疏遠近又無損市井小民的閱聽習慣，這是對異的好奇與憧憬，
> 讓一般市井小民的閱聽過程中充滿神奇與趣味，有如在異域的一種
> 紙上旅行。〔註106〕

也許這正呼應了當年郭璞在寫〈山海經敘〉的時候所舉的出土文物實證，那
一場周穆王的神奇旅行。

〔註106〕鹿憶鹿：〈殊俗異物，窮遠見博——新刻《山海經圖》、《贏蟲錄》的明人異
域想像〉，《淡江大學中文學報》第33期，2015年12月，頁140～141。

第三章　《山海經》是旅行書

　　依據前面一章對《山海經》歷來地理學角度的分析，可以得到《山海經》自司馬遷首提全名以來，其地理性質未曾全面被放棄，在歷朝歷代總是能夠有相應的位置。或者總是有人標舉它的價值，或者在合適的位置運用它的資訊。但是同時也浮現一個問題，那就是《山海經》的地理性質總是無法被單純視之，在地理之外總要伴隨一些其它主題，例如博物、例如巫術、例如……。這呼應了首章所提及的《山海經》性質眾說紛紜的現象，這現像也是所有研究《山海經》者的難題。而事實上歷來討論這個問題的學者最難處理的也正是這個問題。

　　切入觀察《山海經》地理性質，就可以看到《太平御覽》把《山海經》視為博物類書，把其中海、荒經的異國資訊，又歸到遠方蠻夷的文化描述資料。

　　《宋史》則不僅把《山海經》（十八卷）、《山海經圖》（十卷）、《山海經讚》（二卷）分別視之，並且將《山海經》一書視為道術類，《山海經讚》則在分類上歸屬到遠方文化見聞的見聞記錄的地理類。

　　這也就是《山海經》的前後文本關係，在山海經之後的文本創造了山海經的各式各樣定義與解釋，所以歷朝歷代各種《山海經》的性質多姿多采，這也就是陳連山為什麼說：「判斷《山海經》的性質很困難，因為其中既有寫實性的內容，又有虛幻性的內容。……所以後世學者對其性質產生了不同認識，陸續提出『刑法家書』、『地理書』、『方物書』、『小說家書』、『巫書』、『神話書』、『綜合志書』等說法。」[註1]

　　所以大多數討論《山海經》者，都會認識到首先《山海經》本非一時一地一人所作，其中各主要部份，暫且不論細微的增刪變動，學者們討論文本

─────────────────

〔註1〕陳連山：《〈山海經〉學術史考論》，頁12。

產出時間上，大多會進行切割。

> 當代學者較一致認為《山海經》是由幾個部分彙集而成，並非出於
> 一人一時之手。但具體看法又不同，有學者認為《山海經》由三大
> 部分組成，其中以《山經》成書年代最早，為戰國時作；《海經》為
> 西漢所作；《大荒經》及《大荒海內經》為東漢至魏晉所作。有的學
> 者從《山海經》中《山經》與《禹貢》作比較研究，結論是《山經》
> 所載出川於周秦河漢間最詳最合，故作者當是這一地區的人。至於
> 時代當在《禹貢》之後，戰國後期。〔註2〕

暫且不論寫作年代考証歧異，《五藏山經》被獨立出來觀察，海荒經或者被視
為一體，或者被分為海經、荒經討論，卻是一致的趨勢。此外：

> 人們對於《山海經》多記怪物的印象很大程度是因為忽略了其中不
> 太吸引人的注意的客觀性地理知識，比如《五藏山經》中大量的山
> 名、水名、里距，以及礦物、植物知識。〔註3〕

而因為這緣故，以神怪出現比例上相比較而言：

> 《海經》部分的神怪內容最多，就連力主《山經》為地理志的譚其
> 驤也迴避《海經》的研究。〔註4〕

劉宗迪也說：

> 《山海經》是述圖文字，這是古往今來《山海經》研究者和注疏者盡
> 人皆知，但是，前人乃至今人都籠統地、想當然地以為《山海經》全
> 書都是有圖的，不僅《海經》有圖，《山經》也有圖。鍾敬文先生第一
> 次明確指出，只有《海經》部分才有圖畫為依據，《山經》則原本根本
> 沒有圖畫，其中內容是對自然山川風物的目驗實錄，這一發現看來並
> 沒有什麼了不起的地方，卻是我們正確理解《海經》的關鍵和出發點。
> 因為既然《海經》是述圖文字，而《山經》不是，那麼，這就意味著
> 《海經》與《山經》可能各有來歷，也許是兩種完全不同的著述，兩
> 者可能來自完全不同的學術傳統，只是偶然的機緣才使兩者被編為
> 一書。不能因為《海經》和《山經》被編在同一本書中，因為《山經》
> 是地理書，就想當然地認為《海經》也是地理書，就認為《海經》和

〔註2〕陳連山：《《山海經》學術史考論》，頁15。
〔註3〕陳連山：《《山海經》學術史考論》，頁15。
〔註4〕陳連山：《《山海經》學術史考論》，頁14。

《山經》屬於相同的知識範疇。

《海經》既然是述圖文字，那麼，要理解《海經》，首先就要弄清其所依據的古圖是一幅什麼樣的圖畫，然後，我們才能進一步追問它源於什麼樣的知識範疇和學術傳統，應該如何理解它的文字，這個道理不是明擺著的嗎？〔註5〕

在《圖說山海經》中除〈五藏山經〉之外，針對《海經》的部份，王紅旗以其研究多年的地圖經驗，也明白指出來：

袁珂先生在《山海經校注》一書中，採納清代學者畢沅的分類方法，將全書內容分成《山經》和《海經》兩部份，《山經》即《五藏山經》五篇，《海經》即《海外四經》、《大荒四經》、《海內五經》十三篇。其中《山經》地理脈絡相當有序，而《海經》方位卻言之不詳。〔註6〕

信手拈來，學者們都這麼解析《山海經》，以研究來說，這是便於釐清的基本功夫，更何況這門學問發展了不只千年。千年來學者前仆後繼，面對為什麼《山海經》既被編為一書，裡面為什麼要放進如此多樣種類的資訊？而且依據卷帙浩繁的研究，其類型可以南轅北轍，真實、虛幻併有。

錯簡嗎？歷來有有不少人有此猜測。可是錯簡能錯到把天南地北的資料混在一起嗎？若要真是如此，恐怕連釋讀都有困難。所以既然所謂的無意的誤失，不可能導致上述如此的情況。那麼會不會根本就是有意為之，只是自司馬遷以來，大家都沒有把握到《山海經》真正的性質，所以解讀起來每多掣肘，地理、神怪、巫術、博物各種性質成為彼此的牽絆。

所以終極的問題是，會不會有一個性質，統合了《山海經》全書，那才是《山海經》成書的核心要旨。

第一節　統合《山海經》的核心主旨

一、劉歆、班固的交集——《山海經》在漢代主流觀點下非地理書

在前一章針對《山海經》歷來地理學性質的討論過程中，提到最早提出

〔註5〕廖明君：〈《山海經》與上古學術傳統——關於《山海經》研究的對話〉，《民族藝術》第4期，2003年。

〔註6〕王紅旗解說，孫曉琴繪圖：《圖說山海經》（臺北：城邦文化事業股份有限公司尖端出版，2006年），頁333。

對《山海經》進行介紹、評論的學者無非是劉歆，而劉歆在〈上山海經表〉中說《山海經》是由禹「隨山栞木，定高山大川」然後協助禹的「益與伯翳主驅禽獸，命山川，類草木，別水土。」再透過「四岳佐之，以周四方」最終能「逮人跡之所希至，及舟輿之所罕到。內別五方之山，外分八方之海，紀其珍寶奇物，異方之所生，水土草木禽獸昆蟲麟鳳之所止，禎祥之所隱，及四海之外，絕域之國，殊類之人。」

這一大段描述禹和其助手「益」與「伯翳」的事蹟，很顯然具備了進行旅行的勘查、對陌生世界的探知，並且能夠到達「人跡之所希至」甚至連舟輿都難以到達的遠方「絕域之國」，探訪認識「殊類之人」，「紀其珍寶奇物」，覽觀「水土草木禽獸昆蟲麟鳳」的各種物事的表面以及象徵意義。

這最後結論雖然劉歆歸在「朝士由是多奇山海經者，文學大儒皆讀學，以為奇可以考禎祥變怪之物，見遠國異人之謠俗。」但是前章已討論過，劉歆結論此言恐怕自己的期望大過現實的真相，這也就反過來凸顯前面一大段禹與其助手「益」與「伯翳」的事蹟，結合了結論的詮釋當中存在著一個隱約模糊的概念。劉歆究竟想說什麼？或者他事實上發現什麼？

稍後的班固，以及在劉歆之前的司馬遷，針對《山海經》在地理學性質的看法，給了我們重要的線索，換句話說《山海經》在漢代的時候已經不是地理書，或者可以說它被排除在正確可理解的地理學知識之外，更準確地說，《山海經》在漢代已經不屬於當時所認為的主流「地理書」。

二、郭璞〈注《山海經》敘〉引《穆天子傳》的暗示

因此在東晉時郭璞再度指出《山海經》的重要性時，他認為《山海經》是真實之書，他駁斥了漢代以來多數人對《山海經》不相信的看法，認為大家覺得《山海經》怪異是因為人自身的孤陋寡聞，論述所謂怪異在人的詮釋，物的本身其實並無怪異。而郭璞是如何證明他的觀點呢？

他應用了在他出生三年前出土的汲塚書（「汲郡竹書及穆天子傳」）作為印證，這可謂是王國維的二重證據法先聲，郭璞是以把《山海經》視為真實，也認為汲塚文物是真實的態度來處理這些知識的。所以郭璞以《山海經》資料注解汲塚出土的《穆天子傳》，然後在〈注《山海經》敘〉裡面用了穆天子西行遊歷的記載為例，穆天子和禹以及其助手「益」與「伯翳」一樣，「周歷四荒，名山大川，靡不登濟。東升大人之堂，西燕王母之廬，南轢黿鼉之梁，

北躡積羽之衢。」而且「窮歡極娛」，最後還安然凱旋而歸。這個例子正是一場周穆王的四方旅行記，這正是郭璞提供了他對《山海經》性質的理解線索。

三、唐宋後的《山海經》始終與異域交通相關聯

前章提到自魏晉乃至隋唐，《山海經》在學術上大致上都被當作一種博物知識類書使用，不過卻也同時在史書中被歸類在地理書，一種博物與地理的並行，伴隨了陸海交通發展的脈絡開始發展。

然後到北宋《太平御覽》以降，因為《山海經》中的方向、距離、地名終究無法忽視，〈五藏山經〉也真有實際可考名物，但是海經、荒經卻又觸目可見異國、異域、神人等等的神奇記載，因此一方面可以看到把《山海經》視為地理書，把其中的知識繼續依照傳統，作為博物的運用，然後把大量的異國、異域、異人歸在四夷遠方之國。

此後異國、異域、異人在《山海經》的性質討論眾說紛紜的時代過程中，始終沒有消失。元人所編著的《宋史》是如此，明清之後也是如此，即使是史書中明清不再把《山海經》當成地理書，但是在各種圖版的繪畫刊刻中，《山海經》一直沒有停止過被理解為地理、博物、遠方四夷之志的知識之書。換言之從劉歆所說的達「人跡之所希至……見遠國異人之謠俗。」一直到胡文煥講的「窮遠博見」，其實是一脈相承的，甚至到袁珂都曾在〈海外南經〉的解題中說明：

> 《山海經》之「經」，乃「經歷」之「經」，意謂山海之所經，初非有「經典」之義。〔註7〕

這一被現在大多數學者採認的解「經」之說，豈不正是說明一種旅行的概念，而這在鹿憶鹿的看法裡，他理解為「有如在異域的一種紙上旅行」。

這是前面一章給我們的三個提示，顯然《山海經》被認為具備地理性質是因為其中明顯的方位、距離、各種方物記載，再加上見遠方異國謠俗的窮遠博見而被理解的，這事實上在實用的角度上，歷代真正地理學的角度上一直欠缺真正的實用，而且這一點在班固、劉歆當時已經如此。因此整個歷代地理學發展過程中，《山海經》的存在離開實際，僅存象徵意義。這也是為什麼葉舒憲等人試著用神話地理學角度來詮解《山海經》，而陳連山也因此站在相反角度呼籲，認為不能忽略《山海經》真實歷史地理上的價值。

〔註7〕袁珂：《山海經校注》，頁181。

　　在這個矛盾上假若試著拋開既定的符號，而以內容上的意義來觀察，換句話說不拘於「地理」、「神話」等這些名詞，純以概念內容來分析，過去班固以來的《地理志》系統，其實重點傾向實用，也就是以空間資源創造利益。這一點在〈五藏山經〉結尾一大段很可能是劉歆或是大約同時的人加上的「禹曰云云」闡釋得相當明白，說明了記天下名山、出水、受水，出銅之山、出鐵之山這些資源是為國用的特點，這段文字明顯是在解釋〈五藏山經〉記載資源當屬創造利益之用的期待，也就是漢代地理學的角度，可是很明顯只是期待，和劉歆的「博物」、「語怪」呼籲相同，退一萬步不說數字是否吻合，所謂「是為國用」在〈五藏山經〉文本中也沒有例子可以證明是否真能為國用。所以《山海經》其實更類於現代地理學概念所謂自然地理的定義，他關注生活環境、各種自然現象以及作用過程，而《山海經》存在的遠古時代人們是以什麼方式看待自然？這就是神話學者們切入的角度，也正是所謂鍾宗憲強調的「『神話』之所以是神話，必定以當時人『信以為真』做為主要的基礎。」〔註8〕，遠古人們對自然環境種種現象，以信以為真的方式進行觀察，近一步詮釋，再加上《山海經》中具備的距離、方位，顯然具備了人在空間中移動的性質，此後《山海經》再進一步以「原始語言（疾病語言）」〔註9〕陸續記錄下來，而有其初期樣貌，因此如果說漢代初萌的地理學概念，著重在已知世界的爬梳與系統化掌握，進而利用環境資源，那麼《山海經》則是更前階段的探索環境、解釋世界，強調的是對於未知世界的探尋，乃至於記錄，而這樣的特性，事實上更接近於「旅行」以及「旅行紀錄」。

　　因此《山海經》不是一種地理書而已，他是一種以「旅行」為核心概念的文本，而且很可能《山海經》的各種神奇內容都可以並行不悖地統合在這個主題之中。

第二節　前人指出《山海經》是旅行書的論點

　　歷來觀察到《山海經》在整個「地理」脈絡中重要性的學者眾多，但是認識到《山海經》旅行性質者，或者直指《山海經》是旅行指南者，恐怕就鳳

〔註8〕鍾宗憲：〈中國神話的語言構成初探〉，《興大中文學報》第23期增刊，2008年11月，頁168。

〔註9〕鍾宗憲：〈中國神話的語言構成初探〉，《興大中文學報》第23期增刊，2008年11月，頁165。

毛麟角。即使是袁珂也僅是以「經歷」﹝註10﹞來說明《山海經》的旅行特徵。
而直接指出「旅行」一詞者羅列如下：

其一是荷蘭學者希勒格（Gustaaf Schlegel, 1840～1903）﹝註11﹞在《中國
史乘中未詳諸國考證》中直言「中國書籍中有《山海經》世界中最古之旅行
指南也。」﹝註12﹞

其二是江紹原透過觀察《山海經》中因行旅遭遇的神姦和毒惡生物以及
相關紀錄，將其分成五類：「（1）種種於人有害的動植物；（2）與風雨有關的
山嶽和神人；（3）祭祀神靈的正法；（4）有利於人的動植物和異物以及；（5）
奇形怪狀的異方之民。」﹝註13﹞然後分析「此五項正是行人所不可不知，旅
行指南所不可不載……《山海經》既詳載之，故它當不但是地理書而且是確
有旅行指南這特殊功能的實用地理書」﹝註14﹞。甚至江紹原進一步分析了《山
海經》對於山神祭祀的語氣﹝註15﹞，他認為「《山海經》或許本不但是旅行指
南，而且是上層階級的旅行指南。」﹝註16﹞

其三是張步天的論述，張步天對《山海經》為探險考察之旅行紀錄即有
其深入的觀察，以其專著《山海經解》﹝註17﹞將《山海經》分別為〈山經〉
與〈海經〉並分析出〈山經〉包含了 26 條探險考察路線，並製作了 26 幅路
線圖，此外他也為〈海經〉的異國製作了對應中國地理位置的 4 幅位置地
圖。﹝註18﹞

其四是本世紀 2004 年陳怡芬提出《山海經的旅行紀錄》﹝註19﹞作為學位
論文。透過對於《山海經》中點線的紀錄與空間構成，確認了「旅行指南」的
性質。

﹝註10﹞ 袁珂：《山海經校注》，頁 181。

﹝註11﹞ 希勒格名字變體數種 Gustav、Gustaaf、Gustave、Gustavus 等等。

﹝註12﹞ 希勒格（Gustaaf Schlegel）著，馮承鈞譯：《中國史乘中未詳諸國考證》（臺
北：商務印書館，1966 年），頁 7。

﹝註13﹞ 江紹原：《中國古代旅行之研究》（上海：上海文藝出版社，1989 年），頁 14。

﹝註14﹞ 江紹原：《中國古代旅行之研究》，頁 14。

﹝註15﹞ 江紹原：《中國古代旅行之研究》，頁 38。

﹝註16﹞ 江紹原：《中國古代旅行之研究》，頁 22。

﹝註17﹞ 張步天：《山海經解》（香港：天馬圖書公司，2004 年 7 月）。

﹝註18﹞ 張步天所繪路線圖，完整收錄於徐客：《圖解山海經》（新北市：西北國際文
化，2014 年）。

﹝註19﹞ 陳怡芬：〈山海經的旅行紀錄〉（臺北：國立臺灣師範大學國文研究所碩士論
文，2004 年）。

以上大概即直言《山海經》為旅行指南者的主要觀點，前人即使主張《山海經》地理性質者，也鮮有直言「旅行指南」一詞。

然而雖然直言「旅行指南」者少，但是如前所述關注到《山海經》地理性質者眾，而所謂地理性質，那是對於觀察並紀錄「地理」者而言的，這些被記載的訊息可以分為自然地理、人文地理。

而不論是自然地理或人文地理的訊息，「指南」最重要在於「驗證」，希勒格直指「旅行指南」一詞，見於《中國史乘中未詳諸國考證》就是在考證中國史書中驗證不出確實結果的諸國。江紹原所指的「旅行指南」所記的各方面也旨在實用，因此以「旅行記錄」作為實用即為一種驗證。

因此以上幾位觀察到《山海經》旅行性質者，可以歸納出《山海經》中很明顯的特徵，也就是做為一種旅行紀錄的角度來說，《山海經》文本中呈現明顯的距離、方位及地名乃至於與其相關聯的名物，正是極為明確的例證。

例如希勒格（Gustaaf Schlegel, 1840～1903）直接指明《山海經》是「世界中最古之旅行指南」即是在中國古籍中鑽研如女國、小人國、大人國等等未詳諸國時，做為一種真實旅行紀錄來引用，值得注意的是全部是以〈海經〉作為引用對象，換句話說〈五藏山經〉並不在希勒格的討論範圍。再來民俗學者江紹原之說則是聚焦在觀察《山海經》中因行旅遭遇的神姦和毒惡生物以及相關紀錄，他是以《山海經》整體作為觀察對象，認為其中所記各種資訊都是旅人不可不知的重要資訊，當即屬於最早的旅行指南。

到 2004 年陳怡芬整理出《山海經的旅行紀錄》[註20]，其觀點則是透過全面觀察《山海經》的文本，將《山海經》的方位、地名聯繫起來，確認了《山海經》實際旅行紀錄的結構，並且網羅江紹原的觀點，也全面整理了《山海經》中具療效、預警功能、祭祀與儀式的名物，作為一種實際旅行紀錄的確證。這樣的整理有其意義，但是也就可以說是論述到了盡頭，要再往下討論做為旅行書的《山海經》恐怕就無須再把這類工作重複一遍，而且更為細膩的作法恐怕要屬張步天。

他主張「『山經』之『經』者，除袁珂過去主張過的『經歷』之外另有三層意思。一則『勘劃』，……二則『治理』，……三則『籌劃』，……。〈山經〉並非成於一時，其早期底本應為西周王官或即追述西周初年建制之《周禮》

〔註20〕陳怡芬：〈山海經的旅行紀錄〉（臺北：國立臺灣師範大學國文研究所碩士論文，2004 年）。

所稱大司徒、大宗伯機構主持之調查記錄,有文有圖,且定期或不定期重覆修訂,不斷增刪潤色。『文』為文字筆記,即後世所見經文。『圖』即地圖,亦有某種實物圖、神祇圖原始資料……平王東遷洛邑之後,王室浸衰,但春秋時周王仍有一定權威,此種調查記錄並未終止,此即〈中山經〉記載洛邑附近十分詳細之緣由。」〔註21〕而〈山經〉是《山海經》的主體,「為中國上古時代以山嶽山系為綱目之地理民俗志;〈海經〉則係當時所謂海荒地區之散志,其中諸多貌似荒誕離奇之神人怪物傳說,卻曲折反映出從神話時代至歷史時代蓄積之豐富文化內涵。」〔註22〕據此張步天總的將《山海經》界定為「上古時代綜合志書」〔註23〕。這可以說是總合各種認為《山海經》是「地理志」的觀點而成的看法,一貫地強調《山海經》的真實性質外,並且提到幾項重要的關鍵概念,首先他提到了「修訂、增刪與潤色」,其次他提到了「《山海經》與地圖、圖畫關係密切」〔註24〕雖然《山海經》的圖為何?至今爭議仍多,未有定論,但是這個《山海經》有圖的主張,從朱熹從經文的敘述懷疑是述圖文字開始,至今越來越多研究者認為的確如此,而上述這兩點,正是確認《山海經》作為旅行指南性質的要素。這也是《山海經》不僅僅是尋常地理志概念可以概括的重要特點之一。

所以《山海經》既具有山川調查記錄性質、而且《山海經》有圖(畏獸圖或地圖)指向了它是一種旅行的記錄外,經過「增刪潤色」還反映著一代又一代的旅行者前仆後繼地驗證資料的過程。

但是張步天沒有解決的問題是在他所製作的《山海經》探險考察路線圖中,〈山經〉的26條極為詳細,而以《山海經》而言全書份量不比〈山經〉少的〈海經〉〈荒經〉,相對來說卻只有四幅位置地圖,甚至連路線都語焉不詳。

這其實是很正常的,例來研究《山海經》學者會首先提出,〈山經〉〈海經〉要分別視之的前提,以他將全書視為旅行地圖的堅持而言,這裡便相當困難。加上〈山經〉既有方向、距離、地名的聯繫,〈海經〉卻只有方向,沒有距離的訊息,在這「旅行指南」路線的研究上,張步天對《海經》部分的旅

〔註21〕張步天:《山海經解》,頁4。
〔註22〕張步天:《山海經解》,頁2。
〔註23〕張步天:《山海經解》,頁2。
〔註24〕張步天:《山海經解》,頁2。

行路線勘定，可謂遇上了歷來研究者的共同麻煩。

　　張步天的困難其實在於他著眼於《山海經》中旅行紀錄的觀察，在這個觀察中有一個推論，可以從探險考察路線圖得知，旅行紀錄的形成會有旅行者、探險者、紀錄者的存在，前述諸多學者，包含張步天都沒能針對此問題進行解答，而隱約假設了一個這樣的旅行者、探險者、紀錄者，彷彿漸露曙光，最終還是陷入迷霧。換句話說，《山海經》做為一部「旅行書」最為要緊的問題是從「旅行者」、「紀錄者」是誰開始。

第三節　《山海經》中的旅行者形象——內緣證明

一、大行伯的形象

　　作為一種旅行記錄，事實在《山海經》中具足的方向、距離、地點與旁及的資訊，便已呈現很明顯的特徵，這些當屬於《山海經》中非常明確可解的旅行紀錄與相關資訊，這些紀錄可以說是以實際可解為出發點的。

　　而除了方向、距離、地點等等這些資訊之外〈海內北經〉中有一則記載提及「大行伯」：「有人曰大行伯，把戈。其東有犬封國，貳負之尸在大行伯東。」〔註25〕袁珂對此解說是引「今本風俗通義卷八引禮傳云：『共工之子曰脩，好遠遊，舟車所至，足跡所達，靡不窮覽，故祀以為祖神。』」懷疑「此把戈而位居西北之大行伯，其共工好遠遊之子脩乎？」〔註26〕徐顯之對此則另外根據《周禮・秋官》「有大行人，小行人，專掌朝覲聘問」以為「此大行伯當是處於華夷之間」「解決華夷之間重大問題」的人物。

　　此大行人雖說是漢代官名，但是這「大行」一詞在春秋時期已有行遠之義，《左傳》哀公二十五年，食言而肥的著名故事「六月，公至自越，季康子，孟武伯，逆於五梧，郭重僕，見二子曰，惡言多矣，君請盡之，公宴於五梧，武伯為祝，惡郭重曰，何肥也，季孫曰，請飲彘也，以魯國之密邇仇讎，臣是以不獲從君，克免於大行，又謂重也肥，公曰，是食言多矣，能無肥乎，飲酒不樂，公與大夫始有惡。」〔註27〕，敘事中季孫子說自己和孟武伯因敵人虎

〔註25〕袁珂：《山海經校注》，頁307。
〔註26〕袁珂：《山海經校注》，頁307。
〔註27〕楊伯峻：《春秋左傳注（下）》（臺北：洪葉文化事業有限公司，1993年），頁1727。

視眈眈，留守魯國境內，不用和哀公去越國，因此克免「大行」，此處「大行」就是指「遠行」。

而《大戴禮記‧朝事》記載了「大行人」的工作：

> 古者，大行人掌大賓之禮，及大客之義，以親諸侯。春朝諸侯而圖天下之事，秋覲以比邦國之功，夏宗以陳天下之謀，冬遇以協諸侯之慮。時會以發四方之禁，殷同以施天下之政，時聘以結諸侯之好，殷眺以成邦國之貳，間問以諭諸侯之志，歸脤以教諸侯之福，賀慶以贊諸侯之喜，致禬以補諸侯之災。〔註28〕

甚至還有在諸侯不守規矩時的治理工作：

> 古者天子為諸侯不行禮義、不脩法度、不附於德、不服於義，故使射人以射禮選其德行；職方氏、大行人以其治國，選其能功。諸侯之得失治亂定，然後明九命之賞以勸之，明九伐之法以震威之。尚猶有不附於德，不服於義者，則使掌交說之。故諸侯莫不附於德，服於義者。
> 此天子之所以養諸侯，兵不用，而諸侯自為正之法也。〔註29〕

像這樣類似治理的行「政」工作，則頗有與下面要提到的「政士」有可以互相發明參照之處。

因此此處不論是「好遠遊之子脩」的推測，或者處於華夷間的「大行人、小行人」，顯然就存在了「旅行者」的形象。

而旅行者代代有之，在先民時期即已出現，此非《山海經》獨有，《山海經》之所以特別，是因為《山海經》是這些旅行資訊被記錄下來的結果。而這些被記錄下來的旅行資訊，便充滿了人與環境的關係，可以有人文地理，有經濟地理而且具有各種的目的。

更遑論《山海經》文字本身即充滿方位與距離形成的路線概念，乃至在路線概念旁及周邊資源風土傳說等等的指南功能。

二、夸父的奔逐

在《山海經》的〈海外北經〉、〈大荒北經〉分別記載了夸父的敘述，此二處夸父的記載大同小異，細節則互有補充。〈海外北經〉簡短一些，不過卻獨有「鄧林」：

〔註28〕方向東撰：《大戴禮記匯校集解》（北京：中華書局，2008年），頁1222。
〔註29〕方向東撰：《大戴禮記匯校集解》，頁1222。

夸父與日逐走,入日。渴,欲得飲,飲於河渭;河渭不足,北飲大
澤。未至,道渴而死。棄其杖,化為鄧林。〔註30〕

〈大荒北經〉則詳細記載包含了夸父形象及其祖源:

大荒之中,有山名曰成都載天。有人珥兩黃蛇,把兩黃蛇,名曰夸
父。后土生信,信生夸父。夸父不量力,欲追日景,逮之於禺谷。
捉飲河而不足也,將走大澤,未至,死于此。應龍已殺蚩尤,又殺
夸父,乃去南方處之,故南方多雨。〔註31〕

這則著名的神話,討論者眾,多有連結至巨人、冥界之神〔註32〕等等神話體
系的研究,但是若先不論神話內容,光就敘述上逐日、尋水的特徵,一幅逐
水草而行動的圖畫躍然眼前。不正符合許慎所述「旅行」所謂「鹿之性,見食
急則必旅行。」的描述。

而注意到這一點可能還有羅泌,他在《路史卷十三·後紀四·禪通紀·
炎帝紀下》裡描述了一段關於夸父的世系:

祝庸為黃帝司徒,居于江水,生術器,兒首方顛是襲土壤,生條及
句龍。

條喜遠遊,歲終死而為祖。

句龍為后土,能平九州是以社祀,生垂及信。

信生夸父,夸父以駛,臣丹朱。〔註33〕

雖然四庫館臣在〈提要〉中對《路史》的評論提到他「多採緯書,頗不足據」,
引據道書,不免龐雜,但是更讚揚他「引據浩博,文采瑰麗」甚至「至其國名
紀、發揮、餘論、考證、辨難,語皆精核,亦多袪惑持正之論」,可見羅泌的
才華與學問在四庫館臣的檢核下是深得肯定的。而在這夸父的世系裡,可以
看到羅泌對夸父的描述即是「駛」這是疾速之意,夸父以速度迅疾來作為丹
朱的臣屬,這是一種解釋,雖然此處《路史》並無針對「駛」再作說明,但是
若翻閱字書,則駛除了迅疾之意外。《一切經音義》:「古使字或作駛。駛,馬
行疾也」則說明了「駛」字的淵源和「使」相同。這不正是強調了他如同孔子

<hr />

〔註30〕 袁珂:《山海經校注》,頁238。

〔註31〕 袁珂:《山海經校注》,頁427。

〔註32〕 王孝廉:《中國神話世界下編:中原民族的神話與信仰》(臺北:洪葉文化事
業有限公司,2006年),頁233～246。

〔註33〕 宋·羅泌:《路史》冊(一)(臺北:中華書局,1966年,據【四庫備要】影
印),卷十三·後紀四·禪通紀·炎帝紀下,跨頁五。

所說的「行己有恥，使於四方，不辱君命，可謂士矣。」〔註34〕那樣的一種
銜命出行四方的形象。

　　此外再看夸父世系中，夸父的祖父是句龍，伯祖則是條，而古籍中如《左
傳》〔註35〕即有指句龍即是后土的記載，而后土在《國語》中也指他是具有
能「平九土」的能力，而古代「后」與「司」在古文字中實際是左右不同寫法
的同一字，因此后土即是司土〔註36〕也就是掌管土地的土地神，所以《國語·
魯語》裡說「后土，能平九土，故祀以為社」〔註37〕把他當作是社神來祭祀。

　　再說夸父的伯祖「條」，這「條」應即是「脩」，上節提到《山海經》中有
「大行伯」時已有相關討論，而《風俗通義》中有謹按：

　　　　《禮傳》：「共工之子曰脩，好遠遊，舟車所至，足跡所達，靡不窮

　　　　覽，故祀以為祖神。」〔註38〕

綜合觀之夸父的祖父是土地神，伯祖則是好遠遊的條（脩），被描述為交通可
到之處皆盡觀全覽的形象，再加上夸父的迅速、使者的世俗概念，豈不是由
土地為起點，向四方遠行的旅行者，而「夸父」即出自《山海經》。

三、「其縣多放士」的解釋

（一）兩個疑點

　　在《山海經》〈南山經〉當中還有一處記載，也是獨見先秦典籍的名詞
——「放士」：

　　　　南次二經之首，曰柜山，西臨流黃，北望諸毗，東望長右。英水
　　　　出焉，西南流注于赤水，其中多白玉，多丹粟。有獸焉，其狀如
　　　　豚，有距，其音如狗吠，其名曰貍力，見則其縣多土功。有鳥焉，

〔註34〕《論語·子路》子貢問曰：「何如斯可謂之士矣？」子曰：「行己有恥，使於
　　　　四方，不辱君命，可謂士矣。」曰：「敢問其次。」曰：「宗族稱孝焉，鄉黨
　　　　稱弟焉。」曰：「敢問其次。」曰：「言必信，行必果，硜硜然小人哉！抑亦
　　　　可以為次矣。」曰：「今之從政者何如？」子曰：「噫！斗筲之人，何足算也。」
〔註35〕《左傳·昭公二十九年》：「共工氏有子曰句龍，為后土。」詳見楊伯峻：《春
　　　　秋左傳注（下）》（臺北：洪葉文化事業有限公司，1993 年），頁 1503。
〔註36〕徐旭生：《中國古史的傳說時代》（臺北：里仁書局，1999 年），頁 86。
〔註37〕吳·韋昭注：《國語·魯語》（臺北：藝文印書館，據【天聖道明本】影印），
　　　　頁 117。
〔註38〕漢·應劭：《風俗通義》《景印文淵閣四庫全書》第 862 冊，卷八，〈祖〉（臺
　　　　北：臺灣商務印書館，1983 年），跨頁八。

其狀如鵁而人手，其音如痺，其名曰鴸，其名自號也，見則其縣

多放士。〔註39〕

在本段最末的「放士」一詞，出自《山海經》篇幅相對較少的〈南山經〉中，
而《山海經》中多有提及見某某則如何的徵兆、占驗之說，其名目上有縣、
郡、邑、國、天下等等之謂，而且「縣凡三見，均在〈南山經〉內。」〔註40〕
因此，此處整段全文究竟成於何時未敢現在遽下定論，但是「其縣」多如何
如何之句，顯然是秦漢郡縣制之後改動或增添的句子，那麼「其縣多放士」
中所言「放士」，當在秦漢典籍中可見，而非常令人意外地，「放士」一詞獨見
先秦兩漢典籍，除本處之外，再也無載。此種類於「孤證」的資料，即使郭璞
有注，解作「放，放逐或作效也」〔註41〕，恐怕望文生義的成分居多，因為
就〈南山經〉三處見則其縣如何的文句查驗，分別是柜山見「貍力」則「其縣
多土功」；接著是同在柜山的見「鴸」則「其縣多放士」；堯光之山見「猾褢」
則「縣有大繇」。就算連另一句不言「縣」而言「郡縣」的長右之山，見長右
則「郡縣大水」一併查核，「土功」、「大繇」、「大水」之詞，在先秦兩漢典籍
當中俯拾即是，多不勝數，唯獨「放士」一詞從未出現。這是第一個疑點。

　　〈南山經〉在依序敘述「見則其縣多土功」、「見則其縣多放士」、「見則
郡縣大水」、「見則縣有大繇」四處時，其實非常接近，可以說是緊鄰的排序。
〔註42〕而此處「繇」郭璞解釋作「謂作役也。或曰其縣是亂。」〔註43〕，對
此袁珂則認為「繇、亂形近易譌。」〔註44〕並沒有特別指出哪一個字正確。

〔註39〕袁珂：《山海經校注》，頁8～9。

〔註40〕張步天：《山海經解》，頁29。

〔註41〕郝懿行箋疏，范祥雍補校：《山海經箋疏補校》（上海：上海古籍出版社，2013
　　　　年），頁17。

〔註42〕此處〈南山經〉原文如下，在二百字左右篇幅中，出現了這四個句子：「南次
　　　　二經之首，曰柜山，西臨流黃，北望諸毗，東望長右。英水出焉，西南流注
　　　　于赤水，其中多白玉，多丹粟。有獸焉，其狀如豚，有距，其音如狗吠，其
　　　　名曰貍力，見則其縣多土功。有鳥焉，其狀如鵁而人手，其音如痺，其名曰
　　　　鴸，其名自號也，見則其縣多放士。東南四百五十里，曰長右之山，無草木，
　　　　多水。有獸焉，其狀如禺而四耳，其名長右，其音如吟，見則郡縣大水。又
　　　　東三百四十里曰堯光之山，其陽多玉，其陰多金。有獸焉，其狀如人而彘鬣，
　　　　穴居而冬蟄，其名曰猾褢，其音如斲木，見則縣有大繇。」引自袁珂：《山海
　　　　經校注》，頁8～10。

〔註43〕郝懿行箋疏，范祥雍補校：《山海經箋疏補校》（上海：上海古籍出版社，2013
　　　　年），頁18。

〔註44〕袁珂：《山海經校注》，頁10。

而針對「放士」一詞，郭璞注也同樣有「或作效」的異文，因此有沒有可能此處的原文有模糊不清的現象導致訛誤呢？這是第二個疑點。

（二）放士是什麼？「放，放逐。或作效」

因此依前所論，〈南山經〉所記「放士」，就經文本身對比，或者就郭璞的注語觀之，既可能有意義上的偏差，也可能有符號上的錯誤，那麼「放士」究竟是什麼呢？恐怕便相當值得探究。

1. 倣士、效士

「放」字，沒有已知甲骨文，金文從「攴」，「方」聲，構形上既有「攴」，康熙字典說「攵」同「攴」，而《說文解字》解釋：「攴」，「小擊也」。另邊則是「方」。金文則作「𢼸（西周晚期——多友鼎，集成 2835）」「𣪠（戰國早期——中山王𰯼方壺，集成 9735）」。

「放」在早期含意上，金文有作倣效之意，例如戰國早期的中山王𰯼方壺銘文：「有純德遺訓，以陀（施）及子孫。用朕所𣪠（倣）。」《廣雅》則解釋：「放，效也。」此當郭璞注解「放士」說「或作效」的一處由來。而此處可考的「放」，若「放士」之放的意義，那所謂「倣」是模仿什麼？倣效誰呢？

2. 㳺士、游士、遊士

再則根據前述兩項疑點，這個字很可能不是「放」。而這個字若不是「放」，那會是什麼呢？如果依據前述第二點可能認錯的假設，試著透過《說文解字》將有類似部件的篆字陳列起來，也許可以看出端倪。

首先《說文》中的「放」字，寫作「𣬈」；

再來《說文》中的「效」字，寫作「𣪠」。

看來「放」與「效」確實有認錯的可能。此外關於有「方」這個部件的字，並且右邊有類似「攴」或「攵」形的篆字，恰好有一字「㫃」，《說文》中作「𣃚」。

「㫃」的甲骨文如：「𣃚（粹 282 合 27352）」，金文則如：「𣃚（走馬休盤，西周中期，集成 10170）」，《說文》解釋「㫃」為：

> 旌旗之游，㫃蹇之皃。從中，曲而下，垂㫃相出入也。讀若偃。古
> 人名㫃，字子游。凡㫃人之屬皆从㫃。𣃚，古文㫃字象形，及象
> 旌旗之游。〔註45〕

〔註45〕東漢·許慎撰，清·段玉裁注：《說文解字注》（臺北：漢京文化，1985 年），頁 308～309。

「㫃」的意思就是旗幟的附屬帶狀物，甲金文象旗在竿上飄游之形，是「㫃」、「旗」的初文。而文中所提到的古人讀若「偃」的「㫃」字，當指的是子游，因此「㫃」有「游」之意，在此的「放士」會不會即可能是四方游行的「㫃士」，而也就是在先秦典籍中常見的「游士」（或者強調陸行則從辵部，作「遊士」）。

3. 斻士、航士

在說文中尚有一字「斻」隸作「斻」，《說文》寫作「斻」則和「㫃（㫃）」也十分容易混淆，而其意為方舟，古籍亦通作「航」。《說文》：「斻，方舟也。從方，亢聲。」《爾雅・釋水》中階級分明地說明「天子造舟，諸侯維舟，大夫方舟，士特舟，庶人乘泭。」〔註46〕，從郝懿行的解說上「比船為橋；維連四船；併兩船；單船；併木以渡」大小的差別不論，這後來作為「航」的「斻」字同樣是連繫到旅行的移動概念，而「斻士」豈不正是航行的水手。

4. 放士、政士

此外還有一字，在現在已知的古文字字形上，較難直觀找到直接可比的接近字形，但是如果從字的部件組合上來看，其實相近程度應當很高。那就是「政」，甲骨文即有此字「(燕686合14499)」，在部件構成上，右邊是「攵」或「攴」象人手執棍之形，意為小擊，左邊是一個「正」字，這個「正」字，上半部是「丁」，下半部是「止」。下半部的「止」是腳底板，象徵了足行，而其實上半部的「丁」寫作一個方型，也是「方」的早期寫法，學者多認為那個方形象徵了敵人的城邑，所以甲骨文「正」寫作「(甲193合22336)」，很形象地展現了向某座城邑前進的動態，此外更還有以足行丈量畫四方以為界的畫面，正像是《山海經》裡〈海外東經〉記載的：

> 帝命豎亥步，自東極至于西極，五億十選九千八百步。豎亥右手把算，
>
> 左手指青丘北。一曰禹令豎亥。一曰五億十萬九千八百步。〔註47〕

這不論是往敵人城邑前進的「征伐」畫面，或是丈量城邑的畫面，在旁邊加上一隻拿了棍棒的手，就有了管理、施壓的概念，那就形成了「政」。

而這個「政」字，只要把「止」也就是腳底板的符號去掉，就剩下一個「方形」加上一個「手執棍棒」的符號，其實如果把後來簡化為丁的方形，視

〔註46〕清・郝懿行：《爾雅義疏》（臺北：漢京文化事業有限公司，1985年），頁917。

〔註47〕袁珂：《山海經校注》，頁258。

為方圓的「方」〔註48〕，或者四方方國的「方」〔註49〕，那所謂「政」與「放」在原始的字形組構上僅相差一個「（甲 634 合 30515）」象徵腳底的符號。

也就是所謂「政」有著施壓向城邑前進，或者管理丈量土地的意思，這在商代可以理解為商王與各部落之間的關係，武力可以是一種征服也可以是一種保護，而這保證了早期商代社會組織的權力與義務關係，各部落封國受到商王的蔭佑以免受侵略劫掠，各部落封國則有納貢、出兵、勞務等等義務。而這些各方部落封國，要被商王掌握，則需要丈量、測距了解他們所處何方。

因此這「政」有「止」這個符號，很重要地象徵了這是人能到達之處，人能作到的工作。那麼少了「止」這個符號，變成的「放」字呢？這個前進、丈量的工作都存在，只是那不是用一步一腳印可以完成的任務，「放」是「無趾之政」。如今雖然尚未發現這樣的一個原始字形，現在的「放」字最早只見金文，但是右邊持棍棒之形仍然是固定的，左邊那個字叫作「方」，那「方」是什麼呢？

5. 方士

前面已提到「㫃」的意思，它主要是旗幟的附屬帶狀物，象徵旗幟飄揚的畫面，因此後來許多旗幟方面的相關字形都由此演變而出。而此處旗幟之意，正是象徵了旅行的行動，所以「旅」字在甲骨文就是從「㫃」從二「人」例如：「（鐵 90.1 合 5823 賓組）」，偶有從三「人」例如：「（粹 10 合 32294 歷組）」；也有從一「人」例如：「（甲 2647 合 27875 何組）」但是例子極少，主要還是從二人為主，但是不管是從一或二或三人，都象徵眾人在共同旗幟下一起行動的概念，所以意指軍旅、師旅、行旅，也正是前一章所論「旅行」的一種形態。

而綜前所論，不論是放士、傲士、㫃士、游士、遊士、斻士、放士、政士……可以發現每個字都必有的部件，那就是「方」。

因此，即使〈南山經〉中所謂的「放士」不是以上任何一種推論，但是這些推論的共同指向是更為重要的「方」。而事實上現今所見最早的金文「放」也讀「方」，例如西周晚期多友鼎銘文：「玁狁（方）瘦（興）」〔註50〕。

〔註48〕姚孝遂認為是方圓之「方」的本字。

〔註49〕楊樹達認為方形象東南西北四方之形，乃四方或方國之「方」的本字，饒宗頤看法亦相近。

〔註50〕李學勤：〈論多友鼎的時代及意義〉，《人文雜誌》1981 卷 6 期，頁 87～92。

　　那麼「方」是什麼呢？「方」字甲、金文大致相同，早期以「口」符號表示方形，但是這個符號很容易和「圓」這個字的符號「○」以及「丁」的早期寫法「◻（鐵114.1 合11448）」混淆，所以很早就用「方」來假借方圓之方。

　　而甲骨文中「方」字，如「㕰（前5.23.2 合6406）」、「㔾（林2.29.4 合6646）」，象一個人，上下四方測量邊界，因此很早借為方圓之方外，也普遍用在借為四方之方。如《合集》28190：「于西方，東鄉（向）。」《合集》30394：「其㞢（侑）于四方」，指於四方進行侑祭。

　　或者用於指稱方國，如《合集》36536：「其伐方。」；又如《屯南》2301：「方來降」，指方國來投降。

　　此外卜辭常有「方白（伯）」一詞，即指稱方國的首領，《合集》28086：「王其尋二方白（伯）」，即王以兩個方國首領作祭牲。

　　因此無論是「方圓」之方，「方國」之方，所謂「方」很早即有範圍、方向之意。所以到了後來，在認識世界的過程中很早就有了「方物」之說。而所謂「方物」在「在上古漢語中的基本含義有二：一是指各地方的土特產，二是指對事物的辨識與區分。《尚書·旅獒》：「無有遠邇，畢獻方物」用的是第一種意義。注家謂『方物、方土所生之物』。因為古人用『方』來指稱地理空間，所以各地的不同物產也就自然可以按『方』來區分了。於是從第一種意義過渡到第二種意義。」〔註51〕

　　因此如《禮記·內則》：「四十始仕，方物、出謀、發慮。」〔註52〕俞樾《群經平議·禮記三》：「方物者，辨別其事也。唯能辨別其事，故能出謀發慮也。」

　　「『學會』『方物』的一個必要前提是識別『方』，也就是為萬事萬物的存在確定可以直觀把握的空間座標尺度。所以《禮記·內則》講到對兒童的教育有『六年，教之數與方名』的規定。鄭玄注：『方名，東西。』〔註53〕辨別方位是認識整個世界的開端和基礎，可以說熟悉掌握了東西南北等方位之名目，『方物』的主觀能力也就基本具備了。」〔註54〕而「有跡象表明，對世界

〔註51〕葉舒憲、蕭兵、鄭在書：《山海經的文化尋蹤：想像地理學與東西文化碰觸》，頁75。
〔註52〕東漢·鄭玄注，唐·孔穎達疏：《禮記正義》卷二十八（臺北：中華書局，1980年），頁1471。
〔註53〕東漢·鄭玄注，唐·孔穎達疏：《禮記正義》卷二十八，頁1471。
〔註54〕葉舒憲、蕭兵、鄭在書：《山海經的文化尋蹤：想像地理學與東西文化碰觸》，頁75～77。

的秩序化認識原本只是少數巫師的神聖之職，並非凡俗百姓可以奢望。這是因為宗教世界中『聖』與『俗』的劃分尺度乃是基本的尺度。宗教信仰衰微之後的時代，『方物』的聖職才淪為巫師、薩滿祭司等的後繼者的本職，這些繼承者若流落於江湖則被尊為『方士』，蓋非偶然。若留任官方職司，則有《周禮》等書中說到的『職方氏』」。〔註55〕

因此一路討論至此，如果〈南山經〉的放士，其實不是郭璞注解的「放逐，或作效」那麼單純，那麼他除了標誌了《山海經》是一部以對世界進行探究的秩序化認識之書，它就是一部以「旅行」為核心概念，貫串全書的重要證據，它還回頭告訴我們以上討論過程中出現問題的答案。

〔註55〕葉舒憲、蕭兵、鄭在書：《山海經的文化尋蹤：想像地理學與東西文化碰觸》，頁75。

第四章 《山海經》的旅行兼通虛實

第一節 《山海經》的抽象旅行──丈量天地

　　既然旅行具備了超過地理的空間自由度，那麼在此回顧第三章所論，如果「放士」之放的意義是「倣士」、「效士」，那所謂「倣」是模仿什麼？倣效誰呢？便有了新的角度。

　　古書中的用例如《尚書·堯典》：「曰若稽古，帝堯曰放勳。」孔穎達疏：「能放效上世之功。」《墨子·法儀》：「巧者能中之，不巧者雖不能中，放依以從事，猶逾己。」

　　而「勳」字在金文從「東」並有數點如「⊕（吳方彝蓋，西周中期，集成9898）」，下或加從「火」。如「⊕（毛公鼎，西周晚期，集成2841）」，「東」，金文如「⊕（保卣，西周早期，集成5415）」象囊袋之形，並有的數點學者多疑象香草。「熏」字象用袋子束裹香草之形，是「薰」的初文。或加火，象熏香草之形，本義是用火煙熏炙。

　　如果「放士」是「倣士」那麼以《書》所言，帝堯名叫放勳，不就是一位倣士，一個通天地的聖職者，模仿的，效法的不正是那幽隱的神鬼魂靈，天地之間莫名的法則。在甲骨文中，「方」象四方測量之人，正如同《山海經》中豎亥步量距離後的結果，這無疑必須透過旅行的行動與概念，才能得到結果。而「天」是人上面頂著一個圓如「⽊（京都3165合21447𠂤組）」，此外更多是頂著看似方形的人如「⽊（前4.15.2合36542黃組）」也有直接簡化，

寫作人上面頂著「上」的如「禾（拾 5.14 合 22097 午組）」，還有直接把方或圓簡化為一橫線，作「丁」的寫法如「禾（乙 6857 合 14197）」而不論是那一種，都象徵了人上面有一個方圓世界的概念，而能夠了解這個概念的人，知道這個限制的人當即「方」。

　　而更早於「方」者，或者能力更勝於「方」者叫做什麼呢？

表 4.1　方、天、帝的甲骨文字形比較表

楷書	甲骨文	甲骨文	甲骨文	甲骨文
方	前 5.23.2 合 6406	林 2.29.4 合 6646		
天	京都 3165 合 21447 自組	前 4.15.2 合 36542 黃組	拾 5.14 合 22097 午組	乙 6857 合 14197
帝	掇 2.126 合 14302 賓組	河 383 合 14307	甲 1164 合 30388	乙 6666 合 14129

　　從圖表並列，可以得到答案。能測量天，並通達地，甚至還更添加上下四方的線條者，把「方」加上「天」再加上四方線條，就是「帝」〔註 1〕。而

─────────

〔註 1〕甲骨文「帝」的解釋例來眾說紛紜，有認為是象束綁柴薪的形狀，「帝」乃「禘」古字，指在郊外焚燒薪柴以祭，本義是一種燒柴的祭祀。也有認為是象徵在樹上築巢，以樹枝為梁柱，綑綁營造空間以擋風遮雨的形象。認為「帝」乃「締」的本字。亦有認為帝是花蒂之形，而花蒂乃種子存在之處，象徵了萬物之始，有開始之意，等等……。在此傾向「禘祭」之說，不過其實「辛」並非木材之「薪」，「辛」實為「通天者」在身體上劃線，可能是刺青也可能是類似乩童在身體造成傷口的形象。

這個字有把「天圓」放在中間如「✦（掇2.126合14302賓組）」的寫法，也有把「地方」放在中間如「✦（河383合14307）」，也有把天圓簡化為「上」寫在上面的如「✦（甲1164合30388）」，也有把天外世界簡化成一橫寫在上面的如「✦（乙6666合14129）」，綜此觀之，帝的各種變化型態和天的各種寫法完全符合之外，其中更是一致地都具存「方」的元素。「帝」應當就是具備能了解天地、測量世界範圍，通曉未知一切的角色，他應當是人？還是神？朱芳圃認為：「天神謂之帝，因之祭祀天神謂之禘。」〔註2〕而過去曾經有過人與神其實是不分的年代。

《國語‧楚語下》有過一段記載，楚昭王針對在《尚書‧周書》當中的〈呂刑〉提到的遠古時，帝顓頊「命重、黎絕地天通。」〔註3〕一事，感到好奇，問了臣屬——觀射父，要是沒有這件事，那麼現在一般人民還能登天嗎？

> 昭王問于觀射父，曰：「《周書》所謂重、黎實使天地不通者，何也？
>
> 若無然，民將能登天乎？」〔註4〕

這句話首先是一句即為重要的過去古代中國有所謂通天下地的概念，這就是在所謂「旅行」概念下可以解釋的神遊之舉。此外還有一個重點是楚昭王問的是「民」這在過去所指是不含貴族的，尤其是君王這類人物，換句話說，當時的楚昭王或者貴族、君王類的人物，基本上還是覺得自己可以上天下地的。這一點可以從《史記》描述黃帝升仙一事得到參照：

> 黃帝采首山銅，鑄鼎於荊山下。鼎既成，有龍垂胡髯下迎黃帝。黃帝上騎，群臣後宮從上者七十餘人，龍乃上去。餘小臣不得上，乃悉持龍髯，龍髯拔，墮，墮黃帝之弓。百姓仰望黃帝既上天，乃抱其弓與胡髯號，故後世因名其處曰鼎湖，其弓曰烏號。〔註5〕

〔註2〕朱芳圃：《殷周文字釋叢》（北京：中華書局，1962年），頁195。

〔註3〕《尚書‧周書》〈呂刑〉：王曰：「若古有訓，蚩尤惟始作亂，延及于平民，罔不寇賊，鴟義，姦宄，奪攘，矯虔。苗民弗用靈，制以刑，惟作五虐之刑曰法。殺戮無辜，爰始淫為劓、刵、椓、黥。越茲麗刑並制，罔差有辭。民興胥漸，泯泯棼棼，罔中于信，以覆詛盟。虐威庶戮，方告無辜于上。上帝監民，罔有馨香德，刑發聞惟腥。皇帝哀矜庶戮之不辜，報虐以威，遏絕苗民，無世在下。乃命重、黎，絕地天通，罔有降格。……」

〔註4〕左丘明：《國語》卷十八（上海：上海古籍出版社，1988年），頁559。

〔註5〕（日）瀧川龜太郎：《史記會注考證》（臺北：萬卷樓圖書有限公司，1993年），頁512。

能上天者首為黃帝，其餘群臣後宮能隨之而上的大約七十多人。其他小臣不得上，而百姓黔首也就是所謂「民」，只能望天興嘆，這顯然是「絕地天通」後的事。

因此前述楚昭王是同樣處在「絕地天通」後的君王，理論上他是有機會通天的，因此他問了這個問題之後，觀射父回答說：

> 非此之謂也。古者民神不雜。民之精爽不攜貳者，而又能齊肅衷正，
> 其智能上下比義，其聖能光遠宣朗，其明能光照之，其聰能聽徹之，
> 如是則明神降之，在男曰覡，在女曰巫。

描述了過去古代的情況，是一種民、神分開的狀態，那是一種次序分明的時代，人民當中若有聰明善良，秉性真純有智能聖者，那麼清明的神會降臨，降在男生身上叫「覡」，降在女生身上叫「巫」，這就是透過特定人得以通神的狀況，而這是古老的理想時代。

而巫覡的工作《國語》借觀射父的口，排列了一些重點，分成「祝」和「宗」，主要都在確定尊卑、次序、禮儀等等：

> 是使制神之處位次主，而為之牲器時服，而後使先聖之後之有光烈，
> 而能知山川之號、高祖之主、宗廟之事、昭穆之世、齊敬之勤、禮
> 節之宜、威儀之則、容貌之崇、忠信之質、禋絜之服而敬恭明神者，
> 以為之祝。

這是「祝」，主要在於掌祈福祥，這裡服務是有條件的，主要為「先聖之後」服務。然後是「宗」，內容也差不多，主要是掌祭祀禮儀，一樣是有條件，只為「名姓之後」例如像是舊族、伯夷、炎帝這一類人的後代。

> 使名姓之後，能知四時之生、犧牲之物、玉帛之類、采服之儀、彝
> 器之量、次主之度、屏攝之位、壇場之所、上下之神、氏姓之出，
> 而心率舊典者為之宗。

然後人間秩序就透過這種有條件、特定身分的人士通天的方式，被建立得井井有條，在觀射父的描述裡：

> 于是乎有天、地、神、民、類物之官，是謂五官，各司其序，不相
> 亂也。
> 民是以能有忠信，神是以能有明德，民神異業，敬而不瀆，故神降
> 之嘉生，民以物享，禍災不至，求用不匱。

是一個人民安居樂業，物富民豐的美好時代。然後到了少昊衰落，蚩尤九黎混亂秩序，民與神進入了雜處的時代，任何人都可以通神的狀況：

> 及少昊之衰也，九黎亂德，民神雜糅，不可方物。夫人作享，家為巫史，無有要質。

這種無節制、沒有規矩的淫祀，導致了大家祭拜很多，確沒有蒙受其福，這是褻瀆了神明的威儀，最終人間失序，禍亂降臨，無一倖免：

> 民匱于祀，而不知其福。蒸享無度，民神同位。民瀆齊盟，無有嚴威。神狎民則，不蠲其為。嘉生不降，無物以享。禍災薦臻，莫盡其氣。

最後顓頊承接了這個時代的權力，也受到了這場人間失序災難的惡果，於是：

> 顓頊受之，乃命南正重司天以屬神，命火正黎司地以屬民，使復舊常，無相侵瀆，是謂絕地天通。〔註6〕

這一大段論述「絕地天通」的話語，首先要釐清的是，這絕地天通是指斷絕民與神的溝通，和特定人士「巫覡」之類無關，換句話說自始自終，「巫覡」是都可以通天的人物。因此這段文字大讚的是一個神與民分別有序的早期時代，否定的是神與民可以互相交流的時代，而可以從後段推知，觀射父說明後來三苗繼承了蚩尤九黎的路線，而堯繼承了重、黎的絕地天通，直到夏、商乃至於周。絕地天通於是就成了固定的狀態，重、黎的後繼者，周宣王時的程伯休父後代有一支以其官職司馬為氏成為司馬氏之源，而我們從後來的歷史知道，司馬氏一直是知識份子，而且歷代典守周史，為史官者「觀乎天文以察時變，觀乎人文以化成天下。」是基本修養，而司馬氏子孫中更有以「究天人之際，通古今之變，成一家之言。」為人生目標的司馬遷，這是人間秩序的建立過程，其主軸便是在堆疊人間政治權力的組構，解釋人間秩序的權力，就是政治權力的開端，而這種與神交通的權力，在文明的早期就是由「巫覡」所掌握的，這在現今許多的民族研究中都看出這樣的傾向，因此「再看一看三代王朝創歷者的功德……他們的所有行為都帶有巫術和超自然的色彩。如夏禹便有阻擋洪水的神力，所謂『禹步』，成了後代巫師特有的步態。又如商湯能祭天求雨；后稷竟然能奇異地使自己的莊稼比別人長得好而又成熟快。這樣傳統的信仰已為商代甲骨文所證實。甲骨卜辭表明，商王的確是巫的首領。……甲骨文中，常有商王卜問風雨、祭祀或田獵的記載。

〔註6〕左丘明：《國語》卷十八（上海：上海古籍出版社，1988年），頁559～562。

又有『王固曰：……』的文句，均有與天氣、疆域或災異、疾病之事有關。據卜辭所記，唯一握有預言權的便是商王。此外，卜辭中還有商王舞蹈求雨和占夢的內容。所有這些，既是商王的活動，也是巫師的活動。他表明商王即是巫師。」〔註7〕

而《山海經》〈大荒西經〉當中即有與《國語·楚語》這段論「絕地天通」相通的文字：

> 顓頊生老童，老童生重及黎，帝令重獻上天，令黎卬下地，下地是
> 生噎，處於西極，以行日月星辰之行次。

與《國語》相比，基本相差不多，主要是重、黎這個世代在《山海經》少了人間官職的稱謂，並且多了上下各一代，上有老童，下有噎而且還處於西極，管理推動日月星辰的次序。沒有人間官職稱謂，顯見重黎較早期未世俗化的樣態，而「行日月星辰之行次」剛好也和《國語·楚語》論述重黎後來子孫有一支為司馬氏，多典掌能觀天文星象以次四時的史官之職的敘述相合，但是《山海經》裏直接描述為「噎」處西極推動日月星辰的運作，這種差異顯得《山海經》神性更為強烈，當然也更早期的特徵。

張光直曾引中法漢學研究所編《巴黎大學北平漢學研究所通檢叢刊》當中，1948 年由巴黎大學北平漢學研究所出版的《山海經通檢》〔註8〕，指出《山海經》中的巫有二十三條，而其中巫者進行的活動以及活動的場域，既有上下與神山。例如〈大荒西經〉：

> 有靈山，巫咸、巫即、巫肦、巫彭、巫姑、巫真、巫禮、巫抵、巫
> 謝、巫羅十巫，從此升降，百藥爰在。〔註9〕

又和長生不死藥相關如〈海內西經〉：

> 開明東有巫彭、巫抵、巫陽、巫履、巫凡、巫相，夾窫窳之尸，皆
> 操不死之藥以距之。〔註10〕

也許正如周策縱則說「巫者最早使用藥物，並把醫術傳授給了古代的君王與聖賢。」〔註11〕，但是《山海經》當中呈現出來的另外一種旅行形態，在此

〔註7〕張光直：《美術、神話與祭祀》（瀋陽：遼寧教育出版社，2002 年），頁33。

〔註8〕巴黎大學北平漢學研究所編：《山海經通檢》（北京：北平巴黎大學北平漢學研究所，1948 年，鉛印本），頁26～27。

〔註9〕袁珂：《山海經校注》，頁396。

〔註10〕袁珂：《山海經校注》，頁301。

〔註11〕周策縱：〈中國古代的巫醫與祭祀、歷史、樂舞、及詩的關係〉，《清華學報》

則昭然若揭，那是一種超越空間，據此描述時間的旅行；也正是一種透過「巫覡」或者其實也正是「帝」的旅行來完成的旅程。

所以如果「放士」是「無止之政」，那麼丈量的範圍可能就不在人間，而或在冥界，或在天界。如果「放士」是「無止之政」，是描述一種人的足跡到不了的方國，是一種人的足跡不能丈量的境地，那麼那個可能的境地不就不在人間，而在冥界，或在天界，因此《山經》、《海經》都是旅行書，只是其中包含了神的旅行，巫祝（方士）們解釋世界，丈量天地，詮釋時間的旅行。

而如果以「方士」觀之，顧頡剛說：「鼓吹神仙說的叫做方士，想是因為他們懂得神奇的方術，或者收藏著許多藥方，所以有了這個稱號。」〔註12〕然後針對漢武帝時這些方士們的工作，說明「大概可以分成下面幾類。其一是召鬼神……其二是煉丹砂……其三是候神……。」〔註13〕而由此觀之，方士的工作和「巫」、「覡」一般從事對自然萬物的解釋，若合符節，可以說是一脈相承，甚至《漢書・司馬遷傳》裏指出司馬遷曾說：「文史星曆近乎卜祝之間」，這也把「太史」一類的官職，要懂天文星象的傳統一併聯結到方士、巫覡，從司馬遷著作〈天官書〉的內容，幾乎是把天上星辰，精巧地寫成了一個組織嚴密的國家系統，『人的方面有天王、太子、庶子、正妃、後宮、藩臣、諸侯、騎官、羽林天君；屋的方面有端門、掖門、閣道、明堂、清廟、天市、車舍、天倉、天庫樓；物的方面又有帝車、天駟、槍棓、矛盾、旌旗之屬。』至於星辰示象，如南極老人見則治安，不見則兵起；歲星色赤則國昌，赤黃則大穰，青白而赤灰則有憂；狼星變色則多盜賊；附耳星搖動則讒臣在側；木星犯了土星要內亂；火星犯了土星要戰敗，……」〔註14〕這不正是對天上星辰進行了解的一種秩序化解釋，而比喻對應是常見的方法，更有趣的是星辰行動象徵了人間將發生某事的預言，這和《山海經》中對於物的解釋方式若合符節。而這些對外在世界的探索解釋，以星辰而言〈大荒西經〉中所記的「顓頊生老童，老童生重及黎，帝令重獻上天，令黎邛下地，下地是生噎，處於西極，以行日月星辰之行次。」〔註15〕就說明了重、黎二位早期的巫或

新第 12 卷第 1、2 期合刊，1979 年 12 月，頁 1～59。

〔註12〕顧頡剛：《秦漢的方士與儒生》（上海：上海古籍出版社，2005 年），頁 10。

〔註13〕顧頡剛：《秦漢的方士與儒生》，頁 16。

〔註14〕顧頡剛：《秦漢的方士與儒生》，頁 18～19。

〔註15〕袁珂：《山海經校注》，頁 402。

神或帝，傳承至司馬氏不變的核心概念。這不就正呼應了郭璞當年〈注《山海經》敘〉引用的那場周穆王的神奇旅行。

第二節　放士在《山海經》文本連結真實之旅與想像之旅

因此虛實並存既然是《山海經》的特徵之一，以旅行為統一並觀察其中〈南山經〉「放士」即可發現這一特點。這是因為放士在《山海經》文本中本身即具足真實之旅與想像之旅的兩種性質，在〈南山經〉中「放士」具體上代表了旅行者的象徵與意義，此外抽象上他連結到整個神話的系統。這個連結起自〈南山經〉，首先〈南山經〉載：

> 南次二經之首，曰柜山，西臨流黃，北望諸毗，東望長右。英水出焉，西南流注于赤水，其中多白玉，多丹粟。有獸焉，其狀如豚，有距，其音如狗吠，其名曰貍力，見則其縣多土功。有鳥焉，其狀如鴟而人手，其音如痺，其名曰鴸，其名自號也，見則其縣多放士。〔註16〕

在這段文字當中所提到的「鴸」不論是一種鳥或何種動物，以袁珂為主的學者認為這是一套神話，首先參考《山海經》〈海外南經〉所記：

> 讙頭國在其南，其為人人面有翼，鳥喙，方捕魚。一曰在畢方東。
> 或曰讙朱國。〔註17〕

郭璞認為讙頭就是「讙兜，堯臣，有罪，自投南海而死。帝憐之，使其子居南海而祠之。」袁珂則引《神異經‧南荒經》：「南方有人，人面鳥喙而有翼，手足扶翼而行，食海中魚，有翼不足以飛，一名鵬兜。書曰：『放鵬兜于崇山。』一名讙兜。為人狠惡，不畏風雨禽獸，犯死乃休耳。」〔註18〕此外，在《博物志‧外國》也有相關記載：「讙兜國，其民盡似仙人。帝堯司徒。讙兜民，常捕海島中，人面鳥口，去南國萬六千里，盡似仙人也。」

袁珂引：

> 鄒漢勛讀書偶識二云：「讙兜（舜典、孟子）、讙頭、讙朱（山海經）、

〔註16〕袁珂：《山海經校注》，頁8〜9。
〔註17〕袁珂：《山海經校注》，頁189。
〔註18〕袁珂：《山海經校注》，頁190。

鴅吺（尚書大傳）、丹朱（益稷），五者一也，古字通用。

又引：

童書業丹朱與驩兜（浙江圖書館館刊四卷五期）亦云：「丹朱、驩兜
音近：驩兜古文尚書作鴅吺，鴅字從鳥，丹聲；吺或作𠮷，或作咮，
從口，朱聲；皆可為丹朱可讀為驩兜之證。」

據此認為《淮南子‧墜形訓》中記載的讙頭國，或者《山海經》或曰所記的讙
朱國就是丹朱國，原因是堯之子丹朱「不肖，堯以天下讓諸舜，三苗之君同
情丹朱，而非堯之所為。堯殺三苗之君……使『后稷放帝朱於丹水』（海內南
經郭璞注引竹書紀年），三苗餘眾，亦遷居於丹水以就丹朱，是為南蠻（「苗」
「蠻」一聲之轉，「堯戰於丹水之浦以服南蠻」或又傳為『堯與有苗戰於丹水
之浦』，是其證）。丹朱與南蠻旋舉叛旗，堯乃戰之於丹水之浦，人因遂謂『堯
殺長子』（莊子盜跖），實則丹朱兵敗懷慚，乃自以為『有罪』，因『自投南海
而死』，堯『憐之，使其子居南海而祠之』……其後子孫繁衍，遂為此讙頭國
或曰讙朱國，實則當是丹朱國。」〔註19〕

然後《山海經》〈海內南經〉甚至還提到了：「蒼梧之山，帝舜葬于陽，帝
丹朱葬于陰。」〔註20〕此句指出了帝「丹朱」之葬之外，並且是把「丹朱」
和受堯傳位的「舜」並列，所葬的這座蒼梧之山〈海內經〉有說明「南方蒼梧
之丘，蒼梧之淵，其中有九嶷山，舜之所葬，在長沙零陵界中。」〔註21〕郭
璞也據此說「蒼梧之山」當是「九嶷山」。

而且這概念在漢代應當已經廣為人知，甚至也已經在九嶷山上立祠。這
一點可以從馬王堆出土地圖中見到。

〔註19〕袁珂：《山海經校注》，頁 190～191。
〔註20〕袁珂：《山海經校注》，頁 273。
〔註21〕袁珂：《山海經校注》，頁 459。

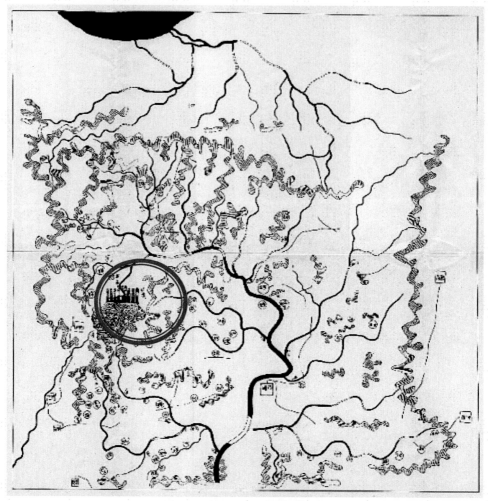

圖 4.1　馬王堆《地形圖》

　　這幅地圖原本和今日地圖習慣南下北上的繪法顛倒，所以它的上方是南，下方是北。1973 年長沙馬王堆三號漢墓中出土三幅繪於絹帛上的地圖，這裡所引是其中被稱為《地形圖》的古地圖，名稱應該是《西漢初期長沙國深平防區地形圖》，或《長沙國南部地形圖》。圖上方的大塊黑色即是珠江所注的南海，依據地名和今日地圖相對應，大致是湘江及其支流瀟水流域，包括部份南嶺、九嶷山以及附近地區，而越往海邊越不精確，圖上則已經繪有山脈、河流、里名、道路，經研究這主要是繪出了西漢長沙國南部地區的地圖，這和馬王堆墓主利蒼的長沙國丞身分相符。

　　其中畫面上圈起來的部分，放大如下：

圖 4.2　馬王堆《地形圖》局部放大

標記了九支立柱狀記號的山區，被寫上了　　　，釋讀為「帝舜」，亦即今日九嶷山，可見漢代已有九嶷山和舜帝陵的連結，而且正符合《山海經》的敘述。而關於這座又被叫作蒼梧之山、蒼梧之丘、蒼梧之淵等等的九嶷山，《山海經》多有記載，並且都和「舜」有關，除了上引數句外，例如〈大荒南經〉：「赤水之東，有蒼梧之野，舜與叔均之所葬也。」也指出舜葬蒼梧之野，而郭璞注解：「叔均，商均也，舜巡狩，死於蒼梧而葬之，商均因留，死亦葬焉，墓在今九疑之中。」所以和舜葬於九嶷的有「堯子丹朱」也有「舜子商均」，過去郝懿行對此頗有質疑，袁珂則認為是「皆傳聞不同而異其辭耳。」〔註22〕

而山在哪？不是最要緊的問題。最重要的是從〈南山經〉「放士」一路追探線索，不僅「放士」一詞本身即充滿了旅行的概念與意義，甚至連結到「方士」的傳統，以及工作內容，乃至於升仙的旅行之外，此線索聯結到的「帝舜」，過去是古代聖王之一，堯舜禹湯文武周公的序列，中間並多以禪讓為聯結，是過去美好的政治想像，自顧頡剛等學者疑古學派的成果累積以來，大

─────────────────

〔註22〕袁珂：《山海經校注》，頁274。

致上對這些上古人物有了許多更接近事實的見解，而關於「舜」，其葬地若如
《史記·五帝本紀》中的描述：「舜年二十以孝聞，年三十堯舉之，年五十攝
行天子事，年五十八堯崩，年六十一代堯踐帝位。踐帝位三十九年，南巡狩，
崩於蒼梧之野，葬於江南九疑，是為零陵。」便有學者懷疑，恐怕距離中原過
遠。因此史家如錢穆，便認為舜葬不可能遠至湖南廣西之交的零陵地區。他
引《呂氏春秋》：「舜友北人無擇，投於蒼領之淵。」指出「北人無擇」所自
投的位置，高誘注為「蒼領或作青令，《莊子》作清泠。」《文選·東都賦》
注：「清泠，水名，在南陽西鄂山上。」因此主張舜葬不應該離中原太遠，當
在「蒼領」，並且「蒼領」、「青令」、「清泠」為同地名的一音之轉，其位在湖
北北部的漢水流域，也就是說，舜南征與死葬故事的流傳，應仍位於古中原
的西南邊——長江與漢水之交的湖北北部。〔註 23〕而其實此說真實性如何已
不確知，倒是此地是前述「陰陽之宗」的張衡出身之地，而同樣出身南陽郡
的著名方士還有「受業三輔，習京氏易，兼明五經。又善風角、星筭、河洛七
緯，推步災異。」〔註 24〕的樊英，還有一位漢代史書無傳，但是後世赫赫有
名被譽為「醫聖」的張仲景，在《古本康平傷寒論》的序文署名為「漢長沙太
守南陽張機」表明了他也是南陽郡人。看來可以確定的是此處舜葬與否不確
知，但是確實出了幾位方士當中的名人，這從張衡、樊英、張仲景都被錄在
道教的《歷代神仙通鑑》可以作為參照。

　　而如果單就典籍來看《尚書·舜典》記載的舜之死是：「舜生三十征，
庸三十，在位五十載，陟方乃死。」這裡的「陟方乃死」過去在儒家經典的
解釋：

> 陟方，猶言昇遐也。韓子曰：竹書紀年，帝王之沒，皆曰陟。陟，
> 升也，謂昇天也。書曰：殷禮，陟配天，言以道終，其德協天也。
> 故書紀，舜之沒，云陟其下言方乃死者，所以釋陟為死也，地之勢
> 東南下，如言舜巡守而死，宜言下方，不得言陟方也。按此得之，
> 但不當以陟為句絕耳，方猶云徂乎方之方，陟方乃死，猶言殂落而
> 死也。舜生三十年，堯方召用，歷試三年，居攝二十八年，通三十
> 年乃即帝位。又五十年而崩，蓋於篇末總敘其始終也。史記言：舜

〔註 23〕錢穆：《史記地名考》（北京：商務印書館，2001 年），頁 73～76。

〔註 24〕南朝宋·范曄著，韓復智、洪進業註：《後漢書紀傳今註（十）》〈方術列傳　第
　　　　七十二〉（臺北，國立編譯館，2003 年版），頁 4635。

巡守，崩于蒼梧之野。孟子言：舜卒於鳴條，未知孰是？今零陵九
疑有舜塚云。〔註25〕

在討論過程中，就已經說明了陟方乃是升遐之意，但面對經典中「巡守而死」
的記載，又難以解釋，所以前後矛盾。其實舜之升遐，不正類同於黃帝之升
仙？舜本是古史中的人物，在帝與巫同體的年代，巡守四方和通天下地基本
是可以相通的同樣概念，其實又何必拘泥。最重要的其實還在於那種移動旅
行的概念，再次一樣地體現在這些文字記錄中。

　　此外《尚書》逸篇中有《尚書·舜典》附亡書序：「帝釐下土，方設居方，
別生分類，作《汨作》、《九共》九篇、《槀飫》。」〔註26〕孔穎達疏：「凡十一
篇，皆亡。」《尚書大傳》卷一下：「《九共》以諸侯來朝，各述其土地所生美
惡，人民好惡為之貢賦政教。」宋代孫奕《履齋示兒編·經說》：「《九共》者，
即九州之志……九州異土殊俗，故有九篇，一篇言一州之事也。」，也提到了
舜測釐四方，甚至還著作了《九共》，而此《九共》除了九州之志的說法外，
王應麟則認為是「九丘」。「王應麟（1223～1296）……其《通鑑地理通釋·自
序》云：『言地理者難於言天，何為其難也？日月星辰之度，終古而不易；郡
國山川之名，屢變而無窮。……《虞書》九共，先儒以為《九丘》，其篇軼焉。
傳於今者，《禹貢》、《職方》而止爾。若《山海經》、《周書·王會》、《爾雅》
之《釋地》、《管氏》之《地員》、《呂覽》之《有始》、《鴻烈》之《地形》，亦
好古愛奇者所不廢。』〔註27〕」〔註28〕

　　這不僅僅是呼應了「放士」，這「舜」與「放士」在《山海經》中的關係，
還展現在本身就是《山海經》中獨見的神祇「帝夋（俊）」，而王國維著名的
《殷卜辭中所見先公先王考》早有論述「夋」，從羅振言編定的《殷墟書契考
釋》（前編與後編）可知卜辭有「夋」字，雖有時字體有細微差別，但大致都
像人首手足之形；許慎的《說文解字》、《毛公鼎》、《博古圖》、《薛氏款識》，
皆有與之相近的字體。由此王國維得出結論：夒、羞、柔三字，古音同部，故
互相通借，此稱高祖夒。他再引了《戩壽堂所藏殷墟文字》稱高祖亥、高祖乙
的情形，推定夒必為殷先祖之最顯赫者。以聲類求之，蓋即帝嚳也。《逸書·

〔註25〕宋·蔡沈：《書經集註》（臺南：利大出版社，1987 年），頁 17。
〔註26〕宋·林之奇：《尚書全解》《景印文淵閣四庫全書》第 55 冊，卷三，（臺北：
　　　　臺灣商務印書館，1983 年），跨頁三十四。
〔註27〕《叢書集成新編》第九冊，第 240 頁。
〔註28〕陳連山：《〈山海經〉學術史考論》，頁 116。

書序〉、《史記》、司馬貞《索隱》、《封禪書》、《管子》，等等，皆有與「夋」相似的字體，實則應為一個人，即帝嚳。〔註29〕

而帝嚳即帝俊，《山海經》中多有帝俊記載，而且多見於荒經，〈大荒東經〉記載：

> 有蒍國，黍食，使四鳥：虎、豹、熊、羆。〔註30〕
>
> 有中容之國。帝俊生中容，中容人食獸，木實，使四鳥：豹、虎、熊、羆。〔註31〕
>
> 有白民之國。帝俊生帝鴻，帝鴻生白民，白民銷姓，黍食，使四鳥：虎、豹、熊、羆。〔註32〕
>
> 有司幽之國，帝俊生晏龍，晏龍生司幽，司幽生思士，不妻；思女，不夫。食黍，食獸，是使四鳥。〔註33〕
>
> 有黑齒之國，帝俊生黑齒，姜姓，黍食，使四鳥。〔註34〕

〈大荒南經〉則有：

> 帝俊妻娥皇，生此三身之國，姚姓，黍食，使四鳥。〔註35〕
>
> 有襄山，又有重陽之山，有人食獸，曰季釐。帝俊生季釐。故曰季釐之國。〔註36〕

〈大荒西經〉則：

> 有西周之國，姬姓，食穀，有人方耕，名曰叔均。帝俊生稷，稷降以百穀，稷之弟曰台璽，生叔均。〔註37〕

〈大荒北經〉則：

> 東北海之外，大荒之中，河水之間，附禺之山，帝顓頊與九嬪葬焉。爰有鴟久、文貝、離俞、鸞鳥、鳳鳥、大物、小物。有青鳥、琅鳥、玄鳥、黃鳥、虎、豹、熊、羆、黃蛇、視肉、璿、瑰、瑤、碧，皆

〔註29〕王國維：〈殷卜辭中所見先公先王考〉，收錄於馬昌儀選編：《中國神話學百年文論選》上冊（西安：陝西師範大學出版社，2013年），頁20。

〔註30〕袁珂：《山海經校注》，頁343。

〔註31〕袁珂：《山海經校注》，頁344。

〔註32〕袁珂：《山海經校注》，頁347。

〔註33〕袁珂：《山海經校注》，頁346。

〔註34〕袁珂：《山海經校注》，頁348。

〔註35〕袁珂：《山海經校注》，頁367。

〔註36〕袁珂：《山海經校注》，頁371。

〔註37〕袁珂：《山海經校注》，頁392～393。

出衛於山。丘方圓三百里，丘南帝俊竹林在焉，大可為舟。竹南有赤澤水，名曰封淵。有三桑無枝。丘西有沉淵，顓頊所浴。〔註38〕

大量集中在荒經的「帝俊」記載，早在郭璞時即有發現，而郭璞在註解時經常將「俊」與「舜」視為一字。

一、郭璞將「俊」與「舜」視為一字

例如〈大荒東經〉中「有五彩之鳥，相鄉棄沙，惟帝俊下友，帝下兩壇，彩鳥是司。」郭璞注為「言山下有舜二壇，五采鳥主之。」〔註39〕，此處很明顯，郭璞直接把帝俊當作是舜。

又〈大荒南經〉中「有水四方，名曰俊壇」郭璞則迳註為：「水狀似土壇，因名舜壇也。」〔註40〕此處直接把俊壇作舜壇。

關於這一點郝懿行有論：

> 郭璞云：「俊亦舜字假借音也。」郝懿行云：「初學記九卷引帝王世紀云：『帝嚳生而神異，自言其名曰夋。』疑夋即俊也，古字通用。郭云俊亦舜字，未審何據。南荒經云：『帝俊妻娥皇。』郭蓋本此為說。然西荒經又云：『帝俊生后稷。』大戴禮帝繫篇以后稷為帝嚳所產，是帝俊即帝嚳矣。但經內帝俊疊見，似非專指一人。此云帝俊生中容，據左傳文十八年云，高陽氏才子八人，內有中容（今本作仲容——珂），然則此經帝俊又當為顓頊矣。經文蹐駁，當在闕疑。」〔註41〕

郝懿行試圖透過文獻理解郭璞把「俊」當「舜」的依據，但是除了「夋」即「俊」，可以找到依據，還有「帝俊即帝嚳」也可以從〈大荒西經〉中「帝俊生后稷」與《大戴禮》對照，后稷為帝嚳所生因此可以得證之外，「俊」即「舜」郝懿行不確知郭璞的依據，只能猜測〈大荒南經〉中有所謂「帝俊妻娥皇」之說，而歷來古籍妻娥皇者當為舜，因此推論可能是郭璞的依據。

袁珂則針對此點論析：

> 珂案：郝說帝俊即帝嚳，是也；然謂「郭云俊亦舜字，未審何據」，

〔註38〕袁珂：《山海經校注》，頁419。

〔註39〕清·郝懿行箋疏，范祥雍補校：《山海經箋疏補校》（上海：上海古籍出版社，2013年），頁342。

〔註40〕清·郝懿行箋疏，范祥雍補校：《山海經箋疏補校》，頁351。

〔註41〕清·郝懿行箋疏，范祥雍補校：《山海經箋疏補校》，頁337。

則尚有說也。大荒南經「帝俊妻娥皇」同於舜妻娥皇，其據一也。海內經「帝俊生三身，三身生義均」，義均即舜子商均（路史後紀十一：「女瑩（女英）生義均，義均封於商，是為商均。」說雖晚出，要當亦有所本），其據二也。大荒北經云：「（衛）丘方圓三百里，丘南帝俊竹林在焉，大可為舟。」而舜二妃亦有關於竹之神話傳說，其據三也。餘尚有數細節足證帝俊之即舜處，此不多贅。是郭所云實無可非議也。〔註42〕

非常明確地透過補充引證，支持了郭璞的看法，此外舜即帝俊還有「使四鳥」之說。

二、使四鳥

從上列《山海經》關於帝俊的引文可以觀察到，其中多有「使四鳥」之說，郝懿行云：「經言皆獸，而云使四鳥者，鳥獸通名耳。使者，謂能馴擾役使之也。」〔註43〕

而袁珂指出：

經文「虎豹熊羆」，宋本作「豹虎熊羆」。帝俊之裔之有「使四鳥：豹、虎（或虎、豹）、熊、羆」能力者，蓋出於書舜典所記益與朱、虎、熊、羆爭神神話。書舜典云：「帝（舜）曰：『疇若予上下草木鳥獸？』僉曰：『益哉！』益拜稽首，讓于朱、虎、熊、羆。帝曰：『俞，往哉！汝諧。』」此其外貌固歷史也，而其實質則神話也。漢書人表考（清梁玉繩撰）卷二云：「江東語豹為朱。」則此「朱、虎、熊、羆」舊注所謂舜之四臣者，實「豹、虎、熊、羆」四獸也。而益者，燕也，即詩玄鳥所謂「天命玄鳥，降而生商」之玄鳥是也。益為古代殷（商）民族之祖宗神，帝俊與舜均無非此神之化身。帝俊即殷墟卜辭所稱「高祖夋」者，夋甲骨文作，或作，為一鳥頭人身或猴身之怪物。古既有「玄鳥生商」之說，其鳥頭者亦當為玄鳥（燕）之頭無疑矣。則帝俊（舜）與益，實二而一也。舜典謂舜使益馴草木鳥獸而為之長，益「讓于朱、虎、熊、羆」者，歷史

〔註42〕袁珂：《山海經校注》，頁345。

〔註43〕清‧郝懿行箋疏，范祥雍補校：《山海經箋疏補校》（上海：上海古籍出版社，2013年），頁336。

家對古神話之修改與塗飾也。推其本貌，想當無此彬彬有禮之美妙
景象，與其謂之「讓」，毋寧謂之「爭」之為愈也。益與豹、虎、熊、
羆四獸爭神而四獸不勝，終臣服於益，舜典「帝曰『往哉汝諧』」之
實質蓋指此也。四獸既臣於益，故益之子孫為國於下方者，乃均有
役使四獸之能力。帝俊即益，故山海經帝俊之裔亦有「使四鳥」或
「使四鳥：豹、虎、熊、羆」之記載。〔註44〕

因此在〈大荒東經〉中言及「有蒍國，黍食，使四鳥：虎、豹、熊、羆。」時，
此一蒍國，即為媯國。可以印證《史記‧陳世家》所記：「舜為庶人，堯妻之
二女，居於媯汭，後因為氏。」袁珂指出「媯國當即是舜之裔也。山海經帝俊
即舜……則此蒍國（媯國）實當是帝俊之裔也。〔註45〕」然後他又指出「山
海經記帝俊之裔俱有「使四鳥」或「使四鳥：豹、虎（或虎、豹）、熊、羆」
語，此蒍國（媯國）亦「使四鳥」，則其為帝俊之裔更無疑問矣。」〔註46〕而
此鳥位於東方，與東方關係密切。

三、天命玄鳥，降而生商

袁珂認為〈大荒東經〉中「有五彩之鳥，相鄉棄沙，惟帝俊下友，帝下兩
壇，彩鳥是司。」所謂：

「惟帝俊下友」者，言惟帝俊下與五采鳥為友也。帝俊之神，本
為玄鳥……，玄鳥再經神話之誇張，遂為鳳凰、鸞鳥之屬。楚辭
天問：「簡狄在臺，嚳何宜？玄鳥致貽，女何嘉（嘉原作喜，據聞
一多楚辭校補改）？」離騷：「望瑤臺之偃蹇兮，見有娀之佚女。……
鳳鳥既受詒兮，恐高辛之先我。」同一作者記同一神話，或為玄
鳥，或為鳳鳥，可見玄鳥即是鳳鳥。此帝俊之所以「下友」於五
采鳥也。〔註47〕

指出了帝俊本為玄鳥，亦即商人之祖。

因此透過袁珂總結郭璞以來學者的論證，帝俊即帝嚳，帝俊即夋，帝俊
即舜，而且基本上都是商人始祖的概念，連結到了「天命玄鳥，降而生商」的
史詩記錄。然後這貫串了《山海經》的帝俊、帝嚳，正呼應了〈南山經〉的

〔註44〕袁珂：《山海經校注》，頁343～344。
〔註45〕袁珂：《山海經校注》，頁343。
〔註46〕袁珂：《山海經校注》，頁343。
〔註47〕袁珂：《山海經校注》，頁356。

「放士」以及相關的那一整段落。

透過甲骨文的探索，方天者謂帝，帝是神也是人，事實上他就是最早的巫師，而商王就是巫，作為商人始祖的帝俊、帝嚳、帝舜就是這樣的角色，他測量世界並且通天知地，這也正是《山海經》的貫串主軸——「旅行」。

旅行者之書，昭然若揭。君不見學者喜愛引用的陶淵明〈讀山海經〉〔註48〕，許多研究者不陌生的「泛覽周王傳，流觀山海圖」最常被用作《山海經》有古圖的重要佐證，其實這句詩句本身就告訴我們陶淵明寫作這首詩的時候，他將《山海經》和「周王傳」亦即《穆天子傳》並列，豈不是正和稍早半世紀前為《山海經》作注寫序的郭璞，在序中徵引周穆王的神奇旅行一樣，把《山海經》視為一種旅行之書。研究中國詩的蔡瑜參考胡萬川〈失樂園：中國樂園神話探討之一〉提出了這樣的看法：「綜觀〈讀山海經〉一組十三首詩，其架構大體是以《穆天子傳》的周遊之姿，翱翔於《山海經》的神話地理。組詩內容可以明顯見到出入二本異書中的人（神）物、事件，並由此導向原始樂園與原型精神。然而，若深究每一個神人、神物、事件在《穆天子傳》、《山海經》中出現的具體語境，以及各物事如何被陶淵明選擇並列，乃至於組詩各篇大致的排列順序，我們可以進一步發現，樂園嚮往所表現匱缺心靈正是人類從樂園向失樂園墮落的結果。從整組詩愈到後來歷史成份愈益增加的趨向，也可以明顯見出這同時是從神話到歷史、從神到人的走向。在其中秩序經歷了摧毀與重構，間或出現意志與權力的抗衡，然而精神不死與天鑑不遠則是永恆的座標。在此所展開的圖卷，是帝王的體國經野與人類存在處境間的勾連牽引。」〔註49〕

魯迅其實在眾多的研究者中一語中的，相對於眾多深入研究旁徵博引的學者，他直觀論述：

> 《山海經》今所傳本十八卷，記海內外山川神祇異物及祭祀所宜，以為禹益作者固非，而謂因《楚辭》而造者亦未是；所載祠神之物多用糈（精米），與巫術合，蓋古之巫書也，然秦漢人亦有增益。〔註50〕

其實是正確的，只是他的理由太單純片面，這所謂「巫」之書，當然不是巫術為核心，而是過去掌握世界知識者的書，其中貫串的主軸是旅行，人間的行

〔註48〕一組十三首詩。
〔註49〕蔡瑜：《陶淵明的人境詩學》（臺北：聯經出版事業股份有限公司，2012 年），頁 264～265。
〔註50〕魯迅：〈神話與傳說〉，收錄於馬昌儀選編：《中國神話學百年文論選（上冊）》（西安：陝西師範大學出版總社有限公司，2013 年），頁 28。

動、神靈的行動，對這世界的開拓，認識與了解，同時兼有實際的行動，虛幻的神遊；空間的旅行紀錄，時間的旅行紀錄；旅行者的人間遊歷，引魂者的冥界之旅。

　　陶淵明雖然在〈讀山海經〉一組十三首詩中，最終創造了他個人的精神樂園，基於嚮往人間秩序而營造的與仙境迥異的人間淨土，從神人混同的過去條理出他的桃花源式樂園，而這是以心靈之力作為推動運行的一場精神之旅，目的與過去歷代的所有旅行者無須相同，但是不變的是那移動的本質，而移動可以同兼虛實，而陶淵明顯然是以「心遠地自偏」的「心」為載具，進行了精神層次的旅行。

第三節　大行人（統領四方到掌管四時）

　　在第三章討論《山海經》的旅行者與記錄者時提到「大行人」，這個官名是漢代官名，但是在春秋已有「大行」指「遠行」的用法，而這官名歷來變革見載《漢書・百官公卿表》：

> 典客，秦官，掌諸歸義蠻夷，有丞。景帝中六年更名大行令，武帝太初元年更名大鴻臚。屬官有行人、譯官、別火三令丞及郡邸長丞。
>
> 武帝太初元年更名行人為大行令，初置別火。王莽改大鴻臚曰典樂。
>
> 初，置郡國邸屬少府，中屬中尉，後屬大鴻臚。〔註51〕

可見「大行令」在秦代原本稱「典客」，職掌就是管理歸順的蠻夷方國，是到了漢景帝中六年才改為「大行令」，然後到了漢武帝太初元年又更名為「大鴻臚」，同時把原本下屬的屬官「行人」，改為「大行令」。著名的對匈奴馬邑之戰的謀劃要角王恢，即任大行令，在《漢書》中頗有與漢武帝的勸戰對話。這呼應了前章節所謂「政士」對遠方四夷不守禮義時的治理概念。此外通西域的張騫則在《史記・衛將軍驃騎列傳》記載：

> 將軍張騫，以使通大夏，還，為校尉。從大將軍有功，封為博望侯。
>
> 後三歲，為將軍，出右北平，失期，當斬，贖為庶人。其後使通烏孫，為大行而卒，家在漢中。〔註52〕

〔註51〕東漢・班固撰，唐・顏師古注：〈百官公卿表　第七　上〉，《漢書》卷 19，（臺北：宏業書局，1972 年），頁 190。

〔註52〕（日）瀧川龜太郎：《史記會注考證》（臺北：萬卷樓圖書有限公司，1993 年），頁 1211。

說明了當年和李廣一起出征匈奴，未能及時支援，贖為庶人之後的結局，說他卒於大行任內，也算是張騫一生中肯的註腳。

以上在在呼應了所謂「方士」、「職方氏」的概念，而且同時展現了對四方地域的探索與掌握，期間旅行的活動過程自在其中。

而很有趣的事，所謂「大行」可以指「遠行」以及「大行令」這一類官名之外，在《孔叢子》書中《小爾雅・廣名》提到：「諱死，謂之大行。死而復生，謂之蘇。疾甚，謂之阽。」這所謂避諱言死，而以「大行」稱之，又為「大行」的遠行意義，增加了精神層次之旅的角度。因此在早期的旅行、遠行概念之中，在精神層次上的混同，乃至於和星辰、星座於天空中的運轉旅行的呼應履見不鮮，這一點尤其在中華人民共和國國家旅遊局的識別標誌和「中國優秀旅遊城市」標誌的主體形象──「銅奔馬」的相關討論上特別明顯。

這一只「銅奔馬」（圖1）載於1974年第2期《考古學報》的報告，說明1969年10月中國的甘肅省武威縣所屬新鮮人民公社，下轄新鮮大隊第十三生產隊社員在挖地道時發現古墓，在墓室中發現了銅人、銅車、銅馬等為儀仗隊的隨葬物，其中便有這只銅馬。

圖4.3　甘肅博物館館藏「銅奔馬」〔註53〕

〔註53〕引自甘肅省博物館網站公開資訊：文物典藏，（2020年2月21日），頁36。

這只銅馬三足騰空，以對側足方式奔跑，側首張嘴，動感十足，右後足踏一飛鳥，飛鳥展翅回首。而由於當年發現古墓的生產隊並非專業考古人員，當年的發現過程未能保持完整的發現型態，因此從古墓的斷代到整個銅車馬隊伍的排列都有較大的爭議，不過基本古墓年代說法很多，但大致被判斷在東漢到前涼這段時間內，主要是西晉前後為主。

而討論最多的就聚集在這座「銅奔馬」上，從它 1983 年 12 月被定為中國旅遊的標誌符號，當可從此管窺過去中國古代旅行概念的同兼虛實。

其中關於銅奔馬是何種馬的說法就包括四種：第一種說法是「天馬」，從其身型比例與漢代常見的矮小蒙古馬不同，而認為與漢武帝時從西北引進的「天馬」相似。第二種說法是「天駟」，《爾雅·釋天》有載：「天駟，房也。」郝懿行註解則說明「龍為天馬，故房四星謂之天駟。」〔註 54〕這是指天上的星名，可從唐代杜甫〈魏將軍歌〉詩句中描述：「星躔寶校金盤陀，夜騎天駟超天河。」得到參照，此類言及「天駟」的詩歌甚多，而「天駟」本指二十八星宿中蒼龍七宿的第四組星，名「房」，有四顆可見星，《晉書·天文志》稱「房四星為明堂，天子布政之宮也」。第三種說法則是認為是「紫燕騮」，這是從它足下所踏鳥是「飛燕」而來的想法，因此徵引蕭綱〈九日侍皇太子樂游苑詩〉：「紫燕躍武，赤兔越空。橫飛鳥箭，半轉蛇弓。」〔註 55〕再依據《西京雜記》卷二所記：「文帝自代還，有良馬九匹，皆天下之駿馬也：一曰浮雲，一名赤電，一名絕群，一名逸驃，一名紫鷰騮，一名綠蜻驄，一名龍子，一名麟駒，一名絕塵，號為九逸。」〔註 56〕而認為此馬是可與赤兔馬相並論的紫燕騮。第四種說法是稱它「特勒驃」，這名稱來自陝西醴泉唐太宗李世民陵墓昭陵北面祭壇東西兩側的六塊駿馬青石浮雕石刻「昭陵六駿」拳毛騧、什伐赤、白蹄烏、特勒驃、青騅、颯露紫中的一匹。作為李世民生前的坐騎之一，和「銅奔馬」的關聯，其實來自浮雕造型的動作，「銅奔馬」和「特勒驃的浮雕造型」都是一側的前後腿同時凌空，亦即所謂的「對側步」，而據說天生有此步伐之馬為良馬。

而馬的足下所踏飛鳥為何，討論則有一、燕子說，這是來自郭沫若 1971

〔註 54〕清·郝懿行撰：《爾雅義疏》（臺北：漢京文化，1985 年），頁 774。
〔註 55〕梁·蕭綱著，蕭占鵬、董志廣校注：《梁簡文帝集校注》（天津：南開大學，2012 年）。
〔註 56〕曹海東：《新譯西京雜記》（臺北：三民書局，1995 年）。

年郭沫若陪同外賓訪問蘭州，參觀甘肅省博物館初見銅奔馬時的說法，他認為這是「馬踏飛燕」，不過就實體而言，此鳥尾巴沒有分岔，很難定論是燕子。此外有二、龍雀說，這是來自張衡〈東京賦〉「龍雀蟠蜿，天馬半漢。」李善在注釋中說明：「龍雀，飛廉也。天馬，銅馬也。蟠蜿、半漢，皆形容也。」而李善還附記一段軼事「曰：華嶠後漢書曰：明帝至長安，迎取飛廉并銅馬，置上西門平樂觀也。」〔註57〕這是曾有一座飛廉并銅馬的造型物件，被放置在長安上林苑著名的平樂觀。是否即是類似之物，恐怕難說，但值得注意的是飛廉傳統中認為是風神，是一種神獸。再則有三、天馬逮烏說，這是認為天馬腳踏的是烏，而且是《山海經·大荒東經》所記「大荒之中，有山名曰孽搖頵羝，上有扶木，柱三百里，其葉如芥。有谷曰溫源谷，湯谷上有扶木。一日方至，一日方出，皆載於烏。」〔註58〕這一種載日的烏，而天馬行速可以追趕日月，此說也相當程度反映了旅行這種空間的行動，可以轉化為超越時間的概念的轉換。最後還有四、燕隼說，此說純粹是以常見猛禽作為一種類比的想法。

這些關於馬為何？鳥為何？的討論可以見到既有實際物體的比擬，又有天空星座的相應，還有神話概念的置入，在作為「旅遊」標誌象徵的物體上，同時就顯現了實體之旅與靈魂之旅的異念同體，看到如此具象的銅車銅馬儀仗隊，被作為隨葬物埋於墓室，不正是準備為墓主人所用的一套車馬隊伍？而墓主人已死，在人間已然不再有機會進行任何行動，這套為墓主人準備出行的儀仗隊，行動顯然不是為人間旅行而準備，「銅奔馬」正象徵了這兩者的連接點，人間的旅行概念用在人死後的世界一樣適用，這支銅車馬隊準備帶領墓主人進行的是一趟華麗的升仙之旅，可以是前往星空，可以是超越死亡，樂園應當是假想的目的，就好比所有的旅行都有前往的目的，而後死去的人們可以在活著的後人記憶中繼續不死的想像。

而這一點其實與漢代對大行令後來在武帝時改名的大鴻臚官職，還頗有呼應。在《漢書·律曆志上》就詳細說明了大行鴻臚工作內容以及由來：

> 權與物鈞而生衡，衡運生規，規圓生矩，矩方生繩，繩直生準，準正則平衡而鈞權矣。是為五則。規者，所以規圜器械，令得其類也。矩者，所以矩方器械，令不失其形也。規矩相須，陰陽位序，圜方

〔註57〕梁·蕭統編，唐·李善注：《文選》（臺北：華正書局，1982年），頁56。
〔註58〕袁珂：《山海經校注》，頁354。

乃成。準者，所以揆平取正也。繩者，上下端直，經緯四通也。準
繩連體，衡權合德，百工絲焉，以定法式，輔弼執玉，以翼天子。
《詩》云：「尹氏大師，秉國之鈞，四方是維，天子是毗，俾民不迷。」
咸有五象，其義一也。以陰陽言之，大陰者，北方。北，伏也，陽
氣伏於下，於時為冬。冬，終也，物終臧，乃可稱。水潤下。知者
謀，謀者重，故為權也。大陽者，南方。南，任也，陽氣任養物，
於時為夏。夏，假也，物假大，乃宣平。火炎上。禮者齊，齊者平，
故為衡也。少陰者，西方。西，遷也，陰氣遷落物，於時為秋。秋，
膽也，物禺斂，乃成孰。金從革，改更也。義者成，成者方，故為
矩也。少陽者，東方。東，動也，陽氣動物，於時為春。春，蠢也，
物蠢生，乃動運。木曲直。仁者生，生者圜，故為規也。中央者，
陰陽之內，四方之中，經緯通達，乃能端直，於時為四季。土稼嗇
蕃息。信者誠，誠者直，故為繩也。五則揆物，有輕重圜方平直陰
陽之義，四方四時之體，五常五行之象。厥法有品，各順其方而應
其行。職在大行，鴻臚掌之。〔註59〕

不僅從這段文字出自〈律曆志〉可以窺見端倪，〈律曆志〉過去本來就是「方
士」的工作，然後其中不斷強調定規矩、方圓的概念，不正是為世界設定秩
序，了解天圓地方的世界樣貌，為世界制定時節，讓人們得以依循的工作內
容。

　　大行人的職掌內容變遷，從統領四方到掌管四時的變化，說明了旅行概
念所涉及人與環境的關係，在早期文化思維中可以從山川林石各類動植物的
空間之旅，變成時間之旅，而抽象的時間透過日月星辰的觀察而被定出時節
之分，因此一樣在企圖對環境進行去陌生化（也就是自動化）的過程中，時
間之旅包括了天文觀察以及早期詮釋的神話內容；同時也兼具了四時、日夜
的時間運轉描述；也有企圖超越生死，在人間與冥界移動的旅行；反過來也
有因為觀察日月星辰而發展出的日月星辰等的天體定位方法，以助於海上旅
行的觀星術，而這些在《山海經》中都可以看到，並且混合在一起虛實難辨。
這正是《山海經》既有真實又有虛幻的原因。

　　《山海經》是一部來自巫覡、方士學術傳統的著作，而它是以旅行為主
軸貫串，所以詮釋空間的旅行與時間的旅行在當時能夠放在一起做為同類資

〔註59〕東漢·班固撰，唐·顏師古注：《漢書》，頁250。

料。而在早期先民詮釋時空時「在對大自然的種種現象進行詮釋與敘述時，也真的只能藉由想像與虛構，應是要與現實相符，頂多與屈原（BC343～277？）的〈天問〉相同，問不出所以然。」〔註60〕這是因為正如鍾宗憲指出的：

> 關於人物、事蹟、時間、空間這四個敘述要件，不必全然是虛構的，才成為「虛構」，只要其中一項是虛構，則整個敘述都會成為「虛構」。所以當虛構的人物出現在真實歷史時空的事蹟裡，這樣的歷史敘述充其量是敘述者所創作的歷史小說，而不會是真正的「歷史」。但是如果人物或者事蹟就現有資料記載都是「不可考」的話，而我們偏偏願意相信那是真實的時候，那麼時空的因素立刻會變得重要起來，因為如果時空是可以確定的，那麼之前那些不可考的人物、事蹟就很有存在的可能。〔註61〕

這就是《山海經》為什麼研究到清初，四庫館臣要斥為「百無一真」的原因，因為人物、事蹟、時間、空間四項敘述要件，在《山海經》的敘述中幾乎沒有同時為可考確認的存在。而這也反過來說明了，《山海經》的歷代敘述者在敘述過程中，雖然至今已難確認四項敘述條件可考為真的情況，但是卻可以相信，這些內容中四項關注點，不全都是假。也才能形成如今《山海經》可見的虛實並存的情況。所以接下來，釐清《山海經》何處為真、何處為假、哪裡是實、哪裡是虛並非主要的工作，而是就敘述者如何連結真實與虛幻、《山海經》中的旅行方式等來觀察，然後再討論《山海經》做為旅行紀錄被讀者驗證的過程，最後再回頭描述整個《山海經》成書發展的過程。

〔註60〕鍾宗憲：《中國神話的基礎研究》，（臺北：洪葉文化，2006年），頁216。
〔註61〕鍾宗憲：《中國神話的基礎研究》，頁215。

第五章　旅行者的學術傳統

第一節　旅行的意義——格物致知

　　「旅行」究其字詞，「旅」甲金文從「㫃」從二「人」，金文或從一「人」或三「人」，意指眾人從旗幟一齊行動之意，本義是軍旅、師旅、行旅。引申為旅行。金文亦有加從「車」者，以兵車加強行軍之意。

　　「行」甲金文象四通八達的道路，形似「十字路口」。本義是道路，引伸為行走。

　　由此看來「旅行」當是一種行動，但是旅行如果單純視為一種行動、活動，則不獨人類有之，大規模的遷徙移動在動物界並不少見，因此在金文中（乍冊乎（鬼虎）卣𤔲）加進去的「車」，以及「行」字象形的道路含意與引伸的行走含意，正好說明這個行動必須包括的幾個重點。

　　首先是行動，「車」表示目的，「行」表示道路、亦即地理環境。而人在移動中若與環境發生關系，也不會僅有地理，應該也會發生與其他動物、植物、乃至於其他人類的交互關係。

　　因此這顯示人、行動、目的、人與環境的關係整組概念相加是為旅行，所以旅行的定義，應當是人的移動行動，並且懷抱目的，然後與環境發生關係。

　　旅行可說是空間位移的活動，也是一種文化行為和一種文化體現[註1]。在現代經常和旅遊、觀光模稜兩可地混用，不過在積極條件上，「旅遊」、「觀

〔註 1〕郭少棠：《旅行：跨文化想像》（北京：北京大學出版社，2005 年），頁 15。

光」的目的傾向於遊覽、休憩、娛樂、身心放鬆，有一定經濟條件作為支撐，在古代中國「觀光」很早即見於《易經》觀卦六四爻辭中「觀國之光，利用賓于王」，不過其意義和現在的「觀光」在意涵上恐怕不甚相類，倒是「旅遊」見於南朝宋沈約（441～513年）的〈悲哉行〉：「旅游媚年春，年春媚游人」〔註2〕，此後大抵詩詞當中常見，尤其以《全唐詩》中經常性地出現，這恐怕和魏晉以來山水游仙詩的發展有關，而唐代也正是經濟發達盛況空前的時代，這都反映了旅游、觀光的娛樂性和一定的經濟發展互相搭配，但是「旅行」與此並不盡相同，而且「旅行」一詞出現更早，《禮記‧曾子問》中有載：

> 曾子問曰：「三年之喪，吊乎？」
>
> 孔子曰：「三年之喪，練，不群立，不旅行。君子禮以飾情，三年之
>
> 喪而吊哭，不亦虛乎？」〔註3〕

在此「旅行」一詞一方面較早，較之「旅游」一詞運用的文類與時代經濟程度，顯然區分上「旅行」是沒有娛樂、消費性質，反而更為強調所謂「行」的概念，「遊覽並不是它的主要目的」〔註4〕，這一點在西方亦然，「觀光」與「旅行」的差異，正如法叟（Paul Pussell）在〈旅行／觀光〉一文所說的：「旅行提供密度深遂異乎尋常的明晰和力道，讓情緒感受激烈經驗，與觀光不同的是旅行從來就不讓心靈得到舒解、慰藉和療癒」〔註5〕，這可以從東漢許慎《說文解字》當中鹿部「麗」字的解釋看到，「麗：旅行也。鹿之性，見食急則必旅行。從鹿麗聲。」〔註6〕這強調了鹿為食而行動的概念，突顯了旅行基礎的含義其實即是目的以及行動。

　　《詩經》〈大雅〉的〈公劉〉就描寫了周人始祖公劉由「邰」遷移到「豳」，「既溥既長。既景廼岡。相其陰陽，觀其流泉。其軍三單，度其隰原。徹田為糧，度其夕陽。豳居允荒。」〔註7〕開拓疆土的歷程；〈緜〉則描寫了古公亶

〔註2〕值得注意的是這裡的「游」是以水部呈現，和現今作辵部不同，這基本是同一個字，部過卻展現了過去交通方式很重要的概念，亦即遠行通常必須通過水行實現的真實狀況。

〔註3〕漢‧鄭玄注，唐‧孔穎達疏：《禮記正義》（臺北：廣文書局，1971年），頁75。

〔註4〕巫仁恕、狄雅斯：《遊道：明清旅遊文化》（臺北：三民書局，2010年），頁1。

〔註5〕轉引自郝譽翔：〈「旅行」？或是「文學」？〉，收錄於魏仲佑、許建崑執編：《旅遊文學論文集》（臺北：文津出版社，2000年），頁292～294。

〔註6〕東漢‧許慎撰，清‧段玉裁注：《說文解字注》（臺北：漢京文化，1985年），頁471。

〔註7〕屈萬里：《詩經詮釋》（臺北：聯經出版社，1983年），頁496。

父自豳遷居岐下，乃至傳到文王發展周人基業的事蹟。

　　這種趨利避害的移動，事實上在原始人類社會研究中即經常可見，例如：「中國的考古學家門曾在三門峽地段發現了新石器時代仰韶文化時期（距今約 5000～7000 年）密集的 69 處村落遺址，經研究認定，他們不是同一時期所建，而是某個原始部落趨利避害，反覆遷徙的結果。」〔註8〕

　　在《山海經》中有一則著名的夸父逐日，這則神話討論者眾，其中由於最早的記載即分在《山海經》的〈海外北經〉、〈大荒北經〉等處，因而出現了文獻認知的歧異以及討論的空間，然而無論解讀上的歧異如何，在夸父的記載裡，有兩種行動是確定的，一是「夸父與日逐走」〔註9〕的追日行動，一則是「渴，欲得飲，飲於河渭；河渭不足，北飲大澤。」〔註10〕的尋找水喝的行動。如果這能夠被視為一種移動，那麼顯然就具備了旅行的性質（移動加上目的）。而這很可能就反映了最早期先民基於趨利避害而有的旅行活動。

　　此外劉歆所說《山海經》的作者「禹」以及「益」除了在〈上山海經表〉裡面提到的大禹治水行跡，助手益「類物善惡，著山海經」顯有旅行行動之外。《山海經》裡面記載的禹也的確有著治水英雄的事蹟：

> 洪水滔天。鯀竊帝之息壤以堙洪水，不待帝命。帝令祝融殺鯀于羽郊。鯀復生禹。帝乃命禹卒布土以定九州。〔註11〕

或者，

> 共工臣名曰相繇，九首蛇身，自環，食于九土。其所歍所尼，即為源澤，不辛乃苦，百獸莫能處。禹湮洪水，殺相繇，其血腥臭，不可生穀，其地多水，不可居也。禹湮之，三仞三沮，乃以為池，群帝是因以為臺。在崑崙之北。〔註12〕

這些也可以視為早期先民曾經有過的與水之間的趨利避害關係。

　　因此這種移動的活動事實上是一種因人類需要而衍生的活動，趨利、避害是早期移動的動機，到人類文明逐漸發展，形成農業社會後，社會結構發展漸趨複雜，這類移動的動機開始隨之複雜起來，趨利、避害之外，很可能

〔註 8〕鄭焱：〈旅遊的定義與中國古代旅遊的起源〉，《湖南師範大學學報》第 28 卷，頁 66。

〔註 9〕袁珂：《山海經校注》，頁 238。

〔註 10〕袁珂：《山海經校注》，頁 238。

〔註 11〕袁珂：《山海經校注》，頁 472。

〔註 12〕袁珂：《山海經校注》，頁 428。

這類移動會有政治、宗教、學術、商務、遊覽、觀光……種種的不同目的。

　　旅行便包含了這些可能的種種目的，旅行即是人類因為這些種種可能的目的，透過移動然後與環境發生關係，這環境可以是地理、人群、甚至廣義的環境。

　　不過現在現代「旅行」乃至「旅行文學」恐怕複雜程度更甚以往，更複雜的原因是加上了「文本」的概念，因此在現代中文學界多有「旅行文學」的學術探討進而成為一種文類。

　　現代「旅行文學」研究不在少數，作為一種現代文學耳熟能詳的類型，其定義大多要參考西方。回到西方最初的旅行書寫來說，其目的在於提供客觀且準確的科學依據。後來，「旅行」才被解作為出門遊歷、或結伴而行。

　　而旅行與書寫本身也不具備必然關聯，旅行不必然產出書寫，旅行可以是單一的活動，書寫與記錄則是他的副產品。可能具備某種不特定非單一的目的。

　　「西方的旅行文學有其歷史脈絡，從文藝復興時期的傳奇怪譚，到啟蒙運動影響下著重實證經驗，要求旅行書兼具知識和怡情的雙重功能；乃至於一九九一年波特（Dennis Porter）出版《心念之旅：歐洲旅行書寫的欲求與踰越》，書中捨棄文類的形式與目的論，轉而凸顯旅行書的論述性質：除了紀錄旅途的經驗表象，更重要的是建構作者的自我主體以及和『他者』的對話交鋒。」〔註 13〕關注的層次上可能有更多文化互動的對應，「在面對『他者』時，旅人在心理符號機制（Semiosis）上會發展出『比較國際觀』（Comparative cosmopolitism），旅人在其旅程中思索自己的認同位置，透過差異的比較，發現自己的不足與缺點，而開始對本土政治、經濟、社會種種文化現象有著批評的距離、不同的觀點，亦即文化批判的位置。」〔註 14〕

　　其目的大致上在進行「行遊者對異文化的切入較深，對他者文化的批判較為理性而深刻，故而往往能將自己文化與他者文化擺在一個適當的位置，增進文化的雙重確認。」〔註 15〕

　　這些論述複雜之處在於同時建構旅行與文學的連接，其實理論基礎來自以下：

〔註 13〕宋美瑾：〈自我主體、階級認同與國族建構〉，《中外文學》第 26 卷第 4 期，1997 年 9 月，頁 4～5。

〔註 14〕廖炳惠：〈旅行、記憶與認同〉，《臺灣與世界文學的匯流》（臺北：聯合文學，2006 年），頁 186～187。

〔註 15〕郭少棠：《旅行：跨文化想像》（北京：北京大學出版社，2005 年），頁 106。

一、旅行的圓形結構

下圖是陳彰儀所提出的「旅行圓形結構」〔註16〕。

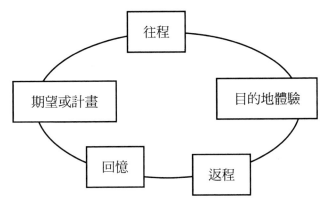

圖 5.1　陳彰儀所提出的「旅行圓形結構」

二、劉若愚的文學理論四要素圖示

下圖則是劉若愚的文學理論圖示：

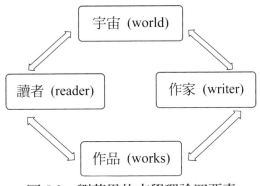

圖 5.2　劉若愚的文學理論四要素

　　這兩個圓形圖示的結合，即說明了所謂「旅行」加上「文學」的觀點如此若即若離而且複雜的原因，把文學理論的圓形圖示帶入旅行的迴圈中，在迴圈的任一段落，都可以發生文學四要素的圓形開展，而每一段開展，其論述重點有可以從作者、作家、宇宙、讀者任一角度切入，然後雙向討論其交互作用。

　　不過這兩個圖示一方面說明了整個「旅行文學」討論趨向複雜的現象，

〔註16〕陳彰儀：〈休閒遊憩行為與國民心理關係之探討〉，收錄於交通部主編：《發展國民旅遊研討會報告書》（臺北：交通部觀光局，1998 年），頁 2。

一方面也給了一個很明顯的提示。換句話說不談「文學」這個複雜概念，單由旅行的圓形結構看來，旅行便是由起點（家）出發，前往目的地再回歸的過程。而反之不談「旅行」這個概念，「文學」的圖示也是一個往復的圓形，出發與回歸，起點就是終點，也與「旅行」相類。

因此，

> 或許這就是旅行的真正目的：比起追尋新的解答、尋找新的問題更重要，就像科學家例如愛因斯坦，在面對神秘事物的時候所說過的話。有一個最關鍵且令人振奮的想法是：我們還沒有想通每一件事。這一切並不是原本就在那裏。不是每一件事都有人想過。
>
> 有人說，只要還有故事可以說，我們就不用擔心。但是我相信，只要還有故事可以去尋找，我們才不用擔心。諾貝爾文學獎得主喬賽·薩拉馬戈（José Saramago）在他的《葡萄牙遊記》（Journey to Portugal）中寫下：「旅程不會結束。只有旅人會結束。而他們可以在記憶裡、在回顧時、在敘述中延長。當旅人坐在沙灘上說：『已經沒什麼別的可看了』的時候，他知道那不是真的。」絕對不是。〔註17〕

回到前面許慎的解釋他把「旅行」用在「鹿見食急而必旅行」的語境中，把鹿換成是人，一幅逐水草而居的畫面躍然眼前，那當是「旅行」最初的樣態。

誠如龔鵬程在《旅行：跨文化想像》的序裡論述：「古代文明間的遷移與交流，到底該恢張點說，還是謹慎點講，很難論定，因為誰也不能斷言古代人類不是像候鳥般往來遷徙的。一隻伶俜燕雁，尚且每年不辭勞苦，度越萬里，飛洋過海，何況是人？若說燕雁為何總要如此不憚煩，誰也說不出。避寒嘛，自有別的辦法，何苦如斯跋涉？海上風波、雲中羅網，其中之凶險，實更甚於寒冷。因此，這或者只能說是物性本能。就像某些動物，一旦出生，就開始遠遊；待生育期再千方百計旅行返回原生地產育，或臨死時再回來。一生就在一來一往的長途跋涉中度過了。若問這樣的生命到底意義何在？也沒人答得出來，生物的本能，就蘊含著屬於它最本質的奧秘。似乎動物之不同於植物，就在於它要徙旅要遷移，否則它就乾脆生為植物了。講這麼多，我要說的是：人的物性本質或本能就是要遷旅行遊的，人類的文明，便也成於

〔註17〕羅貝托·賈克（R·bert·Giac·bb·）著，黃正旻譯：《國家地理進入神祕國度：探索地球上最知名的未解之謎》（臺北：大石國際文化有限公司，2015 年），頁 13。

旅行之中。」〔註18〕因此江紹原論述中國古代旅行時，也這麼主張：

> 由種種確證，我們知道古中國人把無論遠近的出行認為一樁不尋
> 常的事；換句話說，古人極重視出行，夫出行必有所為，然無論
> 何所為，出田、出漁、出征、出弔聘，出亡、出遊、出貿易……
> 總是離開自己較熟悉的地方而去之較不熟習或完全陌生的地方之
> 謂。〔註19〕

這指出了旅行的首要條件，也就是移動，離開原點，到陌生地方去的行動，
人的本質本身便充滿這種變動性，而且在這種移動過程中與空間互動，產生
了「旅行」，這種行動當書寫文明出現，便可能借由圖畫、符號乃至於文字的
方式被記錄下來，記錄下來則可能再次運用，那麼「指南」便誕生，是不是文
學，不必然，但是退一步而言旅行的活動以及旅行的紀錄與書寫，很早便發
生了，這種互動是文化的重要產生動力。

> 人，這個字，在中文的構形中，象人直立之形。人立，是人的物性
> 特徵，其他動物只有少數或偶爾能夠如此，例如熊。人能站立故能
> 邁開大步走，所以「大」字就象人行立於山川日月之間之形。文明
> 之文，則是物相雜之形。人與人、群與群，要相互交流走動，才能
> 雜，才成文，故古人曰：「物一無文」。〔註20〕

然後一旦文字成熟，開始有人把這樣的過程記錄下來，旅行記錄就形成了。

早在劉歆〈上山海經表〉便說明：

> 《山海經》者，出於唐虞之際。昔洪水洋溢，漫衍中國，民人失據……
> 禹乘四載，隨山栞木，定高山大川。

這是旅行。

> 益與伯翳主驅禽獸，命山川，類草木，別水土……內別五方之山，
> 外分八方之海。

這是探索。

> 紀其珍寶異物，異方之所生，水土草木禽獸昆蟲麟鳳之所止，禎祥
> 之所隱，及四海之外，絕域之國，殊類之人。

〔註18〕龔鵬程：〈序〉收錄於郭少棠：《旅行：跨文化想像》（北京：北京大學出版社，
　　　　2005年），頁2。
〔註19〕江紹原：《中國古代旅行之研究》，頁5。
〔註20〕龔鵬程：〈序〉收錄於郭少棠：《旅行：跨文化想像》，頁2。

這是記錄。

　　禹別九州，任土作貢。

這句顯然是劉歆故意從〈禹貢〉抄過來，硬要拉上〈禹貢〉以及《禹本紀》、
《山海經》這些作品的關係。

　　而益等類物善惡，著《山海經》。

這是將旅行知識系統化，並加以記錄。這正是劉歆〈上山海經〉裡面談到的
《山海經》成書過程，由「禹乘四載，隨山栞木，定高山大川。……逮人跡之
所希至，及舟輿之所罕到。內別五方之山，外分八方之海，紀其珍寶奇物，異
方之所生，水土草木禽獸昆蟲麟鳳之所止，禎祥之所隱，及四海之外，絕域
之國，殊類之人。」而最終「禹別九州，任土作貢；而益等類物善惡，著山海
經。」〔註21〕描述歷歷不正是旅行與指南的概念。

　　王充《論衡‧別通》說得更直接明白，他說「禹、益並治洪水，禹主治
水，益主記異物，海外山表，無遠不至，以所聞見，作《山海經》。」〔註22〕
與劉歆的「禹別九州，任土作貢」之說核對，更顯見劉歆此處不知從何飛來
一筆，與〈禹貢〉硬是掛上鉤。而除了劉歆汲汲營營想把《山海經》和儒家經
典連結的企圖之外，王充和劉歆在這段文字中事實上都指出了《山海經》的
旅行紀錄特徵，王充則更明白指出了是禹益「以所聞見」來寫作《山海經》。

　　因此旅行的圓形往復結構是其核心，由起點出發回歸終點，其中有所經
歷見聞，結果在於認識世界，但是空間卻無所侷限，而由於《山海經》的古老

〔註21〕東漢‧劉歆：〈上山海經表〉，引自袁珂：《山海經校注‧附錄》（臺北：里仁
　　　　書局，1981 年），頁 477。

〔註22〕王充：《論衡‧別通》這段文字說明了禹益因行遠而著作山海經，而山海經的
　　　　特徵在於博物，而博物的功用相當於知識，而具有知識之人能夠釋清疑惑，
　　　　這雖然未提旅行一詞，但是很顯然是把山海經的旅行特徵做了闡述。原文附
　　　　後參考：「禹、益並治洪水，禹主治水，益主記異物，海外山表，無遠不至，
　　　　以所聞見，作《山海經》。非禹、益不能行遠，《山海》不造。然則《山海》
　　　　之造，見物博也。董仲舒睹重常之鳥，劉子政曉貳負之尸，皆見《山海經》，
　　　　故能立二事之說。使禹、益行地不遠，不能作《山海經》；董、劉不讀《山海
　　　　經》，不能定二疑。實沉、臺臺，子產博物，故能言之；龍見絳郊，蔡墨曉占，
　　　　故能禦之。父兄在千里之外，且死，遺教戒之書。子弟賢者，求索觀讀，服
　　　　膺不舍，重先敬長，謹慎之也；不肖者輕慢佚忽，無原察之意。古聖先賢，
　　　　遺後人文字，其重非徒父兄之書也，或觀讀采取，或棄捐不錄，二者之相高
　　　　下也，行路之人，皆能論之，況辯照然否者，不能別之乎？」引自黃暉撰：
　　　　《論衡校釋（一～二）》（臺北：臺灣商務印書館，1964 年），頁 599。

性質，換句話說旅行在《山海經》中沒有空間的平面限制，而旅行者可以是人，也可以不是人，旅行的路線可以是平面路線，也可以不是。這時候《山海經》的虛實兼有的特徵便給了極明顯的提示。漢代主流地理學觀點排除《山海經》也給了我們重要的線索，因為《山海經》是旅行書，而與地理最大的不同是在於《山海經》旅行包括了地理不會涉及的範圍，也就是超越平面空間的旅行。

　　而古代中國有論及「神遊」、「天遊」者，「與具體旅行相較，神遊是在一個想像或虛擬的時空之中移動。這個想像的或虛擬的時空是『旅行者』自己的預設，是其對自己生活經歷中的時空的一種提煉與抽象。……神遊者可以是時空轉移的直接經驗者與感受者，也可以不是。在很多情形裡，神遊的『旅行者』也常常只是一種預設，並不等於神遊者自己。這些預設的『旅行者』可以是歷史人物的重塑，也可以是純粹想像的人物；可以是人類，也可以是非人類，甚至於可以是人與非人之間的物類。」〔註23〕這恰巧正是《山海經》旅行概念下時空的實況，而且《山海經》時代顯然更為久遠，不論《山海經》是否可以作為中國傳統形而上之遊的一種源頭，這明清以來文人對於旅遊的思考，正好詮釋了《山海經》旅行的部分樣貌。

第二節　王景治水（治水的科學家與占卜的術士）

　　《後漢書》列傳六十六裡記載了曾在東漢明帝時治水有功的循吏，其名為王景，字仲通，出生在樂浪郡邯邯（今朝鮮平壤西北），他的八世祖王仲原籍琅邪郡不其（今屬青島市）人，當年為了不願參與劉邦之孫濟北王劉興居的謀反而「浮海東奔樂浪山中」。其父親王閎「為（樂浪）郡三老。更始敗，土人王調殺郡守劉憲，自稱大將軍、樂浪太守。建武六年，光武遣太守王遵將兵擊之。至遼東，閎與郡決曹史楊邑等共殺調迎遵，皆封為列侯，閎獨讓爵。帝奇而徵之，道病卒。」所以王景和朝鮮的關係密切，但是其家族同時也展現對漢室的絕對忠誠。

　　但是他載於史冊的原因主要還在於他懂得治水，曾經在漢明帝初期時就與王吳有過治理浚儀渠〔註24〕的經驗：

〔註23〕郭少棠：《旅行：跨文化想像》（北京：北京大學出版社，2005年），頁155。
〔註24〕浚儀渠，戰國時魏都大梁城北的人工渠，後秦國改大梁為浚儀縣，大致位於

> 辟司空伏恭府。時有薦景能理水者，顯宗詔與將作謁者王吳共修作
> 浚儀渠。吳用景墕流法，水乃不復為害。

然後漢明帝永平十二年，自漢末以來失修已久的汴渠，再度進入當朝的視野：

> 永平十二年，議修汴渠，乃引見景，問以理水形便。景陳其利害，
> 應對敏給，帝善之。

這時漢明帝「又以嘗修浚儀，功業有成」，「乃賜景山海經、河渠書、禹貢圖，及錢帛衣物」。此事議定後在接下來的夏天「發卒數十萬」，王景與王吳再度搭檔「修渠築堤」，這次從鄭州西邊的滎陽開始延黃河道修至千乘（今山東淄博西北）的海口有千餘里：

> 景乃商度地執，鑿山阜，破砥績，直徠溝澗，防遏衝要，疏決壅積，
> 十里立一水門，令更相洄注，無復潰漏之患。〔註25〕

這段文字之重要，可以從《水經注》所記和《後漢書》全文幾乎一致可以得知，是「中國歷史上記載黃河堤防最詳細的早期文獻」〔註26〕，此外這段黃河「不僅流程長，而且河情複雜……黃河河性，自古就是善淤、善決、善徙，這種河性，都集中在這個河段，所以古來治河之事都在這個河段。」〔註27〕

　　且不論動員數十萬人，經費耗費百億，千餘里河道一年渠成的神奇，王景的確是《後漢書》記載的賢能官吏（循吏），他的「由是知名」來自於他二度治水有功，《後漢書》指稱王景的知識背景是為「好道術，明天文。」而且「少學易，遂廣闚眾書，又好天文術數之事，沈深多伎藝。」此技藝有哪些不能確知，但是「能理水」顯然是其中之一。而且道術、天文、術數、易這些知識領域，集合起來顯然和儒家關係不大，反而指向了所謂「數術」的領域。

　　而這同樣顯現在王景的作品〈金人論〉以及《大衍玄基》上。漢章帝建初七年時有人上奏討論遷都長安，「耆老聞者，皆動懷土之心，莫不眷然佇立西望」。但是王景認為「宮廟已立」遷都恐「人情疑惑」於是正巧「時有神雀諸瑞」，於是他寫了一篇〈金人論〉歌頌洛陽之美，雖然這篇文章內容今已不可知，但是其中應當有「天人之符」相應的概念。另外《後漢書》記載了王景著作《大衍玄基》的資訊：

今中國河南省開封市。位在鄭州之東。

〔註25〕南朝宋・范曄著，韓復智、洪進業註：《後漢書紀傳今註（九）》〈循吏列傳　第六十六〉（臺北，國立編譯館，2003年版），頁4289～4290。

〔註26〕陳橋驛、葉光庭注：《新譯水經注（上）》（臺北：三民書局，2011年），頁234。

〔註27〕陳橋驛、葉光庭注：《新譯水經注（上）》，頁234。

　　初，景以為六經所載，皆有卜筮，作事舉止，質於蓍龜，而眾書錯糅，吉凶相反，乃參紀眾家數術文書，冢宅禁忌，堪輿日相之屬，適於事用者，集為大衍玄基。〔註28〕

雖然這部書也早已失傳，但是從這段文字描述可以大致把握到它是一部以《易》中「大衍之數」為名的書，創作動機在於王景在群書中發現各種卜筮多有揉雜甚至結果相反的情況，於是他參考了各家「數術文書」、「圖墓書」、「圖宅術」〔註29〕、堪輿金匱、日辰、王相之法集成了這部《大衍玄基》。

　　從這裡似乎可以得到一個結論，那就是所謂「數術」似乎是占卜一類的知識，這一點我們從班固《漢書・藝文志》的分類可以得到呼應。作為現今可見最早的圖書分類，它畫分了「六藝略」、「諸子略」、「詩賦略」、「兵書略」、「方技略」六類圖書，其中「數術略」顯然正是王景參考的類別，而此中包含的「天文」、「曆譜」、「五行」、「蓍龜」、「雜占」、「形法」。「其中既有對於大自然的觀察認識，也有占卜、望氣、堪輿、擇日的巫術迷信。天文學與占星術緊密相連，地理學與相地術、堪輿術相互依存。與數術略的情況相似，研究人類生命的學問則收入方技略，方技略同時包括醫學、房中術和神仙養生術。這說明，當時的科學和巫術還混合在一起。這種知識形態體現了先秦時代中國人對於大自然的實際認識水平」〔註30〕。而這正可以從王景身上同時並存「治水」的科學家與創作《大衍玄基》的術士的原因，他們正是一體的兩面。

　　而王景治水時受賞賜的幾部書《山海經》、〈河渠書〉、〈禹貢圖〉，〈河渠書〉為司馬遷書，主旨是上古至漢代的水利發展史，篇幅也正集中在王景治黃河的這個區段，〈禹貢圖〉現在不確知其實指，歷代注家也無說明，依其字面而言應當是依據〈禹貢〉而製作的圖，可能類似南朝梁任昉《述異記》記載的「魯班刻石為《禹九州圖》〔註31〕」是一種地圖。〈河渠書〉是史書，《禹貢圖》是地圖，那麼《山海經》呢？

　　在《漢書・藝文志》中很巧合的是《山海經》的分類正好與王景學術背

〔註28〕南朝宋・范曄著，韓復智、洪進業註：《後漢書紀傳今註（九）》〈循吏列傳　第六十六〉（臺北，國立編譯館，2003年版），頁4292。
〔註29〕《後漢書集解》惠棟曰：「冢若圖墓書，宅若圖宅術之類。」引自南朝宋・范曄撰，清・王先謙集解：《後漢書集解》（臺北，世界書局，1972年），頁882。
〔註30〕陳連山：《〈山海經〉學術史考論》，頁53。
〔註31〕任昉：《述異記》「魯班刻石為《禹九州圖》，今在洛城石室山。」收錄於《叢書集成初編（2704～2706）》（北京，中華書局，1985年），頁21。

景的主要範圍相合，也就是「數術略」的「形法家」，而據陳連山的論述，形法家「都是從外形和內在氣質本性之間的關係來探討自然萬物。小序結尾說：『猶律有長短，而各徵其聲，非有鬼神，數自然也。然形與氣相首尾，亦有有其形而無其氣，有其氣而無其形，此精微之獨異也。』……《山海經》的《山經》部分，既敘述山勢水形，也敘述了許多禽獸、物產。其中《海經》部分更多的是遠方異族。所以說，一部《山海經》既包含相地形的成分，也包括了相人、相畜、相物的因素。正如〈海外南經〉開頭所說：『地之所載，六合之間，四海之內，照之以日月，經之以星辰，紀之以四時，要之以太歲，神靈所生，其物異形，或夭或壽，唯聖人能通其道。』這裡囊括了天地萬物，把握這一切，就是要『能通其道』，也就是了解萬物的氣質本性。〈藝文志〉形法家小序結尾的話可以與此互相發明，作者的確通曉了形法家著作中的『道』──『非有鬼神，數自然也。』《山海經》就是一部『相』山海萬物（包括人類）的著作，目的是通萬物之道。」〔註32〕，由此可見《山海經》的知識系統和王景的學術背景驚人地相符合。

陳連山進一步指出「《山海經》是相地、相人、相物的，把地理記錄和『相』聯繫在一起，暗示了一種地理決定論的雛形。那麼，《山海經》實際上就是當時人們心目中的自然地理和人文地理學。只是由於當時知識形態的特殊性，以及地理學水平不高（沒有獨立、著作不多），只採用了形法家的稱呼。與此相似，《尚書‧禹貢》在今天看來都是地理書。但是，在沒有獨立地理學的情況下也被歸入六藝略（儒經）。」〔註33〕

這段話一直到「地理決定論」之前都可稱允當，而地理決定論這種對人與地關係的直觀觀察，認為人的習性及其文化特徵由其地理條件而形成，在古代典籍中由來已久，例如《管子‧水地》中的一段論何地形成何種人的論述「夫齊之水，遒躁而復，故其民貪麤而好勇。楚之水，淖弱而清，故其民輕果而賊，越之水，濁重而洎，故其民愚疾而垢。秦之水泔冣而稽，淤滯而雜，故其民貪戾，罔而好事。齊晉之水，枯旱而鉉，淤滯而雜，故其民諂諛而葆詐，巧佞而好利。燕之水，萃下而弱，沉滯而雜，故其民愚戇而好貞，輕疾而易死。宋之水，輕勁而清，故其民閒易而好正。」〔註34〕可見地理決定論式

<hr />

〔註32〕陳連山：《《山海經》學術史考論》，頁53～54。
〔註33〕陳連山：《《山海經》學術史考論》，頁54。
〔註34〕王冬珍、徐文助、陳郁夫、陳麗桂校注：《新編管子》下冊（臺北：國立編譯

的思維早在戰國已有之。但是這和《山海經》的主軸是不是相近或相類，恐怕有討論空間。

而更為有疑義的在於都是「地理書」的〈禹貢〉和《山海經》在《漢書‧藝文志》的分類中沒有相對應的系統，所以分別被歸到了儒家經典「六藝略」以及綜合明堂義和史卜之職能的「數術略」，關於這一點陳連山提到原因是在於「在沒有獨立地理學的情況下」事實上也許〈禹貢〉、《山海經》成書時的確沒有獨立地理學，但是《漢書》的創製當中卻正有最早的中國「地理志」，這不正是獨立地理學的里程碑？

而如前所論，班固的〈地理志〉徵引〈禹貢〉，卻完全輕蔑《山海經》，說它全部內容都是「放哉」。

這是為什麼？因為儒家的地理學與非儒家的地理學在此分道揚鑣？因為對儒家經典的重視，所以〈禹貢〉是地理學，《山海經》是胡說八道？

也許在意識形態上如此，而這也才是劉歆〈上山海經表〉大聲呼籲的基礎。可是在實際上來說，漢明帝賜王景《山海經》、〈河渠書〉、〈禹貢圖〉時，已經表達了這三者的相當地位，最起碼在實用上他們具有相當的功能。而且顯然各有獨特之處。

而《山海經》較之其他二本〈河渠書〉、〈禹貢圖〉更為顯著的反而不是單純的地理，或者說不像是〈河渠書〉、〈禹貢圖〉所記載的地理知識那樣而已。

雖然透過對《山海經》實際地理研究者的成果，例如張步天援引譚其驤的說法：

> 山經多處記河，河即黃河。北次三經所記之「河」為下游河道，亦即史籍最早之黃河下游河道，與禹貢所述先秦黃河不盡相同且時間更早，譚其驤稱之為「山經河」而與「禹貢河」別。譚氏主要依據北次三經資料考證得山經河下游河道走向，證明山經為真實記錄，有重要使用價值。〔註35〕

比對王景治水的區域正是黃河下游河道，同樣可以確認《山海經》當時用於王景治水有其實用性，但是很顯然若以河道變更的角度來說，《山海經》在東漢明帝當時已經是陳舊的資料了，相對於其他二者而言更是如此。

館，2002 年），頁 954。
〔註35〕張步天：《山海經解》，頁 182。

　　這時候我們反過再觀察前論以來的線索，其一《山海經》是地理又不只是地理；其二《山海經》在漢代被強調的特徵是語怪博物；其三《山海經》在漢書歸類屬於「數術略」形法家；其四東漢王景治水受漢明帝賞賜此書，可見王景當年被賜與《山海經》、《河渠書》、《禹貢圖》正是助其治水的參考指南書籍。此三者互可發明，並顯然包羅了面談到過的古代地理學的三個層面。顯然《山海經》的地理性質昭然若揭之外，《山海經》作為指南，必然掌握了此處的相關訊息。而恐怕實用價值中不可忽視的正是「語怪」「博物」。

　　而現代研究者觀察到語怪性質同時兼顧其地理特徵者，不能不提江紹原，而他透過觀察《山海經》中的語怪與博物，指出了《山海經》的重要性質「旅行指南」。

> 古中國人把無論遠近的出行認為一樁不尋常的事；……無論何所
> 為……總是離開自己較熟悉的地方而去之較不熟習或完全陌生的
> 地方之謂。古人、原人、兒童乃至禽獸對於過分新奇過分不習見的
> 事物和地方，每生恐懼之心；此乃周知之事實，自不勞我們多費筆
> 墨。熟習的地方，非無危險——來自同人或敵人的自然的或「超自
> 然」的——然這宗危險或種程度內是已知的，可知的，能以應付的。
> 陌生的地方卻不同：那裏不但是必有危險，這些危險是更不可知，
> 更不可知更難預料，更難解除的。〔註36〕

而顯然他認為「旅行」的目的在於化陌生為熟悉，基本在對抗人類心中原始的恐懼，那種對陌生未知的害怕，而旅行面對的危險可以來自自然與超自然，這些同時可以並存，也是過去人們必須面對的問題。而這樣的一種獨特性，也才讓王景治水受賜的《河渠書》、《禹貢圖》、《山海經》有其共同的地理通性，卻又依序有史籍、地圖、指南等等個別不同的實質功能。然而時代久遠，要說王景治水受賜這些書籍必定有其實際功能，也難以確證，只能說與《山海經》的旅行指南功能隱約若合符節。但是更為明確的恐怕是王景本人的學術背景，和《山海經》的相符與呼應。換話說，《山海經》本為旅行書，其中所載為歷朝歷代的巫覡、方士的傳承。

　　所以漢代學術傳統的變移正逢儒家興盛的進程，歷史走向獨尊儒術的過程，加之以今古文經的興衰反轉，做為古文的《山海經》又是來自方士學術傳統的積累，正是為什麼司馬遷對《山海經》表示不敢置喙，班固對《山海

〔註36〕江紹原：《古代旅行之研究》（上海：商務印書館，1937年），頁5。

經》認為盡是「放哉」的迂闊之言的根本原因。

此外《山海經》做為一種旅行指南的實用性，可以確認在漢代已經相當薄弱，這反映了兩個事實，一是如前所論《山海經》的完整文本必然成於漢之前，因此《山海經》是成書於先秦的書籍無誤，二是《山海經》做為一種旅行紀錄，實際驗證的全面工作，應當在漢代之前已經完成。而漢代能夠完成這種大規模驗證的唯有秦，這可以從《呂氏春秋》中大量地引用《山海經》，並且多有修改驗證得到明證，而整個漢代，尤其西漢在初立帝國之時，唯一的立國範例即是那國祚 15 年即土崩瓦解的秦。因此在此情況下，透過以秦為鑑，做為西漢治國參考的方式，相當風行。學者多有研究「前漢立國之後，休養生息，不欲重蹈亡秦故事。就前漢文人士子所上奏疏，以至個人著書立說所見，其中以亡秦為論為據，以證攻守勢異，法治刻深只可治劇之說，履見不絕。從漢初太中大夫陸賈《新語》所言『秦二世尚刑而亡』、秦亡乃因『舉措暴眾，而用刑罰太極故也』等語，高祖聽後『未嘗不稱善』。至文景漢武之世，賈山〈至言〉、賈誼〈過秦〉，以及董仲舒、主父偃之論說，皆借秦亡以言守國之難。及至漢末，揚雄尚有〈劇秦美新〉之作。」〔註 37〕之外劉向、谷永亦在上疏諫言中履提及以亡秦為鑑之語。而在秦之時曾經被全面驗證的《山海經》〔註 38〕，很可能也隨著這樣一種輕蔑秦時學術的風氣，而被儒家學者們斥於主流地理概念之外。

第三節　方士、術士就是最早的科學家

由王景的身分考察而言，可以發現方士就是最早的科學家、理工科人才，正好和儒生相對。像是《孫子算經·序》論述所謂現今數學、算數概念時說：「夫算者，天地之經緯，群生之元首；五常之本末，陰陽之父母；星辰之建號，三光之表裏；五行之準平，四時之終始；萬物之祖宗，六藝之綱紀。稽群倫之聚散，考二氣之降升；推寒暑之迭運，步遠近之殊同；觀天道精微之兆基，察地理從橫之長短；采神祇之所在，極成敗之符驗；窮道德之理，究性命之情。立規矩，準方圓，謹法度，約尺丈，立權衡，平重輕，剖毫釐，析黍

〔註37〕潘銘基：〈從陸賈《新語》到楊雄《劇秦美新》──前漢文人以秦亡舊事進諫的研究〉，收入先秦兩漢學術國際研討會：《第十屆先秦兩漢學術國際研討會論文集》（新北：輔仁大學中國文學系，2013 年），頁 267。

〔註38〕詳見第七章。

棻；歷億載而不朽，施八極而無疆。散之不可勝究，斂之不盈掌握。嚮之者富有餘，背之者貧且寠；心開者幼沖而即悟，意閉者皓首而難精。夫欲學之者必務量能揆己，志在所專。如是則焉有不成者哉。」〔註39〕很明顯從天地秩序開始推演到自然、人倫，涉及到的天地規矩、方圓丈量乃至星辰運轉、四時終始豈不是方士之學。

在《漢書·律曆志》這談及曆法天文的紀錄中有「方士唐都」〔註40〕，這位唐都先祖為楚國史官，即精於星象、方術。甚至太史令司馬遷的父親司馬談都曾向唐都受學天官。漢武帝元封七年（前104年），身為太史令司馬遷等建議廢棄原有《顓頊曆》，另造漢朝新曆。漢武帝派唐都和司馬遷、星官射姓、歷官鄧平和落下閎共同協作，製造新曆。唐都負責天部。經近一年時間測試運算，同年新曆造成，以正月為歲首，採用有利於農時的二十四節氣，年中置閏。武帝改元太初，於是新曆法史稱《太初曆》。

這提示了所謂史官通常要會觀星象知天文，司馬遷所謂「究天人之際」大抵也指涉這樣的含意，而這樣的學術背景很可能就是來自方士。

此外和方士唐都一起修曆法的還有「巴郡落下閎」〔註41〕，他也是方士，在《後漢書》中落下閎即被記載在〈方術列傳〉，說明「任文公，巴郡閬中人也。父文孫，明曉天官風角祕要。文公少修父術，州辟從事。哀帝時，有言越嶲太守欲反，刺史大懼，遣文公等五從事檢行郡界，潛伺虛實。共止傳舍，時暴風卒至，文公遽趣白諸從事促去，當有逆變來害人者，因起駕速驅。諸從事未能自發，郡果使兵殺之，文公獨得免」〔註42〕

而《後漢書·方術列傳》記載了方術數十人，諸如郭憲、許楊、高獲、王喬、謝夷吾、楊由、李南、段翳、樊英、唐檀、趙彥、韓說、董扶、郭玉、華陀、冷壽光、唐虞、魯女生、徐登、趙炳、費長房、左慈等，這些人中有許多都是名醫，甚至其中大多數如王葆玹所言「東漢名士有很多是方士」〔註43〕，

〔註39〕唐·李淳風注釋：〈孫子算經·序〉，《叢書集成初編》（北京：中華書局，1985年北京新一版），頁1。

〔註40〕《漢書·律曆志》（上）「乃選治曆鄧平及長樂司馬可、酒泉候宜君、侍郎尊及與民間治曆者，凡二十餘人，方士唐都、巴郡落下閎與焉。都分天部，而閎運算轉曆。」參見東漢·班固撰，唐·顏師古注：《漢書》，頁251。

〔註41〕東漢·班固撰，唐·顏師古注：《漢書》，頁251。

〔註42〕南朝宋·范曄著，韓復智、洪進業註：《後漢書紀傳今註（十）》〈方術列傳 第七十二〉（臺北，國立編譯館，2003年版），頁4612。

〔註43〕王葆玹：《玄學通論》（臺北：五南圖書公司，1996年），頁103。

這些方士也都是東漢名士。

更別提大名鼎鼎主張渾天說〔註44〕，曾製作以水力推動的渾天儀、發明能夠探測震源方向的地動儀和指南車、發現日蝕及月蝕的原因、繪製記錄2,500 顆星體的星圖、計算圓周率準確至小數點後一個位、解釋和確立渾天說宇宙論的張衡，這後世普遍認定的中國第一位古代科學家，在東漢時，范曄認為「中世張衡為陰陽之宗」把他記載在《後漢書・方術列傳》的序，為他單獨立傳。

因此古代方士即是最早的科學家，這顯然無庸置疑。雖然方士是和儒生似乎是領域不同的二種學術傳統，但是可以觀察到儒生關注於人倫關係，並且從中尋找規律，得到以父慈子孝為出發的人倫規律，試圖依此邏輯建立倫理學角度的政治秩序，並據此拓衍成人間秩序；而方士則關注自然、天文、地理，並且從中尋找到與人間對應的規律，因此從解釋世界的天文地理發展中創生了陰陽五行符應之說，是方士尋找到的與人間對應的秩序，他們的理想都在建立秩序。可以看到儒生、方士兩者之間建立了不同原理的政治秩序，可惜的是放在一起，矛盾形成了鬥爭，秦時方士一度有機會獲勝，讓人有了或許中國的科學能夠更早萌生茁壯的遐想，不過隨著秦的衰亡，最終在漢代「過秦」的風氣中，以人倫秩序為基礎的儒家思想，站上了歷史舞台，大獲全勝。

所以在漢代不難發現這樣的痕跡，劉歆在〈上山海經表〉中為了推廣而強調《山海經》得以見物博時，舉了識異鳥、曉貳負之臣二例，這樣的論述僅有漢代另一位異端王充也抱持了這樣的觀點，在〈別通〉一文中記載了和劉歆類似的說法，王充的說法是「董仲舒睹重常之鳥，劉子政曉貳負之尸，皆見《山海經》」〔註45〕而劉歆所記曉貳負之臣者是為其父，與王充同。不過在記識異鳥時，卻有了相當大的不同，劉歆所記識異鳥者是為東方朔，王充所記則是董仲舒。董仲舒、東方朔雖然都屬儒生〔註46〕，但是兩者恐怕都和方士淵源頗深，董仲舒是河北廣川人，治公羊傳與齊學淵源頗深，他的著作《春秋繁露》陰陽五行色彩之濃，對於解釋世界的企圖處處可見，甚至還有被指

〔註44〕天是球狀的，像個雞蛋，天相當於蛋殼，大地像蛋黃，天把大地包在當中，大地是平面的，周圍是水，大地浮在水上

〔註45〕黃暉：《論衡校釋（一～二）》（臺北：臺灣商務印書館，1964 年），頁 599。

〔註46〕林麗娥：《先秦齊學考》（臺北：臺灣商務印書館，1992 年），頁 565。

為緯書〔註47〕之說。而東方朔是平原人，與齊魯淵源更是不淺。

　　也許劉歆因為董仲舒作為公羊學者同時是今文經學者的身分而故意不提他，改提了另一位很可能和《山海經》系統很有關係的東方朔〔註48〕，不過也因此透露出《山海經》與齊魯學術有關的線索。而這個有關之處何在呢？恐怕就在方士的學術淵源，這指向了《山海經》正是這些方士早期的心血結晶。

　　蕭兵曾經在〈《山海經》：四方民俗文化的交匯——兼論《山海經》由東方早期方士整理而成〉一文中從鄒衍的大九洲說進行觀察，認為這樣一種大九洲乃至像《山海經》有「海內」、「海外」的世界劃分，應當不可能出於鄒衍一人一時的幻想，應當如同呂思勉《讀史札記·鄒衍大九洲說》所言：「此亦有舊說為本，非衍新創也」。蕭兵進一步指出：

> 顧頡剛《秦漢的方士和儒生》說「方」是「方術」及「方藥」之意，其實還應該包括「方物」「方位」。早期方士是兼掌巫術宗教天文地理的旅行家，主要活動在燕齊，卻不一定都是燕齊人士，他們是天下趨一，地域相通、文化交流、時代進步的矛盾產物。……《山海經》就很可能是東方早期方士根據雲集燕齊的各國人士提供的見聞和原始記載編纂整理的一部帶著巫書性、傳說性的綜合地理書。〔註49〕

雖然蕭兵的結論還是未脫將《山海經》性質視為綜合地理書，而且所謂方士活動的地域集中東方、燕齊難免失之片面，但是論述過程中與鄒衍相聯繫，並提及方士是最早的旅行者，並且指出了《山海經》具有綜合各國見聞原始記載的特質，這三點可謂相當有見地，《山海經》確實是一部來自方士學術傳統的作品，展現了那樣一種解釋自然萬物與宇宙時空的企圖，而這都必須透過旅行的概念才得以完成。

〔註47〕「蓋秦漢以來，去聖日遠，儒者推闡論說，各自成書，與經原不相比附，如伏生《尚書大傳》、董仲舒《春秋》陰陽，核其文體，即是緯書，特以顯有主名，不能托諸孔子。」《四庫全書總目提要·易類六·附錄易緯·案語》

〔註48〕託名東方朔的幾部作品如《神異經》、《海內十州記》，前者類於《山海經》，後者類似大九洲之概念。

〔註49〕蕭兵：〈《山海經》：四方民俗文化的交匯——兼論《山海經》由東方早期方士整理而成〉，收錄於中國《山海經》學術討論會編：《山海經新探》（成都：四川省社會科學研究院，1986年），頁132～133。

第四節 《山海經》和商的密切關係

透過內外緣的證明,《山海經》的確是一部以「旅行」為主軸的書籍,它的核心在於移動、開拓、了解世界,認識外在環境,確認自我對於這一切提出能夠理解的解釋,亦即將世界秩序化,脫離陌生化。在此同時包含了人與空間,以及人與空間交互作用的內容。它記錄了這些訊息,並且應用在「實際」可用的旅行上,而且很明顯地它的「實際」功能在班固時已經結束,是劉歆透過「博物」、「語怪」的側重,留傳了《山海經》,郭璞時則再度在與外國開展交通的時空背景下,重新申明了《山海經》的實用價值,但是在事實上《山海經》真實可運用的旅行指南功能,已經因為時間久遠、空間差異,能指與所指無法正確對應,產生了不可解或者解釋太多的情況。終究最後只剩下博物、拓展人類知識、多識鳥獸蟲魚之名、了解遠方異國的功能。這一點從北宋《太平御覽》開始將《山海經》列入四夷部中的南蠻部,並且與《神異經》、《異物志》這一類書籍資料共同羅列,可見一斑。乃至明清地圖上、日用類書出現遠方異國之名,《山海經》的存在變成了遠方未解、未知之國的一個佐證。

因此在「旅行」甚至「旅行指南」的視野下觀察《山海經》,它的「實用」功能在漢代衰微,那麼非常令人好奇的便是《山海經》作為一部以旅行為記錄核心的書籍,在漢代前它是如何被搜集?如何被應用?又如何被作為指南而逐一驗證?

關於這樣的問題,首先要了解是誰?或者什麼類型的人?掌握了旅行資訊的權力,換句話說也就是誰掌握了解釋世界的權力。

這在前面的討論指向了方士、職方氏,更早則是巫、祝,而過去的巫祝基本上就是社會的領導者,它和帝在早期社會是同體的,這在商代甲骨文研究下證明已有明確定論。而掌握這些資訊的領導者,對世界進行解釋,也成為重、黎絕地天通後唯一可以通天知地的人物,成為人的代表,也成為神的化身,而他們負責對世界進行去陌生化的工作,探索世界、解釋世界,因此《山海經》中商人文化痕跡並不少見,尤其是在〈大荒經〉之中。因此《山海經》成書的確切時間即使無法論定,在商文化痕跡的線索下,可以肯定《山海經》的起源不會晚於商代,那麼會是商代的何時呢?

〈大荒經〉中處處信手拈來,便有商文化之跡,例如前面討論過的帝舜、帝俊、帝嚳、使四鳥,乃至於四方風名,以及王國維考證的商王王亥(王子亥),那麼究竟開始在什麼時候呢?

　　事實上〈大荒經〉展現了一種人與土地密切相關的性質，首先針對過去古人論述九州的範圍，清代的董豐垣《唐虞五服成周九服考》指出：「案王制九州，州方千里，是方三千里之地，積之為方千里者九也，與禹貢五服，職方氏九服，皆不合，鄭康成謂禹承堯舜，要服之內，地方七千里，殷承夏末，更制中國方三千里之界，分為九州，而建千七百七十三國，周公復唐虞之舊域，分其五服為九，其要服之內，亦方七千里，廣其土，增其爵，此以王制為殷制，而職方氏為周制也，不知禹貢言面，與周禮言方不同，言面則兩面相距為千里，言方則每面各二百五十里，非一面五百里也，禹貢五服，帝畿在內，各數其一面，五服總二千五百里，兩面相距為五千里，職方九服，王畿不在內，通舉其兩面，九服總四千五百里，并王畿為五千五百里，增于禹者，特五百里之藩服，益稷外，薄四海咸建五長，即是其地，其名雖增，而地未嘗增也，陸氏佃，易氏袚，金氏吉甫，之說，足以破千載之疑矣，（許慎以漢地理志考之，自黑水至東海，衡山之陽至朔方，）（經略萬里，蓋計其延袤而言，非開方也，又賈公彥云，若據鳥飛直路，此周之九服，亦止五千，若隨山川屈曲則，）（禹貢亦萬里，彼此不異也，是禹服，周服，實皆五千但書據鳥飛直路，禮計山川屈曲，故多寡不同耳，案二經里）（數，皆以開方言之，無計人跡屈曲之理，禹貢錐指，已辨之矣。）由斯言之，禹貢五服，共五千里，王制千里之內曰甸，千里之外曰采，曰流，（采即百里）（采，流即二百里流，舉首尾以該中，）國語邦內甸服，邦外侯服，侯衛賓服，（衛所謂奮武，衛即綏服也，）蠻夷要服，戎狄荒服，皆虞夏之制也，職方王畿并九服，（大司馬作九畿，）共五千五百里，周官稱六服羣辟者，孔疏謂夷，鎮，藩，在九州之外，王者羈縻而已，不可同華夏也，又稱五服一朝者，孔疏謂要服路遠，不能常及期，故不數也，若王制之方三千里，所謂東不盡東海，西不盡流沙，南不盡衡山，北不盡恒山，專指井田之實數言之也，周官之五千五百里，所謂東漸于海，西被于流沙，朔南暨，兼邑居，道路，山川，林麓，言之也，不然，如鄭康成之說，方三千里者，是方千里者九也，方七千里者，是方千里者四十九也，周之於殷，五倍其地而有奇，而周公斥大九州之界，經無明，文何由三千里，而拓至七千里耶。案大戴禮朝事篇云，千里之內歲一見，千里之外，千五百里之內，二歲一見，千五百里之外，二千里之內，三歲一見，二千里之外，二千五百里之內，四歲一見，二千五百里之外，三千里之內，五歲一見，三千里之外，三千五百里之內，六歲一見，與職方里數不同，蓋職方九服，王畿不在數內，大戴禮則并王

幾數之耳。」〔註50〕依據董豐垣的分析事實上便可知道，過去所謂的先秦世界
觀，對自己國土的範圍有臆想之嫌，依現在可掌握的證據來說，事實上先秦時
期的權力所達範圍也就在黃河中下游，乃至長江以北這一部分的範圍。當然這
符合現在認知的中原概念，而這也是商人曾活動過的範圍，配合《山海經》的
研讀，同時可以發現一種人與土地密切相關的特徵。

　　例如〈大荒北經〉黃帝大戰蚩尤的敘述中：「蚩尤作兵伐黃帝，黃帝乃令
應龍攻之冀州之野。應龍畜水，蚩尤請風伯、雨師，縱大風雨。黃帝乃下天女
曰魃。雨止，遂殺蚩尤。魃不得復上，所居不雨。叔均言之帝，後置之赤水之
北，叔均乃為田祖。魃時亡之。所欲逐之者，令曰：『神北行！』先除水道，
決通溝瀆。」提到了旱神原本是黃帝召喚來相助的天女魃，結果這位女神的
能力是在於所居不雨，一降下則晴空萬里，當是可以對抗蚩尤的風伯雨師掀
起的大風大雨的女神，果然驅逐了蚩尤及其風雨，但是「所居不雨」，又「不
復得上」，這可不是人民之福，於是農業始祖叔均把祂放逐到赤水之北，而今
這赤水之北一般認為就是現今陝西甘肅，黃河以北的少雨區，大致上就是今
日 400 公厘等雨量線以北。

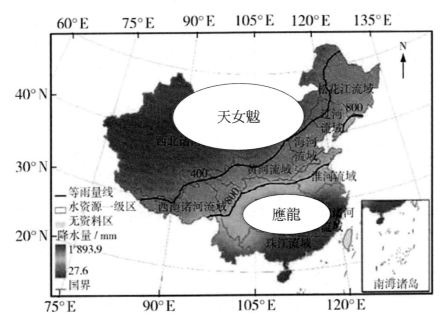

圖5.3　中國雨量分布與天女魃、應龍的關係圖

〔註50〕清・董豐垣：《識小編》卷上（北京：中華書局，1988 年），頁 81～82。

　　而另外搭配這一則，也出現於〈大荒北經〉的敘事則記錄了另一位黃帝陣營主力應龍的結局，由於應龍有蓄水的能力，因此應龍可以到處吸汲水份，他到之處可以把水吸乾，同時卻也因為把水吸乾，他本身蓄滿水之後，也可以大量噴水，這就同時兼有可以形成乾旱以及水患的能力，因此「應龍已殺蚩尤，又殺夸父，乃去南方處之，故南方多雨。」夸父顯然是因為應龍蓄水所以無水可喝而「道渴而死」，然後應龍被逐到南方那麼他便展現了南方多雨氣候的特徵，南方有乾季雨季的氣候特徵，這現在應當是長江流域以及南嶺以南的範圍，大致是 750 公厘等雨量線以南的範圍。從這裡，我們可以呼應當時商人蒐羅《山海經》資料時的土地範圍，基本上大致不離開今日 400 公厘等雨量線到 750 公厘等雨量線的這個範圍。

　　此外再舉例來說，海經中出現了穀、黍一類的農作物名詞，而詳細一分析可以發現，〈海外經〉「穀」字出現僅一次，〈海內經〉則出現「穀」字二次，「黍」字則皆無出現；〈大荒經〉中則「穀」字出現 11 次，「黍」字出現 10 次，比例相當懸殊，展現了〈大荒經〉特別強調農作的特徵。而這提供了一個商文化在《山海經》成書過程中，已步入了農業社會的重要線索。

　　考察商的發展歷史「《史記‧殷本紀》正義引《括地志》說：『《竹書紀年》：自盤庚遷殷，至紂之滅，二百五十三年，更不徙都。』根據『夏商周斷代工程』研究，其中盤庚遷殷為公元前 1300 年，而紂之滅為公元前 1046 年，其間剛好是 253 年整，而商湯滅夏為公元前 1600 年，至盤庚遷殷年剛好 300 年。商代前期 300 年共遷都五次，商代後期 253 年更不徙都。這前期游動後期穩定的原因⋯⋯前期以游牧經濟為主，後期以農業經濟為主。」〔註51〕據此《山海經》〈大荒經〉的內容即契合了商代盤庚遷殷後的歷史文化特徵，而這當是可推及的《山海經》內容的起始點，而後自此蒐集羅列這些對世界進行開拓、旅行的知識和解釋，開始在有文字記錄後累積。

〔註51〕江林昌：《中國上古文明考論》（上海：上海教育出版社，2005 年），頁 123。

第六章 《山海經》移動的方式

第一節 陸行

旅行如果必然離不開行動，那麼人類最直觀的行動方式就是步行，透過雙腳進行移動的方式雖然效率不高，移動距離有限，無法攜帶太多物品，但是這無疑是最早的一種旅行方式。

甲骨文「旅」字：𐰼（粹 10 合 32294）象旗幟下眾人隨行，浩浩蕩蕩看似熱鬧，不過若和另外一字「斿」：𐰼（甲 1796 合 29224），放在一起對比，則相當有趣，這個「斿」，甲骨文從「㫃」從「子」，象小孩子執旌旗出行之形。本義為出遊，是「游」、「遊」的初文。「斿」和「旅」都有一支象徵性的旗幟，很可能古代出遠門都需要慎重，或者是有軍隊移動的概念，最大的差異則在旗幟下的人，「斿」的旗下是一個小孩，「旅」的旗幟下則是多位大人，因此這一對比，同樣的出行行動，便有了兩種含意，試問什麼事需要多位大人一起前往？而什麼事又小孩就可以打發？所以有學者認為「旅」是會眾人於軍旗下出征的征伐之意，引申為行旅。其實和「斿」相比更為明顯的重點，恐怕不是征伐作戰，而是需要這麼多大人一起結伴，對比一個小孩就可以優游自在的移動，其差異應當是在「危險」與「安全」，換句話說「旅」是具有危險性的長途的探險性質或者也有可能是攻伐作戰性質，總之相對於「斿」是明顯危險，而「斿」則是安全的短程的在較熟悉之地的移動。

所以「斿」這個字在金文加上「彳」、「辵」、「水」表示了行動的方式，但是仍然在安全範圍內的陸行「遊」、水行「游」。

　　而「旅」這遠行的形象，在甲骨文中大致上還是透過步行來實現的，另外也許可能加上輔助的獸力或者車輛，但是甲骨文雖已有「車」字，但是能不能長途駛行，維修是否方便恐怕還不一定。要到西周之後在金文有些「旅」的寫法特別累加了「車」的形象，像是寫作「　（僧作父癸尊，西周早期，集成 5927）」或者寫作「　（縈伯簋，西周中期，集成 3481）」，這運用車輛的形象符合了旅行有征伐含義外，也符合了遠行的需要。

　　因此《山海經》當中很多提示危險的例子，例如〈大荒西經〉：

> 有壽麻之國。南岳娶州山女，名曰女虔。女虔生季格，季格生壽麻。
> 壽麻正立無景，疾呼無嚮。爰有大暑，不可以往。〔註1〕

顯然這「正立無景，疾呼無嚮。」之地，酷熱無比，因為有大暑，所以提醒不可前往。此外也很多食人的恐怖生物，例如〈南山經〉就有三處：

> 又東三百里，曰青丘之山，其陽多玉，其陰多青䨼。有獸焉，其狀如狐而九尾，其音如嬰兒，能食人……又東五百里，曰浮玉之山，北望具區，東望諸毗。有獸焉，其狀如虎而牛尾，其音如吠犬，其名曰彘，是食人。……又東五百里，曰鹿吳之山，上無草木，多金石。澤更之水出焉，而南流注于滂水。水有獸焉，名曰蠱雕，其狀如雕而有角，其音如嬰兒之音，是食人。〔註2〕

整部《山海經》說及「食人」的就有 20 處之多。

　　江紹源《中國古代旅行》更是以此為立論：「古人跋山涉水時，唯恐碰見危險。」〔註3〕因此他透過觀察《山海經》中因行旅遭遇的神姦和毒惡生物以及相關紀錄，將其分成五類：「（1）種種於人有害的動植物；（2）與風雨有關的山嶽和神人；（3）祭祀神靈的正法；（4）有利於人的動植物和異物以及；（5）奇形怪狀的異方之民。」〔註4〕然後分析「此五項正是行人所不可不知，旅行指南所不可不載……《山海經》既詳載之，故它當不但是地理書而且是確有旅行指南這特殊功能的實用地理書」〔註5〕。

　　而張步天對此旅行路線更是深入探討，「以現代地理學地圖觀念考證其地

〔註1〕袁珂：《山海經校注》，頁 410。
〔註2〕袁珂：《山海經校注》，頁 6～14。
〔註3〕江紹原：《中國古代旅行之研究》，頁 10。
〔註4〕江紹原：《中國古代旅行之研究》，頁 14。
〔註5〕江紹原：《中國古代旅行之研究》，頁 14。

望並繪製地圖釋之」〔註6〕，作為破解《山海經》的切入途徑，他可以說是總結前人對《山海經》地理學的研究成果，他以個人心得加之以參考包括了郭璞以來明清注家的山川考證、清代吳承志《山海經地理今釋》六卷、衛挺生的南西北東中五篇〈山海經地理考釋〉寫作了《山海經地理圖解》二卷，並以譚其驤《中國歷史地圖集》為參照繪製地圖，包含了山經二十三幅，海經四幅，共二十七幅的路線圖。其中他主張：

> 〈五藏山經〉乃是以山嶽山系為綱目之地理博物志，又可理解為山
> 川名物調查筆記。五〈山經〉凡二十六篇，每篇所記考察路線或單
> 列或析出支線，其所錄山川湖海均可實指地望。然各路線不成於一
> 時，以致各圖所反映之時代有別。〔註7〕

他把〈五藏山經〉二十六篇，〈西山經〉首經併次二經；〈中次三經〉合〈中次十經〉；〈中次四經〉合〈中次六經〉於是依序繪製了二十三幅路線地圖，時代從西周早期到西漢早中期。可謂相當詳盡，今本書不易尋，不過另有徐客依張步天之圖編著《圖解山海經》〔註8〕於臺灣出版，全彩印製更為精美，其圖完全依照張步天的藍本無誤，可為參照。

張步天詳細繪製〈五藏山經〉二十三圖之外，相對篇幅也有十三篇，並不是太少的海荒經，他卻僅僅繪製了四幅地圖。他說：

> 「海荒經」十三卷均與地圖有關，海外、海內八經且是地圖之釋
> 文。海荒諸經所據之古地圖早已亡佚，其成圖時間上限可溯至東
> 周，下限則遲至西漢初年。海荒諸經所述地名難予考證者不少，
> 尤以大荒經更甚。滋僅以可考者繪製如下四圖，並非原古地圖之
> 復原也。〔註9〕

這樣的困難，其實不在於難予考證，相反的其實海經可以核實的地名也不在少數，尤其是「海內四經」加之海內經。所以其實真正的原因還在於古人的旅行概念，包含了空間之外的向度。我們今以「海內四經」觀之，一眼望之其中多有可解地名，例如〈海內南經〉：

> 海內東南陬以西者。

〔註6〕張步天：《山海經解（下）》（香港：天馬圖書有限公司，2004年），頁561。

〔註7〕張步天：《山海經解（下）》，頁561。

〔註8〕徐客編著：《圖解山海經》（新北：西北國際文化有限公司，2014年）。

〔註9〕張步天：《山海經解（下）》，頁587。

甌居海中。閩在海中，其西北有山。一曰閩中山在海中。

三天子鄣山在閩西海北。一曰在海中。

桂林八樹在番隅東。

伯慮國、離耳國、雕題國、北朐國皆在鬱水南。鬱水出湘陵南海。一曰相慮。

梟陽國在北朐之西，其為人人面長脣，黑身有毛，反踵，見人笑亦笑；左手操管。

兕在舜葬東，湘水南，其狀如牛，蒼黑，一角。

蒼梧之山，帝舜葬于陽，帝丹朱葬于陰。

氾林方三百里，在狌狌東。

狌狌知人名，其為獸如豕而人面，在舜葬西。

狌狌西北有犀牛，其狀如牛而黑。

夏后啟之臣曰孟涂，是司神于巴，人請訟于孟涂之所，其衣有血者乃執之，是請生。居山上；在丹山西。丹山在丹陽南，丹陽居屬也。

窫窳龍首，居弱水中，在狌狌知人名之西，其狀如龍首，食人。

有木，其狀如牛，引之有皮，若纓、黃蛇。其葉如羅，其實如欒，其木若蓲，其名曰建木。在窫窳西弱水上。

氐人國在建木西，其為人人面而魚身，無足。

巴蛇食象，三歲而出其骨，君子服之，無心腹之疾。其為蛇青黃赤黑。一曰黑蛇青首，在犀牛西。

旄馬，其狀如馬，四節有毛。在巴蛇西北，高山南。〔註10〕

全文如此，海內東南方起以至西方，逐條首先「閩」即當今福建一帶，「番禺」則在廣州地區，位於中國廣東省及廣州市中南部，珠江口西北岸，位在珠三角腹地，是早期中國重要的南海門戶。至於皆在鬱水南的伯慮國、離耳國、雕題國、北朐國，或遠或近的距離都不定，很顯然來自旅行者的口耳相傳，其中「伯慮國」徐顯之認為是《舊唐書》所記載的「婆利國」〔註11〕，其實

〔註10〕 袁珂：《山海經校注》，頁267～284。

〔註11〕 《舊唐書》卷二百九：「婆利國，在林邑東南海中洲上。其地延袤數千里，自交州南渡海，經林邑、扶南、赤土、丹丹數國乃至焉。其人皆黑色，穿耳附璫。王姓剎利耶伽，名護路那婆，世有其位。王戴花形如皮弁，裝以真珠瓔珞，身坐金床。侍女有金花寶縷之飾，或持白拂孔雀扇。行則駕象，鳴金擊鼓吹蠡為樂。男子皆拳髮，被古貝，布橫幅以繞腰。風氣暑熱，恆如中國之

也就是「渤泥國」後來稱婆羅洲，現今加里曼丹島，汶萊前身。「離耳國」則是郭璞所謂的「儋耳」這在現今海南島北方區域。「雕題國」則依字面《禮記·王制》：「南方曰蠻，雕題交趾，有不火食者矣。」鄭玄注解：「雕文，謂刻其肌以丹青涅之。」郭璞也說：「點涅其面，畫體為鱗采，即鮫人也。」強調刺青、黥面、紋身的習俗，這與南海諸國早期文化相當類似，而此處既與交趾併列，可能也就在交趾鄰近，而交趾在歷史上並不陌生，大致指相當於今越南北部紅河三角洲流域一帶，而雕題因此可能也屬於東越一帶。至於「北朐國」郭璞云：「音劬；未詳。」郝懿行云：「疑即北戶也。爾雅疏引此經作北煦，戶、煦聲之轉。爾雅釋地四荒有北戶，郭注云：北戶在南。」這意指太陽照射角度自北而入，也就是更南的區域之意。不過既然郭璞已未知其指，郝懿行也只是以疑字作猜測，事實上「朐」有遙遠的意思，這和東南亞的「緬甸」之「緬」有遙遠之意相同，會不會其實意指「北緬」或者也不無可能。

而在此還有一則未見今本《山海經》的佚文，應當也置於此，這條所記即是門神之由來，最早可見漢代王充《論衡·訂鬼》引《山海經》云：

> 滄海之中，有度朔之山，上有大桃木，其屈蟠三千里，其枝間東北曰鬼門，萬鬼所出入也。上有二神人，一曰神荼，一曰鬱壘，主閱領萬鬼。惡害之鬼，執以葦索，而以食虎。於是黃帝乃作禮以時驅之，立大桃人，門戶畫神荼、鬱壘與虎，懸葦索以禦。〔註12〕

這則引文北宋已佚，在《太平御覽》〈果部四·桃〉中則有另外一條引自《漢舊儀》的類似記載：

> 曰：《山海經》稱：東海擲晷度朔山，山上有大桃，屈蟠三千里。東北間，百鬼所出入也。上有二神人，一曰神荼，二曰郁壘，主領萬鬼。惡害之鬼，執以葦索，以食虎。黃帝乃立大桃人於門戶。畫神荼、郁壘與虎、葦索，以御鬼。〔註13〕

王充《論衡·亂龍》中就有提及當時漢代縣官「斬桃為人，立之戶側；畫虎之形，著之門闌。」的文化，而《太平御覽》〈時序部十八·臘〉進一步闡釋：「上古之時，有神荼與郁壘昆弟二人，性能伏鬼，度朔山桃樹下簡閱百鬼，

盛夏。穀一歲再熟。有古貝草，緝其花以作布，粗者名古貝，細者名白㲲。貞觀四年，其王遣使隨林邑使獻方物。」
〔註12〕黃中業、陳恩琳譯注：《中國名著選譯叢書22——論衡》（臺北：錦繡文化出版事業，1992年），頁274。
〔註13〕宋·李昉：〈果部四·桃〉，《太平御覽》（臺北：商務印書館，1975年）。

鬼無道理妄為人禍者，神荼與郁壘縛以葦索，執以食虎。於是縣官常以臘除文飾桃人，垂葦絞，畫虎於門。皆追效前事，冀以御凶也。」〔註14〕這在現今漢代出土的陶樓〔註15〕中，可見實例（圖7.2）：

圖6.1　合浦出土的陶樓，門口可見兩位武士的線條畫

　　在這座合浦出土的陶樓〔註16〕門口兩側繪有清楚的線條，分別是兩位手執長戈的人物，這正是王充所引《山海經》中神荼、鬱壘的形象，而合浦不只一座陶樓有此設計，另外合浦博物館還有一座「漢刻劃紋懸山頂方形帶圈陶囷」〔註17〕在門口則以鏤刻的方式刻有兩位武士。合浦就在番禺的西側正是《漢書・地理志》所描述的中國南方與海外諸國交通航線中的重要一站，此處來自東海海上傳聞在此具體地體現在建築隨葬器上。

〔註14〕宋・李昉：〈時序部十八・臘〉，《太平御覽》（臺北：商務印書館，1975年）。
〔註15〕漢代陶樓是一種以陶土製作的建築模型，用於隨葬，常見漢代隨葬於墓中，意在模擬陽間生活，於冥界再現幸福富足。
〔註16〕東漢廡殿頂陶樓，出土於1989年廣西合浦縣紅旗嶺M2，面寬34公分、進深28公分、通高37公分，收藏於廣西合浦漢代文化博物館。
〔註17〕漢刻劃紋懸山頂方形帶圈陶囷，出土於1986年4月廣西合浦縣風門嶺M10，面寬20.3公分、進深19公分、通高31公分，收藏於廣西合浦漢代文化博物館。

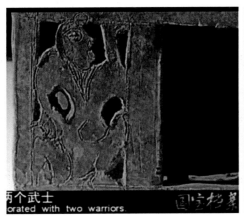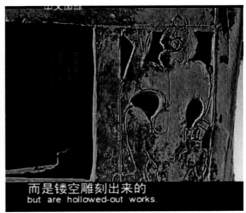

圖 6.2　陶屋門口兩側武士圖〔註18〕

　　至於梟陽國「人面長脣，黑身有毛，反踵，見人笑亦笑」的描述，則很可能所指是後面出現數次的「狌狌」（現今東南亞婆羅洲、蘇門答臘仍有大型猩猩），或者是與北朐國西方的黑色人種如達羅毗荼人混淆而有的記載。然後「兕」當指犀牛，「巴」早在《華陽國志》即有記載：「其地，東至魚復，西至僰道，北接漢中，南極黔涪。土植五穀。牲具六畜。」大致上屬北起漢水，南至鄂西清江，東達宜昌，西到川東這個範圍的地區。除去可能錯簡，或者有其含義的記載，〈海內經〉基本上是「海之內」的世界，也就是在人間可達之處，至於訊息來源可能是旅行者透過訊息傳遞交換而來，不精確甚至失真或者謬誤是相當可能的，但是這「海內」的世界當屬於這樣的含義無誤，相對於如果說是「旅」（危險且遙遠難到）的〈海外四經〉難以與現實對應的海外三十六國、〈大荒四經〉中張步天所謂難以考證之甚者，那麼這「海內」可以說是「斿」（安全且鄰近可達）了。

　　此外在提示旅人危險的資訊方面，還有《山海經》中常見的「見則如何如何……」，也頗多含有此類提醒危險意味的記述，像是〈東山經〉：

> 又南三百八十里，曰餘峨之山，其上多梓柟，其下多荊芑。雜余之水出焉，東流注于黃水。有獸焉，其狀如菟而鳥喙，鴟目蛇尾，見人則眠，名曰犰狳，其鳴自訓，見則螽蝗為敗。〔註19〕

這指出見到「犰狳」將會遭逢蝗災的危險，又像是〈中山經〉：

〔註18〕圖片截自中國央視網視頻：《國寶檔案》20110727 合浦陶屋，9 分 45 秒（左圖）及 50 秒處（右圖）。
〔註19〕袁珂：《山海經校注》，頁 107。

又西二十里，曰復州之山，其木多檀，其陽多黃金。有鳥焉，其狀
如鴞，而一足彘尾，其名曰跂踵，見則其國大疫。〔註20〕

這是指見到見到「跂踵」將會遭逢大瘟疫流行的景況。這在彭毅〈諸神示象
——《山海經》神話資料中的萬物靈跡〉文中有過統計：

這種事件在山經中有五十一條，海外、大荒經裡也出現一與三條。
這類動物不是在山就是在水……。〔註21〕

並且進一步歸納：

（甲）「大水」「大旱」或者「有恐」「大穰」等等，都關係著人的現
實生活之善否，所以具有禍福徵兆的動物出現，而被人見之，
則有水旱之災或是恐怖之事，或為豐年大穰，在古人的感覺
和認知中，相信那是絕對必然的。所以這類動物，已被賦予
靈異性格，具有不尋常的能力。

（乙）顯示徵兆的動物，在山經中出現的頻率相當高，其出沒對陸
居之人的影響極為重要。依據……歸納，可以得知其人的生
活是禍多而福少。再進而檢視「禍」的現象，則是自然災害
較人禍為多。

（丙）靈異動物的災禍徵兆所及，無論是「邑」或者「天下」其
範圍大小，都不外於關係著集體而非個人。既然關連著如此
的廣大層面，在這一類記載中沒表示有禳除之法，這種只有
坐以待禍的情況，顯示巫術或有所未及，其年代可能相當
早。

（丁）靈異動物所預示水旱等是可以徵驗，它們預知甚而掌握住
自然界及人為的禍福，而人只有承受的資格，在這樣境況
下，可以了解到靈異動物於人心中的份量，人對於它們會既
崇信又畏懼，這就是動物類所以進至神格而被人祭祀的緣
故。〔註22〕

〔註20〕袁珂：《山海經校注》，頁162。
〔註21〕彭毅：〈諸神示象——《山海經》神話資料中的萬物靈跡〉，《文史哲學報》46
期，1997年6月，頁18～19。
〔註22〕彭毅：〈諸神示象——《山海經》神話資料中的萬物靈跡〉，《文史哲學報》46
期，1997年6月，頁21。

由此可知《山海經》中靈異之物，有禍亦有福，徵驗的範圍都在群體，不是個人，這關注的角度顯然來自於領導階層的位階，符合了前面《山海經》出自早期巫祝、方士之屬的論述。

第二節　水行

　　旅行行動若說萬里之行始於足下，那麼要進階行遠，在早期文化中最先出現的便是水行了。直觀的水行為「游水」「泅泳」，而人類游水恐怕無法及遠，因此水行除了「游」這樣的行動外，真正的水行是伴隨「舟」的發展的。

　　《山海經》中有水行記錄如下，〈西山經〉二條：

　　西水行四百里，曰流沙，二百里至于蠃母之山。神長乘司之，是天之九德也。其神狀如人而豹尾。其上多玉，其下多青石而無水。〔註23〕

　　西水行百里，至于翼望之山，無草木，多金玉。有獸焉，其狀如狸，一目而三尾，名曰讙，其音如奪百聲，是可以禦凶，服之已癉。有鳥焉，其狀如烏，三首六尾而善笑，名曰鵸䳜，服之使人不厭，又可以禦凶。〔註24〕

〈北山經〉四條：

　　又北水行五百里，流沙三百里，至于洹山，其上多金玉。三桑生之，其樹皆無枝，其高百仞。百果樹生之，其下多怪蛇。〔註25〕

　　又北山行五百里，水行五百里，至于饒山。是無草木，多瑤碧，其獸多橐駝，其鳥多鶹。歷虢之水出焉，而東流注于河。其中有師魚，食之殺人。〔註26〕

　　又北水行五百里，至于鴈門之山，無草木。〔註27〕

　　又北水行四百里，至于泰澤。其中有山焉，曰帝都之山，廣員百里，無草木，有金玉。〔註28〕

〔註23〕袁珂：《山海經校注》，頁50。
〔註24〕袁珂：《山海經校注》，頁57。
〔註25〕袁珂：《山海經校注》，頁84。
〔註26〕袁珂：《山海經校注》，頁96～97。
〔註27〕袁珂：《山海經校注》，頁98。
〔註28〕袁珂：《山海經校注》，頁98。

〈東山經〉十條：

又南水行五百里，流沙三百里，至于蘧山之尾，無草木，多砥礪。

又南水行三百里，流沙百里，曰北姑射之山，無草木，多石。

又南水行八百里，曰岐山，其木多桃李，其獸多虎。

又南水行五百里，曰諸鉤之山，無草木，多沙石。是山也，廣員百里，多寐魚。

又南水行七百里，曰中父之山，無草木，多沙。

又東水行千里，曰胡射之山，無草木，多沙石。

又南水行七百里，曰孟子之山，其木多梓桐，多桃李，其草多菌蒲，其獸多麋鹿。是山也，廣員百里。其上有水出焉，名曰碧陽，其中多鱣鮪。

又南水行五百里，曰流沙，行五百里，有山焉，曰跂踵之山，廣員二百里，無草木，有大蛇，其上多玉。有水焉，廣員四十里皆涌，其名曰深澤，其中多蠵龜。有魚焉，其狀如鯉，而六足鳥尾，名曰鮯鮯之魚，其鳴自叫。

又南水行九百里，曰踇隅之山，其上有草木，多金玉，多赭。有獸焉，其狀如牛而馬尾，名曰精精，其鳴自叫。

又南水行五百里，流沙三百里，至于無臯之山，南望幼海，東望榑木，無草木，多風。是山也，廣員百里。〔註29〕

〈南山經〉和〈中山經〉未見水行，而「海荒經」本身指海之內、外，大荒之境卻也未見，這值得懷疑。稍後討論。

〈五藏山經〉二十六篇中張步天繪製了的二十三幅路線圖中，有水行的部分記錄，他甚至有海上路線的推測。

例如下圖〔註30〕，以東次二經資料為點，推出一條沿著中國東南沿海的一條路線。

〔註29〕袁珂：《山海經校注》，頁106～113。
〔註30〕張步天：《山海經解（下）》（香港：天馬圖書有限公司，2004年），頁574。

圖6.3 張步天所繪製東次二經路線圖

乃至於下圖〔註31〕以東次三經的資料為基礎,則得出了一條穿越渤海灣,途經濟州島到達日本長崎,然後繞經瀨戶內海到達神戶大阪,再繞過四國島、經過九州向南行到達琉球群島的北方島嶼,現在應是以奄美大島為中心一帶。

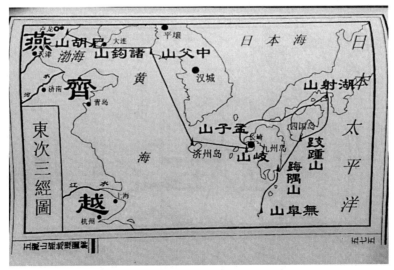

圖6.4 張步天所繪製東次三經路線圖

〔註31〕張步天:《山海經解(下)》(香港:天馬圖書有限公司,2004年),頁575。

這個海上探險路線的說法，張步天援引過去學者研究，說明「吳承志、衛挺生二氏均以為東次三經為燕昭王時海上探險記錄。任乃強則主張應為齊宣王派出考察之記錄，時在稱東帝後不久，或為秦始皇時所派，『亦可能是劉歆誤將齊、秦兩篇誤合為一篇。』任氏認定之地望南抵閩海，故又云孟子之山下『非齊威、宣時人所能至，惟漢武帝已開閩海郡縣，乃可能資遣海舶遠航求仙到彼耳，應亦是前後兩篇航海記錄，劉秀又誤記之。』考燕昭王時國勢強盛，樂毅南下攻齊，秦開北上攻胡，均連連得手。史籍又載燕昭王聽信方士神仙家言出海巡訪仙山，故而此經探險當在其時。吳、衛二氏之說為宜，可從。然二氏所考各處地望尚待商榷。〔註32〕」

這條海上路線的推論是否真確，暫且不論，至少在這樣的例證中顯示了船運的發展很早即發展並受到依賴的事實。而中國即出土過早在距今約七千到八千年的新石器時代的獨木舟〔註33〕，史籍中商王朝盤庚遷殷時也有「盤庚作，惟涉河以民遷。」〔註34〕的記錄，武丁立傅說為相也運用了「若濟巨川，用汝作舟楫」〔註35〕以舟渡大河的比喻讚美他，中國山東榮成松郭家出土過獨木小舟〔註36〕，而中國河南信陽息縣也發現了距今3500年的獨木舟，舟長9.28公尺，最寬處0.78公尺，高0.6公尺由一整塊原木加工而成，這是商代船隻的實物遺存。〔註37〕這一點在考古證據方面則亦可以從「婦好墓」中出土的6880餘枚貝類來自南海甚至更遠的阿曼灣得到印證〔註38〕，這類證據不在少數：

> 在安陽發掘的動物骨骼中，最使田野考古工作者驚奇的是一大塊鯨魚肩胛骨，他的上緣一公尺多，而且還有一些來自這同一海中巨物的椎骨。這些發現清楚表明，在三千年以前安陽至少已有某種與海

〔註32〕張步天：《山海經解（下）》（香港：天馬圖書有限公司，2004年），頁207。

〔註33〕中國浙江省杭州市蕭山區城廂街道湘湖南岸「跨湖橋遺址」，出土一艘殘長560公分，寬約29～52公分，松木製造的獨木舟，是中國目前所發現的最早的獨木舟。

〔註34〕宋・蔡沈集傳：〈盤庚（中）〉，《書經集註》（臺南：利大出版社，1987年），頁88。

〔註35〕宋・蔡沈集傳：〈說命（上）〉，《書經集註》（臺南：利大出版社，1987年），頁94。

〔註36〕王永波：〈膠東半島上發現的古代獨木舟〉，《考古與文物》第5期，1987年。

〔註37〕胡巨成：〈信陽發現商代獨木舟〉，《河南日報》，2010年8月7日，第三版。

〔註38〕中國科學院考古研究所編著：《殷墟婦好墓》（北京：文物出版社，1980年）。

濱地區聯繫的方便交通工具。這些也給胡渭復原公元前 602 年以前
黃河下游河道提供了證據。〔註39〕

而商代甲骨文中的「舟」則顯示了商代舟船的形制已經超過了單純以挖空單
一樹木為舟的階段,甲骨文「舟」寫作「⟋⟍(甲 637 合 34483)」、「⟋(前
7.24.2 合 7329)」等等,類似以木板拼綴而成船隻,而也因此可以相信,殷商
時期船運發達已是常見景象,甚至運用黃河以及各大小河流、支流進行運輸。

所以甚至到後來春秋戰國甚至有如《慎子·逸文》所載:「燕鼎之重乎千
鈞,乘于吳舟,則可以濟,所託者浮道也。」如此這樣南船運北貨的景象,乃
至更進一步如徐偃王「欲舟行上國,乃通溝陳、蔡之間。」〔註40〕、秦始皇
為穩固南疆「使監祿鑿渠運糧,深入越」〔註41〕開鑿運河,也就自然不難理
解。

可見得商人能利用水運以行,當無疑問,問題是不是真的能夠渡海行舟。
這一點從《山海經》水行的記錄可見端倪,前引〈西山經〉、〈北山經〉、〈東山
經〉的各條記錄,全是水行幾百里、幾千里的句法,而這種水行的路線記載,
以現今可考的文獻來觀察,若是航行海上,現今可考文獻如《漢書·地理志》:

> 自合浦徐聞南入海……自日南障塞、徐聞、合浦船行可五月,有都
> 元國;又船行可四月,有邑盧沒國;又船行可二十餘日,有諶離國;

〔註39〕 李濟:《安陽》(石家莊:河北教育出版社,2000 年),頁 202。

〔註40〕 《水經注》卷八〈濟水〉:「《地理志》曰:臨淮郡,漢武帝元狩五年置,治徐
縣,王莽更之曰淮平,縣曰徐調,故徐國也。《春秋·昭公三十年》,吳子執
鍾吾子,遂伐徐,防山以水之,遂滅徐。徐子奔楚,楚救徐弗及,遂城夷以
處之。張華《博物志》錄著作令史茅溫所為送。劉成國《徐州地理志》云徐
偃王之異,言:徐君宮人娠而生卵,以為不祥,棄之于水濱。孤獨母有犬,
名曰鵠倉,獵于水側,得棄卵,銜以來歸,孤獨母以為異,覆煖之,遂成兒,
生時偃,故以為名。徐君宮中聞之,乃更錄取。長而仁智,襲君徐國。後鵠
倉臨死,生角而九尾,寔黃龍也。偃王葬之徐中,今見有狗壠焉。偃王治國,
仁義著聞,欲舟行上國,乃通溝陳、蔡之間。得朱弓矢,以得天瑞,遂因名
為號,自稱徐偃王,江、淮諸侯服從者三十六國。周王聞之,遣使至楚,令
伐之。偃王愛民不鬥,遂為楚敗,北走彭城武原縣東山下,百姓隨者萬數,
因名其山為徐山,山上立石室廟,有神靈,民人請禱焉。依文即事,似有符
驗,但世代綿遠,難以詳矣。今徐城外有徐君墓,昔延陵季子解劍于此,所
謂不違心許也。」參見陳橋驛、葉光庭注譯:《新譯水經注(上)》(臺北:三
民書局,2011 年),頁 335~336。

〔註41〕 《史記·平津侯主父列傳》嚴安上書曰。(日)瀧川龜太郎:《史記會注考證》
(臺北:萬卷樓圖書有限公司,1993 年),頁 1219。

> 步行可十餘日，有夫甘都盧國。自夫甘都盧國船行可二月餘，有黃
> 支國，……自黃支船行可八月，到皮宗；船行可八月，到日南、象
> 林界云。黃支之南，有已程不國，漢之譯使自此還矣。〔註42〕

在這則號稱最早的海上絲路記錄中，對於航線的航線距離的記錄方式是「時間」，也就是「月」、「日」這種時間單位，而不是像「里」這種陸上的丈量單位。而以今日可查的古老行海記錄文獻，對於航道的記錄也都如此。《新唐書》記載了一位愛好地理的宰相賈耽，詳考唐代與外國交通的諸路線：「唐置羈縻諸州，皆傍塞外，或寓名於夷落。而四夷之與中國通者甚眾，若將臣之所征討，敕使之所慰賜，宜有以記其所從出。天寶中，玄宗問諸蕃國遠近，鴻臚卿王忠嗣以《西域圖》對，才十數國。其後貞元宰相賈耽考方域道里之數最詳，從邊州入四夷，通譯於鴻臚者，莫不畢紀。其入四夷之路與關戍走集最要者七：一曰營州入安東道，二曰登州海行入高麗渤海道，三曰夏州塞外通大同雲中道，四曰中受降城入回鶻道，五曰安西入西域道，六曰安南通天竺道，七曰廣州通海夷道。」其中著名的「廣州通海夷道」記載的路線也就是：

> 廣州東南海行，二百里至屯門山，乃帆風西行，二日至九州石。又
> 南二日至象石。又西南三日行，至占不勞山，山在環王國東二百里
> 海中。又南二日行至陵山。又一日行，至門毒國。又一日行，至古
> 笪國。又半日行，至奔陀浪洲。又兩日行，到軍突弄山。又五日行
> 至海峽，蕃人謂之「質」，南北百里，北岸則羅越國，南岸則佛逝國。
> 佛逝國東水行四五日，至訶陵國，南中洲之最大者。又西出峽，三
> 日至葛葛僧祇國，在佛逝西北隅之別島，國人多鈔暴，乘舶者畏憚
> 之。其北岸則個羅國。個羅西則哥谷羅國。又從葛葛僧只四五日行，
> 至勝鄧洲。又西五日行，至婆露國。又六日行，至婆國伽藍洲。又
> 北四日行，至師子國，其北海岸距南天竺大岸百里。又西四日行，
> 經沒來國，南天竺之最南境。〔註43〕

然後此外收錄在明朝崇禎元年（1628年）茅元儀編《武備志》卷二百四十的《自寶船廠開船從龍江關出水直抵外國著番圖》又稱《鄭和航海圖》或《茅

〔註42〕東漢·班固撰，唐·顏師古注：〈百官公卿表　第七　上〉，《漢書》卷19（臺北：宏業書局，1972年），頁425。

〔註43〕「廣州通海夷道」記載於歐陽修《新唐書·志·第三十三下》，收錄於宋·歐陽修撰《廿五史──唐書（一）》（臺北：藝文印書館，1958年），頁526。

坤圖》，記載航道則如「太倉港口開船用丹乙針一更平吳淞江，用乙卯針一更到南匯嘴。」又如作為元明清以來的航海資訊「海道針經」《指南正法》：

> 臺灣往日本從大港出。東南風可用丁未及單未過茄老灣線。南到青
> 水烏水乾，可牽舵及用壬及壬子，轉變取澎湖東過。〔註44〕

又如《順風相送》：

> 廣東往磨六甲：南亭門放洋，用坤未針，五更船取烏頭山。用單坤
> 針，十三更取七洲洋。坤未針，七更船平獨豬山。……乾亥針，五
> 更船平昆宋嶼，單亥針，五更船取前嶼，乾針，五更取五嶼；沿山
> 使取磨六甲。〔註45〕

乃至於元明清以來「海南漁民在長期前往南海進行撈捕升產活動過程中，逐漸積累形成一系列文獻。其中口傳者為『更路傳』，手抄者為『更路簿』，手繪者為『更路圖』。航海針經書更路簿記載了西沙（俗稱『東海』）、東沙及南沙（俗稱『北海』）等地島嶼名稱、水文狀況與航行路線。」〔註46〕種種文獻記載航線的方式，行諸文字則皆如此，運用的就是指南針加上以「更」為單位的描述，而這依然是以時間作為距離測量的單位，而且小至「更」（兩小時）的精度，較《漢書》、《新唐書》所記則更精細。反觀《山海經》的水行記載卻與此不同，若要論沿河、沿海岸的旅行，應當沒有問題，有陸地以為參照，距離以里計，應該問題不大，但是若要談實用的航海性質，則值得懷疑。

因此真正實用的航海運用的是角度與以時間為量度的距離，以上所引可見時間大致有「月」「日」乃至「更」的計量單位，而指南針發明後的航海則有針位，不同的針位對應不同的角度，而尚未有指南針可確實指出方向的年代，在茫無邊際，無物可為參照的大海之中，能夠賴以指向的唯有日月星辰，而誠如宋朝朱彧在《萍洲可談》中寫道：「舟師識地理，夜則觀星，晝則觀日，陰晦觀指南針」〔註47〕，而崇禎元年（1628年）《武備志》所收錄的《鄭和航海圖》其中有四幅「過洋牽星圖」，這說明了的確以前還有一種「過洋牽星術」，也正是以星辰為導航的一種航海術。

〔註44〕向達校注：《指南正法》（北京：中華書局，1961年），頁133。
〔註45〕向達校注：《順風相送》（北京：中華書局，1961年），頁55。
〔註46〕林緗宇：〈現存南海更路簿抄本系統考證〉，《中國地方誌》2019年第3期，頁97。
〔註47〕宋·朱彧著，李偉國點校：《萍洲可談》（與陳師道《後山談叢》合刊）（北京：中華書局，2007年），頁133。

　　這種技巧可以追溯至漢代班固在《漢書・藝文志》中記載了《海中星占驗》十二卷、《海中五星經雜事》二十二卷、《海中五星順逆》二十八卷、《海中二十八宿國分》二十八卷、《海中二十八宿臣分》二十八卷、《海中日月慧虹雜占》十八卷。這些書今日全已亡佚，其內容為何只能從班固將他們分在「天文」這一類來得知：

> 天文者，序二十八宿，步五星日月，以紀吉凶之象，聖王所以參政
> 也。《易》曰：「觀乎天文，以察時變。」然星事雜悍，非湛密者弗
> 能由也。夫觀景以譴形，非明王亦不能服聽也。以不能由之臣，諫
> 不能聽之王，此所以兩有患也。〔註48〕

這一系列名謂「海中」的六部書，當與日月星辰，天文運行密切相關，而既又以「海」名之，因此學者多有以此為據，認為此即觀星導航技術之書，也是觀星導航之始。

　　而非常獨特的是《漢書・藝文志》這篇早期中國重要文獻的彙整目錄中有「海」字的書名僅有七部。上述以「海中」為名的六部之外，第七部就是《山海經》，《山海經》是天文類之外唯一一部書名中有「海」字的書。因此在這樣的語境關係中，《山海經》的「海」要說關係，那就無法忽略和《海中星占驗》、《海中五星經雜事》、《海中五星順逆》、《海中二十八宿國分》、《海中二十八宿臣分》、《海中日月慧虹雜占》的關係，而這六部書和航海有關的看法，首先是確認了《山海經》是旅行書的觀點。

　　其次則表明《山海經》中的部分記錄，正有著這六部書的影子。最後則可以確認《山海經》多有天文星名與記錄，而這同樣與「旅行」關係密切。

　　那麼這六部書可能像什麼樣子呢？其實馬王堆出土文物中有一系列天文書，包括了〈五星占〉、〈天文氣象雜占〉、〈日月風雨雲氣占〉等等，此外還有圖象。例如「〈天文氣象雜占〉是一部以雲氣、日月旁氣占和慧星占等為主要內容的占書。類似性質的占書，在古代並不少見。例如，《漢書・藝文志》著錄的《海中日月慧虹雜占》、《漢日旁氣行事占驗》，《隋書・經籍志》著錄的《候雲氣》、《日月暈珥雲氣圖占》等，皆與《天文氣象雜占》相類。從形式上看，《天文氣象雜占》的內容可以分為前後兩個部分，前一部分圖文並茂，後一部分有文而無圖。圖、文相配，是古代天文書籍的傳統。」〔註49〕

〔註48〕東漢・班固撰，唐・顏師古注：《漢書》，頁449。
〔註49〕劉樂賢：《馬王堆天文書考釋》（廣州：中山大學出版社，2004年），頁100。

圖 6.5　藏於湖南省博物館的馬王堆帛書之一《天文氣象雜占》〔註50〕的右下角，圖為《天文氣象雜占》中繪於「列國雲占」下的一部份慧星

　　據此《山海經》中多有星名，尤其多見於〈海經〉，便是這類資料的彙整，很可能就是為了航海之便或者最早時也僅是為了指向，不一定用於陸行或水行，甚至很可能也就是最早的巫祝面對無垠星空進行解說的記錄，而放進《山海經》的資料。在〈海外南經〉的最前面，有一段似為〈海經〉乃至此後〈荒經〉進行概說的文字：

> 地之所載，六合之間，四海之內，照之以日月，經之以星辰，紀之以四時，要之以太歲，神靈所生，其物異形，或夭或壽，唯聖人能通其道。〔註51〕

便清楚指出在整個浩瀚宇宙中照之以日月、經之以星辰進而紀之以四時的目的。而要之以太歲，此「太歲」袁珂有考：

> 淮南子墬形篇用此文，唯「四海」作「四極」，「照之」作「昭之」。高誘注「要之以太歲」云：「要，正也，以太歲所在，正天時也。」案太歲有年太歲、月太歲、旬中太歲之別。年太歲亦名歲陰、太陰，亦曰青龍、天一，昔時所稱以紀歲者。此所謂太歲，即年太歲。〔註52〕

〔註50〕引自湖南省博物館官網：藏品數據庫，馬王堆漢墓文物，帛書《天文氣象雜占》，2020 年 2 月 21 日。
〔註51〕袁珂：《山海經校注》，頁 184。
〔註52〕袁珂：《山海經校注》，頁 184。

正是太歲星「木星」，古人將周天概分為十二段，每段對應一個地支。而木星每十二年繞太陽一周，大約一年行一段（次）。所謂：「太歲者，十二辰之神。木星一歲行一次，歷十二辰而一周天，若步然也。自子至巳為陽，自午至亥為陰，所謂太歲十二神也。」〔註53〕當即是。所以很明顯以日月星辰來正時，這是《山海經》非常清楚的企圖之一，因此其中有日月出入之記載，而且多記星辰之名也就不足為奇了。例如〈大荒西經〉：

> 有巫山者。有壑山者。有金門之山，有人名曰黃姖之尸。有比翼
> 之鳥。有白鳥青翼，黃尾，玄喙。有赤犬，名曰天犬，其所下者
> 有兵。〔註54〕

郭璞援引已佚的：「周書云：『天狗所止地盡傾，餘光燭天為流星，長數十丈，其疾如風，其聲如雷，其光如電。』吳楚七國反時吠過梁國者是也。」王念孫手批：「開元占經妖異占篇引郭注云：『周書云：「天狗所止地蓋傾，餘光飛天為流星，長數十丈，其疾如風，聲如雷，走如電。」吳楚七國反時過梁野。』」〔註55〕

郝懿行案語則對「天犬」是星名有意見，不過他引證《漢書·天文志》，卻是說了一個更離奇的故事：「赤犬名天犬，此自獸名，亦如西次三經陰山有獸名天狗耳，郭注以天狗星當之，似誤也。其引周書，逸周書無之。《漢書·天文志》云：天狗，狀如大流星，有聲，共下止地，類狗。所墜及，望之如火光炎炎中天。其下圜如數頃田處，上銳見則有黃色，千里破軍殺將。又云：『狗，守禦類也，天狗所降，以戒守禦。』吳、楚攻梁，梁堅城守，遂伏尸流血其下。」〔註56〕無怪乎袁珂《山海經校注》中把這一整段全略過不引，因為這恐怕不是流星記載，便是不明飛行物。

〈海外南經〉的一系列記錄即有此類痕跡，例如：「有神人二八，連臂，為帝司夜于此野。在羽民東。其為人小頰赤肩。盡十六人。」此神人二八，盡十六人相當多，並且還以連臂形象為帝掌管夜晚，十分具有星星連綴的意味。

又如：「三株樹在厭火北，生赤水上，其為樹如柏，葉皆為珠。一曰其為樹若彗。」這句的描繪不正和馬王堆出土〈天文氣象雜占〉裡的彗星圖有

〔註53〕清張廷玉等撰：《續文獻通考·郊社考》卷一百九。

〔註54〕袁珂：《山海經校注》，頁406～407。

〔註55〕郝懿行箋疏、范祥雍補校：《山海經箋疏補校》（上海：上海古籍出版社，2013年），頁366。

〔註56〕郝懿行箋疏、范祥雍補校：《山海經箋疏補校》頁366。

異曲同工之妙。

此外〈海外南經〉還有：「狄山，帝堯葬于陽，帝嚳葬于陰。爰有熊、羆、文虎、蜼、豹、離朱、視肉。吁咽、文王皆葬其所。一曰湯山。一曰爰有熊、羆、文虎、蜼、豹、離朱、鴟久、視肉、虖交。其范林方三百里。」記載了一種名為「離朱」動物。郭璞認為是：「木名也，見莊子。今圖作赤鳥。」郝懿行則又有別的看法：「郭云木名者，蓋據（文選）子虛賦『蘗離朱楊』為說也，然郭於彼注既以朱楊為赤莖柳，則此注非也。又云見莊子者，天地篇有其文，然彼以離朱為人名，則此亦非矣。又云今圖作赤鳥者，赤鳥疑南方神鳥焦明之屬也。然大荒南經離朱又作離俞。」〔註57〕袁珂則是指出：

> 離朱在熊、羆、文虎、蜼、豹之間，自應是動物名，郭云木名，誤
> 也。此動物維何？竊以為即日中踆鳥（三足鳥）。文選張衡思玄賦：
> 「前長離使拂羽兮。」注：「長離，朱鳥也。」書堯典：「日中星鳥，
> 以殷仲春。」傳：「鳥，南方朱鳥七宿。」離為火，為日，故神話中
> 此原屬於日後又象徵化為南方星宿之朱鳥，或又稱為離朱。山海經
> 所記古帝王墓所所有奇禽異物中，多有所謂離朱者。郭注云今圖作
> 赤鳥者，蓋是離朱之古圖象也。是乃日中神禽即所謂踆鳥、陽鳥或
> 金烏者。而世傳古之明目人，又或冒以離朱之名，喻其如日之明麗
> 中天、無所不察也。日鳥足三，足訛為頭，故又或傳有三頭離珠（朱），
> 於服常樹上，遞臥遞起，以伺琅玕也（見海內西經「服常樹」節注）。
> 神話演變錯綜無定，大都如此。〔註58〕

這「離朱」應當是「日中三足鳥」。雖非星名，但是這依然屬於記天上日月星辰之事，說明其何以為此的詮釋。

又如〈海內北經〉有「犬封國」的記載說：「犬封國曰犬戎國，狀如犬。有一女子，方跪進杯食。有文馬，縞身朱鬣，目若黃金，名曰吉量，乘之壽千歲。」

這則敘述當中除了「犬封國」是「盤瓠神話」〔註59〕中重要材料之外，

〔註57〕郝懿行箋疏、范祥雍補校：《山海經箋疏補校》，頁251。
〔註58〕袁珂：《山海經校注》，頁204。
〔註59〕袁珂：《山海經校注》，頁307～308。珂案：傳亦為郭璞所作之玄中記（已佚，古小說鉤沈有輯錄）亦述此故事，文字大體相同，惟「戎王」作「犬戎」，三百里作三千里。此一神話之詳細記錄，乃見於稍後於郭璞之干寶搜神記。其後後漢書南蠻傳亦載之，文字與搜神記無大差異。有注云：「已上並見風俗

其時還提到一匹「乘之可以壽千歲」的「文馬」名曰吉量。這匹馬袁珂有考：

犬戎文馬，奇肱國亦有之，已見海外西經。繹史卷十九引六韜云：
「商王拘周伯昌於羑里，太公與散宜生以金千鎰求天下珍物以免君
之罪。於是得犬戎氏文馬，駁身朱鬣，目若黃金，名雞斯之乘，以
獻商王。」即有關文馬神話之最早而又最完整之記錄也。前乎此者，
淮南子道應篇與史記周本紀亦記有之。道應篇云：「散宜生以千金求
雞斯之乘以獻紂。」周本紀云：「閎夭之徒求驪戎之文馬獻之紂。」
均此一神話之概略也。犬戎文馬，能解文王羑里之囚，其在秦漢之
際，為眾所艷稱可知矣。吉量、吉良、吉黃、吉皇、雞斯之乘、騰
黃、吉光（文選東京賦李善注引瑞應圖云：「騰黃神馬，一名吉光」），
均此文馬之異名，其實一也。〔註60〕

看來這匹神馬有吉量、吉良、吉黃、吉皇、雞斯之乘、騰黃、吉光等等異名，
然而如此神奇之馬人間是否真有？可以從槃瓠故事中看到一些關鍵字如「高
辛氏」時有「房王」作亂，高辛氏即帝嚳，亦即《山海經》中所謂帝舜、帝
俊，也就是通天知地的商王，此「房」作亂當即可在天地人三界，而此「房」
若在天，今有二十八星宿中屬於蒼龍七宿之一的「房宿」可對應，《晉書·天
文志》記載：「房四星為明堂，天子布政之宮也」這組星正是蒼龍形體的中央，

通。」風俗通漢末應劭撰，知此一神話漢代已有流傳矣。三國魚豢魏略（已
佚，從後漢書李賢注引）云：「高辛氏有老婦，居王室，得耳疾，挑之，得物
大如繭。婦人盛瓠中，覆之以槃，俄頃化為犬，其文五色，因名槃瓠。」此
盤（槃）瓠一名之來源也。搜神記所敘盤瓠故事首段即本此。又有漢魏叢書
八卷本搜神記，文體與近年敦煌所發現句道興搜神記頗相近，其中多條竟至
文字與故事大體相同，可見二書原出民間。清王謨跋此，云「有唐時州名」，
則為唐人撰造更無可疑。其敘盤瓠神話，則云：「昔高辛氏時，有房王作亂，
憂國危亡，帝乃召募天下有得房氏首者，賜金千斤，分賞美女。群臣見房氏
兵強馬壯，難以獲之。辛帝有犬字曰盤瓠，其毛五色，常隨帝出入。其日忽
失此犬，經三日以上，不知所在，帝甚怪之。其犬走投房王。房王見之大悅，
謂左右曰：『辛氏其喪乎！犬猶棄主投吾，吾必興也。』房氏乃大張宴會，為
犬作樂。其夜房氏飲酒而臥，盤瓠咬王首而還。辛見犬銜房首，大悅，厚與
肉糜飼之，竟不食。經一日，帝呼，犬亦不起。帝曰：『如何不食，呼又不來，
莫是恨朕不賞乎？今當依召募賞汝物，得否？』盤瓠聞帝此言，即起跳躍，
帝乃封盤瓠為會稽侯（原注：一作桂林侯），美女五人，會稽郡（原注：一作
桂林郡）一千戶。後生三男六女。其男當生之時，雖似人形，猶有犬尾。其
後子孫昌盛，號為犬戎之國。」此雖較後之記敘，然因傳自民間，實更接近
此一神話本貌。

〔註60〕袁珂：《山海經校注》，頁311。

而這「房宿」則有「天駟」之名。可見得此吉量、吉光神馬能乘之壽千歲，其意當指天上神馬四星，登天者壽無盡。

圖6.6　彩繪二十八星宿圖衣箱，曾侯乙墓出土漆器，繪有星圖，即二十八星宿〔註61〕

甚至〈海外西經〉也記有「女丑之尸，生而十日炙殺之。在丈夫北，以右手鄣其面，十日居上，女丑居山之上。」〔註62〕此處的女丑直接居在山之上，就敘述行文，其位置在山之上方，這也很可能是一組星星。

最後《山海經》中尚有許多名詞，已不確定是先有名詞，再用以指星，或者是為星特意命名，而後有其他意指，例如：「昆侖」、「軒轅」、「天井」、「氐」或者某臺、某丘甚至狗國……但是古星圖一翻開，便無法忽視這些星星在創說《山海經》的口傳者口中，曾經的意義與象徵。

以上這是海行的訊息來源之一，與天文有關的記錄，此外還有一種則是來自沿海聽聞的傳聞軼事，而這些來自沿海的軼聞則可能經過輾轉相傳，彼此經過融合轉述，傳到沿海的口岸，透過早期的交通往來，到達《山海經》創說的主要場域，也因為「旅行」的概念，而被記錄下來。而其中可以驗證的被放到了「海內經」如前述伯慮國、離耳國、雕題國、北胊國之屬。而無法驗證

〔註61〕《中國大百科全書（第二版）》（中國大百科全書出版社，2009年）。「曾侯乙墓」條目下附圖。
〔註62〕袁珂：《山海經校注》，頁218。

的便置於「海外」或「大荒」成為海外三十六國，這些無法驗證的異國，甚至還留傳到明清的輿圖、類書、日用類書中，留存了遠古的記憶。

第三節　上下跨界的旅行

《山海經》中除了存有在陸地上探索，認識山川地理、鳥獸蟲魚、異鄉人情等等的記錄，還有從水行乃至航海的見聞，而這些見聞可以來自聽來的異域傳說、可以來自對於天上星空的解釋與運用，甚至可以擴及到氣象風候的解釋，乃至於對於整個世界的時間界定。這部分的研究，劉宗迪在《失落的天書——山海經與古代華夏世界觀》當中闡釋得相當多，透過旁徵博引從古來學者們大多有所注意的「日月所出之山」乃至胡厚宣發現並加以論證商代「四方風名」，找到〈大荒經〉與遠古天文學的關係，然後以楚帛書當中月令圖的神怪形象，探討這可能與上古曆法制定四時有相當關係，乃至探討燭龍與古代歲星紀實的崇拜與信仰〔註63〕，這些都在旅行的世界觀之中，有其相當的重要性，值得參考。

在此要討論的是延續前面所談到的陸行、水行的實際旅行移動中，陸行有所見所聞、水行亦有所見所聞，其中不僅有親所見，也有聽聞，亦也包含了日月星辰氣象風候的相關紀錄，更有加以闡述融合之後的整合說法，而此外旅行視野下，移動方式還有一種是上下移動的。這當是在「絕地天通」之後，巫者甚至其實就是帝本身，很可能最初就是商王可以親自進行，或者在意念上作為一種解釋世界的移動方式。

一、上下旅行的方式：「陟」、「降」與「上下」

在陸行的角度而言，運用雙腳為主要工具，在《山海經》中還有一種，「陟」這在甲骨文中很具體地寫作「𣥉（後 2.11.12 合 15379）」是兩腳並用登山而上的符號。而與之相反者為「降」，甲骨文的腳方向剛好倒過來「𠂤」表示下山的概念。而很有意思地在《山海經》中或「升」或「降」或「升降」或「上下」之處卻也相當常見，可見得當時旅行也有上下行進的路線，例如〈海外西經〉：「巫咸國在女丑北，右手操青蛇，左手操赤蛇，在登葆山，群巫

〔註63〕劉宗迪：《失落的天書——山海經與古代華夏世界觀（增訂本）》（北京：商務印書館，2016 年），頁 19～337。

所從上下也。」﹝註64﹞這表明巫能夠透過某個特定位置上下天地，而且還不只一位。類似的說法在〈大荒西經〉也「有靈山，巫咸、巫即、巫盼、巫彭、巫姑、巫真、巫禮、巫抵、巫謝、巫羅十巫，從此升降，百藥爰在。」﹝註65﹞這一則不僅寫了群巫，甚至還寫出了群巫的名字，更指出各式藥物都在其中。這不僅是研究者研究巫後來成為方士的材料，也提供了巫乃至方士很早便掌握藥物的知識以及功用的線索。

　　而這樣一種上下移動的旅行方式，在《山海經》俯拾皆是，大致建立在〈大荒西經〉著名的重、黎「絕地天通」記事的思維背景下：

> 大荒之中，有山名曰日月山，天樞也。吳姖天門，日月所入。有神人面無臂，兩足反屬于頭上，名曰噓。顓頊生老童，老童生重及黎，帝令重獻上天，令黎卭下地，下地是生噎，處於西極，以行日月星辰之行次。﹝註66﹞

不僅一樣看到「重獻上天」、「黎卭下地」的分開天地，而據前面章節所論，所謂「絕地天通」字面是斷天地溝通之意，然而實際上在《國語‧楚語》所指是斷開一般人民與天地之通，僅餘部分特殊身分、能力之人可以溝通天地，他們是巫、祝甚至就是帝，這在商代時基本上就是商王，他掌握了解釋陌生世界以及現象的權力。

　　所以在《山海經》中可以看到能上下天地的，例如〈大荒西經〉「有互人之國。炎帝之孫，名曰靈恝，靈恝生互人，是能上下于天。」﹝註67﹞會有神的後代，這樣的身分就是在表明敘述者，在灌輸受眾所謂通天地者那樣一種神聖的血統和聖性。

　　可是當時間發展，知識累積，自然有人會提出人可不可以上的問題。例如《國語‧楚語下》楚昭王就問過：

> 昭王問于觀射父，曰：「《周書》所謂重、黎實使天地不通者，何也？若無然，民將能登天乎？」﹝註68﹞

所以在整部《山海經》中有不同發展過程、不同寫成時間的資訊，也就顯示了對於這種上下通天方式的態度由聖而俗的變化。

﹝註64﹞袁珂：《山海經校注》，頁219。
﹝註65﹞袁珂：《山海經校注》，頁219。
﹝註66﹞袁珂：《山海經校注》，頁402。
﹝註67﹞袁珂：《山海經校注》，頁415。
﹝註68﹞左丘明：《國語》卷十八（上海：上海古籍出版社，1988年），頁559。

例如〈五藏山經〉修正的過程相當晚，甚至有一大部分當是由周完成，關於這部分此後在討論《山海經》的流傳與成書相關章節再論，全篇基本上很少提到這類通天概念，而這一不提起的作法，事實上就是文明發展趨向理性化的佐證，而其中甚至有告訴你不能上的。這在全書指有四處，〈南山經〉佔三則：

> 又東三百八十里，曰猿翼之山，其中多怪獸，水多怪魚，多白玉，多腹虫，多怪蛇，多怪木，不可以上。〔註69〕

> 又東四百里，曰亶爰之山，多水，無草木，不可以上。有獸焉，其狀如狸而有髦，其名曰類，自為牝牡，食者不妒。〔註70〕

> 《南次三經》之首，曰天虞之山，其下多水，不可以上。〔註71〕

另有〈北山經〉有一則：

> 北二百八十里，曰大咸之山，無草木，其下多玉。是山也，四方，不可以上。有蛇名曰長蛇，其毛如彘豪，其音如鼓柝。〔註72〕

此外也有某些神，降下人間，之後無法復歸的敘述，例如〈大荒東經〉就記載了應龍的不得復上：

> 大荒東北隅中，有山名曰凶犁土丘。應龍處南極，殺蚩尤與夸父，不得復上。故下數旱，旱而為應龍之狀，乃得大雨。〔註73〕

此外神降不得再上在〈大荒北經〉還有著名的天女魃：

> 有係昆之山者，有共工之臺，射者不敢北嚮。有人衣青衣，名曰黃帝女魃。蚩尤作兵伐黃帝，黃帝乃令應龍攻之冀州之野。應龍畜水，蚩尤請風伯、雨師，縱大風雨。黃帝乃下天女曰魃。雨止，遂殺蚩尤。魃不得復上，所居不雨。叔均言之帝，後置之赤水之北，叔均乃為田祖。魃時亡之。所欲逐之者，令曰：「神北行！」先除水道，決通溝瀆。〔註74〕

像這樣的不復上的神，有的為人間帶來好處，例如降下的地方是樂園，像〈大荒南經〉：

〔註69〕袁珂：《山海經校注》，頁3。
〔註70〕袁珂：《山海經校注》，頁5。
〔註71〕袁珂：《山海經校注》，頁15。
〔註72〕袁珂：《山海經校注》，頁75。
〔註73〕袁珂：《山海經校注》，頁359。
〔註74〕袁珂：《山海經校注》，頁430。

> 有載民之國。帝舜生無淫，降載處，是謂巫載民。巫載民盼姓，食
> 穀，不績不經，服也；不稼不穡，食也。爰有歌舞之鳥，鸞鳥自歌，
> 鳳鳥自舞。爰有百獸，相群爰處。百穀所聚。〔註75〕

有的則是為人間帶來災禍，例如〈大荒西經〉很直接說「天犬」降下有兵：

> 有巫山者。有壑山者。有金門之山，有人名曰黃姬之尸。有比翼
> 之鳥。有白鳥青翼，黃尾，玄喙。有赤犬，名曰天犬，其所下者
> 有兵。〔註76〕

而不管好或者壞，其實都在解釋這個世界，或者某些文化、或文明、或現象。應龍和天女魃可謂敘述精彩結構完整，應龍在解釋南方有乾季雨季，而且雨季一來經常滿溢為患的情況，天女魃則在說明北方少雨乾燥的氣候型態，因此當時間越推移向前，神人既分，便存在了更多解釋的空間，像是神降下，帶來了祭祀歌曲的來源，〈大荒西經〉就介紹了〈九辯〉、〈九歌〉、〈九招〉的由來：

> 西南海之外，赤水之南，流沙之西，有人珥兩青蛇，乘兩龍，名曰
> 夏后開。開上三嬪于天，得九辯與九歌以下。此天穆之野，高二千
> 仞，開焉得始歌九招。〔註77〕

此外還有神降下，賜給人民文明的說法，例如〈大荒西經〉：

> 有西周之國，姬姓，食穀。有人方耕，名曰叔均。帝俊生后稷，稷
> 降以百穀。稷之弟曰臺璽，生叔均。叔均是代其父及稷播百穀，始
> 作耕。有赤國妻氏。有雙山。〔註78〕

就記載了后稷帶著百穀降下人間，甚至其弟生下叔均，和后稷一起「播百穀」「始作耕」，這樣的說明「農耕文明」來源的解釋。而這樣一種有人名、神名的解釋法，還有一種一樣是神降賜文明，解釋農耕文明來源，但是卻是不同的說法，例如〈大荒西經〉：

> 有人無首，操戈盾立，名曰夏耕之尸。故成湯伐夏桀于章山，克之，
> 斬耕厥前。耕既立，無首，走厥咎，乃降于巫山。〔註79〕

前面一則可見西周人的說法是文明溫婉，而後一則顯示了相對野蠻原始的商

〔註75〕袁珂：《山海經校注》，頁371～372。
〔註76〕袁珂：《山海經校注》，頁406～407。
〔註77〕袁珂：《山海經校注》，頁414。
〔註78〕袁珂：《山海經校注》，頁392～393。
〔註79〕袁珂：《山海經校注》，頁411。

代特徵，但其實充滿「戈盾」這些武器，乃至有人遭斬無首的血腥畫面，和神降世間帶來農耕的概念是一致的。這在更晚出的〈海內經〉中，有更多這方面的解釋，例如神降下以幫助人民，著名的有〈海內經〉的羿：「帝俊賜羿彤弓素矰，以扶下國，羿是始去恤下地之百艱。」〔註80〕

又或者〈海內經〉還有神降下，為人帶來各式工藝，農業文明的描述：

> 帝俊生三身，三身生義均，義均是始為巧倕，是始作下民百巧。后
> 稷是播百穀。稷之孫曰叔均，是始作牛耕。大比赤陰，是始為國。
> 禹鯀是始布土，均定九州。〔註81〕

乃至於解釋世界，神的後代，譜系降至人間，〈海內經〉既記黃帝譜系：

> 流沙之東，黑水之西，有朝雲之國、司彘之國。黃帝妻雷祖，生昌
> 意，昌意降處若水，生韓流。韓流擢首、謹耳、人面、豕喙、麟身、
> 渠股、豚止，取淖子曰阿女，生帝顓頊。〔註82〕

〈海內經〉也記炎帝譜系：

> 炎帝之妻，赤水之子聽訞生炎居，炎居生節並，節並生戲器，戲
> 器生祝融，祝融降處于江水，生共工，共工生術器，術器首方顛，
> 是復土穰，以處江水。共工生后土，后土生噎鳴，噎鳴生歲十有
> 二。〔註83〕

而到對這些古代聖王進行追記的時代，那種大一統的共同血緣政治企圖開始明顯，那種對神與人關係的概念，的確就越來越遠。例如一樣可以上下，但是〈海內經〉裡的柏高已被認為是仙人：

> 華山青水之東，有山名曰肇山，有人名曰柏高，柏高上下於此，至
> 于天。〔註84〕

而在被驗證過的〈海內經〉中還有較之應龍、天女魃更精彩的敘述，不僅神降下，有樂園，還可以再上，但是需要是仁者的身分，這就是〈海內西經〉中著名的后羿記載，一方面記了崑崙之仙境一方面也記了「非仁羿莫能上岡之巖」的說法：

> 海內崑崙之墟，在西北，帝之下都。崑崙之墟，方八百里，高萬仞。

〔註80〕袁珂：《山海經校注》，頁466。
〔註81〕袁珂：《山海經校注》，頁469。
〔註82〕袁珂：《山海經校注》，頁442～443。
〔註83〕袁珂：《山海經校注》，頁471。
〔註84〕袁珂：《山海經校注》，頁444。

上有木禾，長五尋，大五圍。面有九井，以玉為檻。面有九門，門
有開明獸守之，百神之所在。在八隅之巖，赤水之際，非仁羿莫能
上岡之巖。〔註85〕

這顯然是巫和王的職司漸分後，說給掌有權力的王者聽的。所以從〈海內經〉、
〈海內四經〉乃至〈五藏山經〉便可讀出這條上下通天之路的世俗化過程。
人間有帝之跡，但是區隔已大，神人分野例如〈西山經〉有帝之下都：「西南
四百里，曰昆侖之丘，是實惟帝之下都，神陸吾司之。」〔註86〕

〈海內西經〉也有「海內崑崙之墟，在西北，帝之下都。」〔註87〕這就
漸漸走向了若要維持這條溝通之路，便越來越世俗化、儀式化，要與神溝通，
要透過祭祀，而祭祀是由巫祝掌握的，後來這一脈當是方士繼承發展。所以
〈南山經〉多「放士」在此當可更透徹地理解。而其實較早的記錄就透露這
樣的端倪。例如神降處有四方壇，這與祭祀活動相關，很可能有巫祝、帝、主
祭的活動，像是〈大荒南經〉：

有襄山。又有重陰之山。有人食獸，曰季釐。帝俊生季釐，故曰季
釐之國。有緡淵。少昊生倍伐，倍伐降處緡淵。有水四方，名曰俊
壇。〔註88〕

又甚至神降處，有祭祀活動與場域的象徵，〈大荒東經〉就「有五彩之鳥，相
鄉棄沙，惟帝俊下友，帝下兩壇，彩鳥是司。」記了有兩壇這樣的祭祀場景象
徵。

而這樣的概念，演變到〈五藏山經〉便可以非常清楚地看到，過去掌握
通天下地路線的巫祝，例如在《中山經》言及巫祝，帝，都詳述祭祀的方法：

凡首陽山之首，自首山至于丙山，凡九山，二百六十七里。其神狀
皆龍身而人面。其祠之：毛用一雄雞瘞，糈用五種之精。堵山，冢
也，其祠之：少牢具，羞酒祠，嬰毛一璧瘞，驕山，帝也，其祠羞
酒，太牢其；合巫祝二人舞，嬰一璧。〔註89〕

甚至《中山經》還有一座山名叫「升山」，按其敘述，功能應當也是如此：

凡薄山之首，自苟林之山至于陽虛之山，凡十六山，二千九百八十

〔註85〕袁珂：《山海經校注》，頁294。
〔註86〕袁珂：《山海經校注》，頁47。
〔註87〕袁珂：《山海經校注》，頁294。
〔註88〕袁珂：《山海經校注》，頁371。
〔註89〕袁珂：《山海經校注》，頁163。

二里。升山，冢也。其祠禮：太牢，嬰用吉玉。首山，魁也，其祠用稌、黑犧、太牢之具、蘗釀；干舞，置鼓；嬰用一璧。尸水，合天也，肥牲祠之，用一黑犬于上，用一雌雞于下，刉一牝羊，獻血。嬰用吉玉，彩之，饗之。〔註90〕

而這在後代就演變成「封禪」的概念，這就稍候再論。

二、上下旅行乘坐的交通工具

在上下旅行的移動中，雖說上下升降在《山海經》中俯拾皆是，事實上《山海經》中具體以步行的方式表現向上，是沒有的，也就是說並無以「陟」為動詞的語句，最接近以步行而上的可能僅有如「非仁羿莫能上岡之巖」〔註91〕的描述，由字面解釋看來仁羿要能上巖，應該除了步行、攀爬以登之外，難有他法。或者「升降」連在一起，此僅有〈大荒西經〉「十巫，從此升降，百藥爰在。」一處，可以理解既然降屬步行而下，那升應當是相對的步行而上，不過這也僅能猜測。

倒是「降」這具體應用在動詞表示由上降下概念，在《山海經》中有七處，〈大荒南經〉有二、〈大荒西經〉有三、〈海內經〉有二。或許這表示了在《山海經》中神降人間還廣泛能為人所接受，但由於已經漸漸進入了知道步行升天之事，純屬子虛烏有的民智漸開時代，於是有降，無陟。

但是《山海經》中「上下」的敘述仍然不少，因此這就令人不禁對於《山海經》中「上下」旅行的方式有了極大的好奇，究竟《山海經》中的上下旅行主要的方式是什麼呢？

除了前述的「陟降」上下步行外，還有一種方式其實也是水行，也正是伴隨著遠行交通發展的一種型態，在文明肇始之後是隨著「舟」而演進的。這在中國文化傳統中，即有天河與海相通的說法，例如春秋時，楚靈王的大臣公子張則因靈王之暴虐而以商王武丁的故事勸諫：

白公又諫，王若史老之言。對曰：「昔殷武丁能聳其德，至于神明，以入于河，自河徂亳，于是乎三年，默以思道。」〔註92〕

這是在說過去商王武丁，品德高尚因此可以與神相通〔註93〕，去到河內據說

〔註90〕袁珂：《山海經校注》，頁135。
〔註91〕袁珂：《山海經校注》，頁294。
〔註92〕左丘明：《國語·楚語（上）》。
〔註93〕此處又再是一個商王通天通神之例。

是和甘盤學習，此後武丁父親小乙過世，他從河到亳便是走水道回來。這條河有點神奇，恐怕就是通天之河。此外西晉《博物志》載：

> 舊說云，天河與海通。近世有人居海濱者，年年八月有浮槎去來不失期。人有奇志，立飛閣於槎上，多齎糧，乘槎而去。十餘日中，猶觀星月日辰，自後芒芒忽忽，亦不覺晝夜。去十餘日，奄至一處，有城郭狀，屋舍甚嚴，遙望宮中多織婦。見一丈夫牽牛渚次飲之，牽牛人乃驚問曰：「何由至此！」此人具說來意，并問此是何處。答曰：「君還至蜀郡，訪嚴君平則知之。」竟不上岸，因還。如期後至蜀，問君平，曰：「某年月日有客星犯牽牛宿，計年月，正是此人到天河時也。」〔註94〕

這則天河與海相通，歷來是牛郎織女傳說的重要材料，不過此處關注重點在透過乘「槎」這種和「桴」相當的竹或木編製的筏，而且還在上面搭建飛閣，並囤積糧食以備遠行，乃得以芒芒忽忽之間，十幾天後到達一城郭，然候遇見一牽牛人，這位居海濱者問牽牛人這是什麼地方？牽牛人叫他回去問蜀郡的嚴君平，這嚴君平，王應麟在《漢書藝文志考證》中說：「《老子指歸》不著錄。《隋志》：十一卷，嚴遵撰。《列子釋文》云：遵字君平，作《指歸》十四篇，演解五千文。」〔註95〕說他是《老子指歸》的作者，當是道家人物，而其實他也長於卜筮，是方士之屬。嚴君平指出某年某月某日有客星近犯牽牛星宿，就是這位濱海居人到達天河之證。

這則故事要說合理，恐怕極為困難，以現在理性而言不說要上天河的真實否，在木筏上搭飛閣，就不太可能，至少要大一點的舟船，而更離奇的是濱海居者，回來後還可以去到蜀郡，那更是千里之遙，濱海到內陸的概念。

不過這些並不適用於現代邏輯，相反的文獻中幾處關鍵倒是可以提供重要訊息，首先能觀星的方士多在巴蜀，正符合之前所論。再則海濱、巴蜀、天河應當有一相通的概念。最後則是這船不是航海的船，既無吃水尖底，還屬筏式的平底結構，當是內陸河運的交通帶來的想像。

這樣一種竹筏的概念《山海經》中倒是有類似呼應，〈大荒北經〉中有載：

〔註94〕晉・張華：《博物志》卷十，引自徐志平：《中國古代神話選注》（臺北：里仁書局，2017年），頁53～54。

〔註95〕清・王應麟：《漢書藝文志考證》收錄於王承略、劉心明主編：《二十五史藝文經籍志考補萃編（第一卷）》（北京：清華大學出版社，2014年），頁130。

> 東北海之外，大荒之中，河水之間，附禺之山，帝顓頊與九嬪葬焉。
> 爰有鴟久、文貝、離俞、鸞鳥、鳳鳥、大物、小物。有青鳥、琅鳥、
> 玄鳥、黃鳥、虎、豹、熊、羆、黃蛇、視肉、璚、瑰、瑤、碧，皆
> 出衛於山。丘方圓三百里，丘南帝俊竹林在焉，大可為舟。竹南有
> 赤澤水，名曰封淵。有三桑無枝。丘西有沉淵，顓頊所浴。〔註96〕

這彷彿也是仙境樂園，萬物皆有的附禺之山是帝顓頊與九嬪葬所，在此又可以看到《山海經》的重要角色帝俊，帝俊所擁有的竹林，其竹相當巨大可以用來製「舟」。

不過《山海經》文本起源極早，其中對於「舟」的紀錄不多，大多是製作方面，另一則則是起源的描述，見於〈海內經〉：

> 帝俊生禺號，禺號生淫梁，淫梁生番禺，是始為舟。番禺生奚仲，
> 奚仲生吉光，吉光是始以木為車。〔註97〕

其中除了看到交通工具的起源，番禺為舟、吉光為車之外，其實關鍵字對應概念番禺是南海重要航線港口之一，吉光又名吉量是天馬之名，是為天駟，之前提過牠是天上星座。

不過由於《山海經》文本起源甚早，恐怕其中多有隱晦象徵，舟，若要放在通天下地，優遊人間天界冥界的意義上，古代中國考古發現則多有船棺葬俗。這種所謂船棺葬，形式上「有葬於地下的，也有放置在崖洞裏或懸置於崖壁上的，葬具除船型棺外，還有木板棺、函等，客觀上使得歷代及各地對這種葬俗有著各種不同的命名，計有數十種之多，現在一般用船棺葬、懸棺葬、崖葬、岩葬、架壑船等名。」〔註98〕其命名方式多有因其葬地、葬式不同以名之，導致名稱甚多，而其主要共同概念在於以獨木舟形棺木為葬具的墓葬。此種葬具形式分佈甚廣，從「青海樂都柳灣遺址發現的齊家文化墓葬……遼寧昭烏達盟石棚山小河沿文化墓地……四川巴縣冬笋壩、昭化縣寶輪院和浙江紹興鳳凰山等地」〔註99〕再加上「1956年四川文物考古工作者又在成都羊子山及其近郊地區發現了一處戰國船棺墓葬……墓葬數量之多，地

〔註96〕 袁珂：《山海經校注》，頁419。
〔註97〕 袁珂：《山海經校注》，頁465。
〔註98〕 車廣錦：〈論船棺的起源和船棺所反映的宗教意識〉，《東南文化》創刊號，1985年6月，頁49。
〔註99〕 車廣錦：〈論船棺的起源和船棺所反映的宗教意識〉，《東南文化》創刊號，1985年6月，頁50。

域分佈之集中（四川地區），引起人們的廣泛關注。」〔註100〕

這種船棺葬形態曾經「遍及於長江流域及以南的廣大地區，尤以福建、江西、廣西、雲南、貴州、四川、湖南、湖北等省區較為普遍。……越南、馬來亞、加里曼丹、菲律賓等許多國家和地區也有用獨木舟作葬具的。」〔註101〕如「今婆羅門洲多船形棺，如 Skapan 族的棺形似船，並有雕刻和彩畫。在 Solomon 島的重要人物葬用船形或刀魚形棺。又 New Hebrides 群島中的 Ambrym 島的要人亦用船或木鼓作棺；又 Tonga 和 Samoa 群島的酋長葬或挖空的木杆代船，此船形棺與崖葬之起源地有關。」〔註102〕

而這種與葬俗有關，與人的生死，世界的運轉有關，在精神上具有穿越、在不同空間旅行概念的「舟」，其實蕭兵指出：

> 瑞典西南部青銅時代的波哈斯蘭（Bohuslan）崖畫裡就有中繪黑點的圓日乘船的場面……古埃及的太陽神賴（Ra）也是乘船巡行太空的。因為太陽通常被認從海裡升起，當然它要乘船。「當大地是一片黑暗的時候，賴神的太陽船通過地府中的十二個依小時分的地段。」埃及莎草紙畫卷裡就有有翼的太陽神站在「蛇舟」上巡行的形象表現〔註103〕。這一點跟靈魂乘船的觀念緊相黏附。〔註104〕

〔註100〕段塔麗：〈戰國秦漢時期巴蜀喪葬習俗──船棺葬及其民俗文化內涵〉，《中國歷史地理論叢》第 17 卷第 1 輯，2002 年 3 月，頁 118。

〔註101〕車廣錦：〈論船棺的起源和船棺所反映的宗教意識〉，《東南文化》創刊號，1985 年 6 月，頁 50～51。

〔註102〕凌純聲：《中國邊疆民族與環太平洋文化‧中國與東南亞之崖葬文化》下冊（臺北：聯經書局，1979 年），頁 732。

〔註103〕下圖左：PSM V35 D810 Rock carving in lokeburg bohuslan（波哈斯蘭（Bohuslan）崖畫裡就有中繪黑點的圓日乘船）；下圖右：埃及莎草紙畫卷裡就有有翼的太陽神站在「蛇舟」上巡行的形象。

〔註104〕蕭兵：〈引魂之舟：戰國楚《帛畫》與《楚辭》神話〉，收錄於馬昌儀選編：

而事實上這樣類型的發現一直很多，例如婆羅洲的尼亞（Niah）國家公園的石灰岩洞（Painted Cave）中的壁畫。畢業於臺大昆蟲學系的生態作家徐振輔在親自踏訪後描述：

> 這裡曾經是墓葬之地，當年考察隊找到很多與亡者共葬的長舟，有千年以上的歷史。後來那些東西不是就地腐朽就是送進了博物館。我往高處走，發現最期待的洞穴岩畫被鐵絲網關在 30 公尺寬的範圍裡，無法靠近，只能在外頭張望。從微弱的光中，我隱約看見一些褪色的紅色圖案。一些褪色的紅色圖案，包含很多長舟，其中幾艘還承載著「生命之樹」。另外有一些跳舞的人，一些無可辨識的動物。根據信仰，長舟將運送亡者的靈魂，在時間與光的河流中前往彼岸。〔註105〕

圖6.7　婆羅洲的尼亞（Niah）國家公園的石灰岩洞（Painted Cave）中的壁畫

因此實際上這種船棺從維京人到古埃及人乃至整個東南亞都有，這種穿

《中國神話學百年文論選》下冊（西安：陝西師範大學出版總社，2013年），頁583。

〔註105〕徐振輔：〈黑與金的洞穴〉（徐振輔生態專欄），收錄於《鏡周刊》，2018年1月9日。網路版網址：https://www.mirrormedia.mg/story/20171228cul003/。

越時空的旅行方式，以乘舟為工具，埃及人寄望於類似日落日升的循環，為亡者帶來重生。這在古代中國則於現今可見最早的帛畫之一戰國「楚人物龍鳳帛畫」〔註106〕中可以得到印證。蕭兵對此畫論述道：

> 《龍鳳人物帛畫》……新摹本的另一種要發現是畫中女子原來是站在「半彎月狀物」之上。但是這是什麼東西呢？熊文說它「應為大地，從畫的整體佈局來看，意味著婦人站在大地之上，這是畫的下層，即地上」。然而「月亮」明明高懸於夜空，怎麼能意味或象徵著「大地」呢？──其實那極可能代表靈魂所乘坐的舟船，應當被稱做「魂舟」才是。〔註107〕

此外中國早期僅存的帛畫之一還有：「由湖南博物館於 1973 年 5 月從出有《十二月神帛書》的長沙子彈庫楚墓裡發掘清理出來的《人物御龍帛畫》，那『墓主人』也站立在一艘龍型的『魂舟』之上。兩幅帛畫都出土於楚國腹地，時代相去不遠，跟《楚辭》文化均有千絲萬縷的聯繫，兩個墓主人都站立在舟船上由龍和鳥呵護，導引『升天』，這難道沒有共同的神話背景、民俗觀念、宗教象徵，而只是純粹的畫飾、偶然的巧合？」〔註108〕

蕭兵據此詳考文獻，包括《史記》、《山海經》等等後提出解釋：

> 夔和龍都是雷雨、江海之神，夔正處於東海中流波之山。神仙──或將要成為神仙的靈魂──據說是升天跨海，乘雷駕龍，無所不能的。所以能用夔龍為舟。《莊子・逍遙遊》：「乘雲氣，御飛龍。」《楚辭・九歌・東君》：「駕龍輈兮乘雷，載雲旗之委蛇。」《淮南子・覽冥訓》：「（女媧氏）乘雷車，服駕應龍，驂青虬。」……等等，都有像《人物御夔龍舟帛畫》描繪的情形。〔註109〕

〔註106〕又名《龍鳳仕女圖》，1949 年出土於湖南省長沙市郊外陳家大山。當時考古學家在整理一個曾被盜掘的戰國楚墓時，於殘餘器物堆中發現一幅未受盜墓者注意的帛畫，是現存最早的中國帛畫之一，現藏於中國湖南省博物館。

〔註107〕蕭兵：〈引魂之舟：戰國楚《帛畫》與《楚辭》神話〉，收錄於馬昌儀選編：《中國神話學百年文論選》下冊（西安：陝西師範大學出版總社，2013 年），頁 580～581。

〔註108〕蕭兵：〈引魂之舟：戰國楚《帛畫》與《楚辭》神話〉，收錄於馬昌儀選編：《中國神話學百年文論選》下冊，頁 581。

〔註109〕蕭兵：〈引魂之舟：戰國楚《帛畫》與《楚辭》神話〉，收錄於馬昌儀選編：《中國神話學百年文論選》下冊，頁 582。

圖 6.8　左：戰國「楚人物龍鳳帛畫」；右：戰國《人物御夒龍舟帛畫》

　　因此既然這類通天之河，在其中旅行需要舟船，而在早期的通天、引魂之舟概念中，龍、夒、蛇之類在升天跨海、飛天遁地上都是相通的，所以在《山海經》中跨越人間冥界天界的旅行搭乘的交通工具，顯然有一種類型即是所謂龍、夒或蛇。

　　而乘龍者在《山海經》中都是很重要的神，例如在遙遠的北境有從極之淵，是為乘兩龍的冰夷恒都之處〔註110〕，郭璞認為他就是馮夷，也就是傳說的河神、河伯。

　　而另外一位夏后開（夏后啟）分見〈大荒西經〉與〈海外西經〉：

　　　〈大荒西經〉西南海之外，赤水之南，流沙之西，有人珥兩青蛇，
　　　乘兩龍，名曰夏后開。開上三嬪于天，得九辯與九歌以下。此天穆
　　　之野，高二千仞，開焉得始歌九招。〔註111〕

　　　〈海外西經〉大樂之野，夏后啟於此舞九代；乘兩龍，雲蓋三層。

〔註110〕《山海經》〈海內北經〉：「從極之淵深三百仞，維冰夷恒都焉，冰夷人面，
　　　　乘兩龍。一曰忠極之淵。」袁珂：《山海經校注》，頁316。
〔註111〕袁珂：《山海經校注》，頁414。

左手操翳，右手操環，佩玉璜。在大運山北。一曰大遺之野。〔註112〕
他所在之處皆為樂園，並為人間帶來音樂與祭祀組歌套舞，即使忽視他在典
籍中是傳說中《山海經》作者禹與益之後的人間領導者，他的重要性在此依
然不可言喻，那跨界旅行引導樂園的形象，鮮明而令人印象深刻。不過《山
海經》中更為著名的乘龍者，要算這一組：

〈海外南經〉南方祝融，獸身人面，乘兩龍。〔註113〕

〈海外西經〉西方蓐收，左耳有蛇，乘兩龍。〔註114〕

〈海外北經〉北方禺彊，人面鳥身，珥兩青蛇，踐兩青蛇。〔註115〕

〈海外東經〉東方句芒，鳥身人面，乘兩龍。〔註116〕

這一組被喻為《山海經》著名的「海外經」四方神，劉宗迪論云：「他們就
是五行體系中顯赫的四時神，這一體系系統地記載於《呂氏春秋·十二月紀》、
《禮記·月令》、《淮南子·天文訓》和馬王堆漢墓出土的帛書《五星占》等
著名的文本，在這些文本中，由於五行學說作怪，四神組合中又被塞進一個
中央之神后土，並與五方、五色、五材、五帝、五聲、五味、天干、地支、
八卦等搭配，組成一個龐大繁複的體系：……將《海外經》的四方神與之相
對照，其相似性不言而喻。差異僅僅在於：第一，《海外經》四神尚未與五
行、五帝、五色等搭配；第二，《海外經》只有四方四神，而無中方和中方
之神；第三，《海外經》北方神為禺彊，而不是玄冥。之所以出現這些差別，
當是因為《山海經》較之《月令》等文本更原始，那時的人們還不知道有個
五行說，因此也就沒有必要為了適應五行體系，硬在四時中間畫蛇添足地塞
進一個無中生有的季夏，以與中央土對應；還沒有從歷史傳說或神話中選拔
幾位聲名煊赫的古帝先王組成五帝班子各主一方，從而將四方神降級為五帝
的陪襯，從神墮為五帝之佐；自然也就沒有必要為了填補中央土的空缺又把
后土拉來湊數。」〔註117〕

而除此之外還有一個很直觀的不同，也就是禺彊踐兩蛇，和其他三位乘

〔註112〕袁珂：《山海經校注》，頁209。

〔註113〕袁珂：《山海經校注》，頁206。

〔註114〕袁珂：《山海經校注》，頁227。

〔註115〕袁珂：《山海經校注》，頁248。

〔註116〕袁珂：《山海經校注》，頁265。

〔註117〕劉宗迪：《失落的天書——山海經與古代華夏世界觀（增訂本）》（北京：商
務印書館，2016年），頁85～86。

兩龍顯然不一樣，但是既然他們是一組四時之神，交通工具卻不同，可能也就和北方神為禺彊非玄冥的原因類似，由於《山海經》較《月令》等文本更原始，或者可以限縮為這一條記載更原始。此外還提供了一個重要的提示，那就是更古老的文本中，龍和蛇大抵不分。

關於這一點，回頭再去看《山海經》還有一組很明顯的四神組合：

〈大荒東經〉東海之渚中，有神，人面鳥身，珥兩黃蛇，踐兩黃蛇，名曰禺䝞。黃帝生禺䝞，禺䝞生禺京，禺京處北海，禺䝞處東海，是惟海神。〔註118〕

〈大荒南經〉南海渚中，有神，人面，珥兩青蛇，踐兩赤蛇，曰不廷胡余。〔註119〕

〈大荒西經〉西海陼中，有神人面鳥身，珥兩青蛇，踐兩赤蛇，名曰弇茲。〔註120〕

〈大荒北經〉北海之渚中，有神，人面鳥身，珥兩青蛇，踐兩赤蛇，名曰禺彊。〔註121〕

這出自〈大荒經〉的四海之神，東海之神「禺䝞」、南海之神「不廷胡余」、西海之神「弇茲」、北海之神「禺彊」，這四海之神首先揭示了古代中國的世界觀，四方皆海的概念，而來自四海的這組神透過「禺彊」在〈海外經〉的線索，加上這四神和海外四經的（東）句芒、（南）祝融、（西）蓐收、（北）禺彊的形象也相當相似，因此可以推論這四海之神很可能就是更早期的一組「四時之神」。他們都「踐兩赤蛇」或者「踐兩黃蛇」以足踏雙蛇的形象天地之間來回運行。所以劉宗迪認為：「《海外經》所據古圖的整體結構並非是空間性的，而是時間性的，也就是說，此圖並非描繪四方山川地理風物的地圖，而是寫照四時歲敘行事的時序圖，整幅圖畫構成了一個在空間圖式中展開的時間節律，圖的東、南、西、北四方分別對應于春、夏、秋、冬四時。」〔註122〕這樣的想法其實正是來自對世界的細膩觀察，在《春秋繁露》中有一篇〈陰

〔註118〕袁珂：《山海經校注》，頁 350。
〔註119〕袁珂：《山海經校注》，頁 370。
〔註120〕袁珂：《山海經校注》，頁 401。
〔註121〕袁珂：《山海經校注》，頁 425。
〔註122〕劉宗迪：《失落的天書——山海經與古代華夏世界觀（增訂本）》（北京：商務印書館，2016 年），頁 91。

陽出入上下〉，詳細地說明了四季變化的由來：

> 天之道，初薄大冬，陰陽各從一方來，而移於後。陰由東方來西，
> 陽由西方來東，至於中冬之月，相遇北方，合而為一，謂之曰至。
> 別而相去，陰適右，陽適左。適左者其道順，適右者其道逆。逆
> 氣左上，順氣右下，故下暖而上寒。以此見天之冬右陰而左陽也，
> 上所右而下所左。冬月盡，而陰陽俱南還，陽南還出於寅，陰
> 南還入於戌，此陰陽所始出地入地之見處也。至於仲春之月，陽
> 在正東，陰在正西，謂之春分。春分者，陰陽相半也，故晝夜均
> 而寒暑平。陰日損而隨陽，陽日益而鴻，故為暖熱初得。大夏之
> 月，相遇南方，合而為一，謂之曰至。別而相去，陽適右，陰適
> 左。適左由下，適右由上，上暑而下寒，以此見天之夏右陽而左
> 陰也。上其所右，下其所左。夏月晝，而陰陽俱北還。陽北還而
> 入於申，陰北還而出於辰，此陰陽之所始出地入地之見處也。至
> 於中秋之月，陽在正西，陰在正東，謂之秋分。秋分者，陰陽相
> 半也，故晝夜均，而寒暑平。陽日損而隨陰，陰日益而鴻，故至
> 於季秋而始霜，至於孟冬而始寒，小雪而物咸成，大寒而物畢藏，
> 天地之功終矣。〔註123〕

基本的概念在於：其一、這世界的四季構成是因為有陰陽二氣，也就是熱氣與寒氣；其二、那時的人們還認為這個世界是一塊方型的平面，人活在這塊平面上，但是平面上有天，平面下也有另一世界；其三、這兩氣會依照一定的程序在這個世界的上下運行，這熱與寒兩種氣既會交會作用，也會一顯一隱，此強彼弱，陰陽消長，熱氣竄升時則為夏，這時寒氣就在地下，而寒氣顯盛時，熱氣就在地下；其四這兩股氣上下出入世界的點，在現在天文學上所稱的兩個位置也就是夏至和冬至太陽出現在地平線上的位置，夏至日出位置稱為寅，日落位置稱為戌，冬至日出位置稱辰，日落位置稱申，而兩氣交合則在春分、秋分點。如下圖示：

〔註123〕賴炎元註譯：《春秋繁露今註今譯》（臺北：商務印書館，1984年），頁311
　　　　～312。

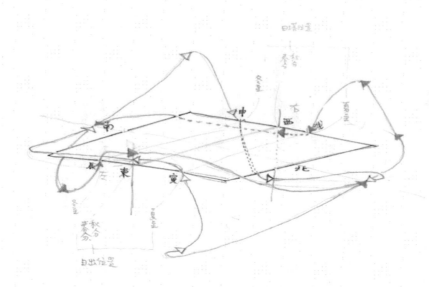

圖 6.9　按照《春秋繁露》〈陰陽出入上下〉所描述繪製的陰陽氣往復軌跡

　　在這漢初的文獻中，可以看到對四時精采的解釋，陰陽出入的路線如果變成擬人的四時之神，乘著雙龍（足踏雙蛇），不就正是在天地間旅行的畫面。中間的興盛與衰弱則透過生、死以及復活表現，人間與世界的種種難以理解，則得以在巫、祝、帝的智慧中綻放光明。

　　所以基於類似這樣的概念，也可以看到：

　　　〈海外西經〉龍魚陵居在其北，狀如狸。一曰鰕。即有神聖乘此以

　　　行九野。一曰鱉魚在天野北，其為魚也如鯉。〔註 124〕

龍也可以是如魚的樣子，例如像鰕或鯉，神也可以乘著以行九野。而關於「鯉魚躍龍門」的概念，其實也就表現了魚與龍的一體兩面，過去類書如宋代羅願的《爾雅翼》就把「龍」歸在魚類。所以《山海經》中有一則，以魚的描述，說蛇（龍）會化成魚，顓頊死即復蘇，就是這樣的一種描述世界的方式。

　　　〈大荒西經〉有魚偏枯，名曰魚婦。顓頊死即復蘇。風道北來，天

　　　乃大水泉，蛇乃化為魚，是謂魚婦。顓頊死即復蘇。〔註 125〕

倒也不一定需要如袁珂論述的「死去的顓頊因風從北方吹來、泉水噴湧、蛇化為魚的機會，附在魚身上，因而重新獲得生命，成為半人半魚的魚婦。或

〔註 124〕袁珂：《山海經校注》，頁 224。

〔註 125〕袁珂：《山海經校注》，頁 416。

謂魚與顓頊結合，使顓頊得到一半的魚形軀，死而復生，故稱魚婦。」〔註126〕其實顓頊既是《山海經》中生老童，然後「老童生重及黎，帝令重獻上天，令黎邛下地，下地是生噎，處於西極，以行日月星辰之行次。」這場「絕地天通」的要角，位階恐怕高於龍、魚之屬，其實他就是人間世界的象徵。而顓頊在龍、魚變化的過程中，春夏秋冬，歷經輪轉死而復生。不正是大地回春之景。

　　據此《山海經》中「乘龍」「踐蛇」以作為交通工具當無疑問，能夠上下旅行，「操蛇」則似乎也有類似能力。例如：

> 〈海外西經〉巫咸國在女丑北，右手操青蛇，左手操赤蛇，在登葆
> 山，群巫所從上下也。〔註127〕

巫因操蛇而可上下，大抵上也就類似乘龍者的概念。所以像是：

> 〈大荒北經〉大荒之中，有山名曰北極天櫃，海水北注焉。有神，
> 九首人面鳥身，名曰九鳳。又有神銜蛇操蛇，其狀虎首人身，四蹄
> 長肘，名曰彊良。〔註128〕

此處操蛇的彊良，袁珂有個猜測，他認為「禺彊已見海外北經及大荒東經。海外北經云，禺彊踐兩青蛇，與此異。列子湯問篇云：『帝令禺彊使巨鼇十五，舉首而戴五山。』……列子湯問篇說愚公事云：『操蛇之神聞之，告之於帝。』操蛇之神或本此。」

　　這是把禺彊和彊良視為一神，那麼「踐兩青蛇」與「操蛇」恐怕也就可以互通了。據此果然《山海經》中操蛇者也多有神力，並多與雲雨概念相關：

> 〈海外北經〉博父國在聶耳東，其為人大，右手操青蛇，左手操黃
> 蛇。鄧林在其東，二樹木。一曰博父。〔註129〕

> 〈海外東經〉雨師妾在其北，其為人黑，兩手各操一蛇，左耳有青
> 蛇，右耳有赤蛇。〔註130〕

追逐水源，道渴而死的夸父（博父），作為蚩尤手下的操雨之神雨師，《韓非子》在〈十過〉記了一則故事，晉平公和師曠論音樂，談到了有一種美妙的樂曲叫「清角」，晉文公想聽，師曠說了一段話勸他德不足還是別聽比較好：

〔註126〕袁珂：《古神話選釋》（臺北：長安出版社，1986年），頁187。
〔註127〕袁珂：《山海經校注》，頁219。
〔註128〕袁珂：《山海經校注》，頁426。
〔註129〕袁珂：《山海經校注》，頁240。
〔註130〕袁珂：《山海經校注》，頁263。

> 昔者黃帝合鬼神於泰山之上，駕象車而六蛟龍，畢方並鎋，蚩尤居
> 前，風伯進掃，雨師洒道，虎狼在前，鬼神在後，騰蛇伏地，鳳皇
> 覆上，大合鬼神，作為清角。今主君德薄，不足聽之，聽之，將恐
> 有敗。〔註131〕

非常精彩地描述了黃帝合鬼神於泰山，擺了一個儀仗隊，這當即是一支宏偉的天空旅行隊伍，駕車由六條蛟龍拉行，畢方一起並走，蚩尤開路，風伯進掃，雨師灑道，其實正是具象地說明了雨師妾操蛇旅行天際的場景。而這在〈中山經〉中有出入有風雨的瀟湘之神，描寫得更為神妙：

> 〈中山經〉又東南一百二十里，曰洞庭之山，其上多黃金，其下多
> 銀鐵，其木多柤梨橘櫾，其草多葌蘪蕪芍藥芎藭。帝之二女居之，
> 是常遊于江淵，澧沅之風，交瀟湘之淵，是在九江之間，出入必以
> 飄風暴雨。是多怪神，狀如人而載蛇，左右手操蛇。〔註132〕

這樣的神奇旅行於天地間描述，在瀟湘之神的記述中，剛好可以和《楚辭·九歌》當中的九嶷山大神以及湘水之神「湘君」呼應：

> 君不行兮夷猶，蹇誰留兮中洲？
> 美要眇兮宜修，沛吾乘兮桂舟。
> 令沅湘兮無波，使江水兮安流！
> 望夫君兮未來，吹參差兮誰思！
> 駕飛龍兮北徵，遭吾道兮洞庭。
> 薜荔柏兮蕙綢，蓀橈兮蘭旌。
> 望涔陽兮極浦，橫大江兮揚靈。
> 揚靈兮未極，女嬋媛兮為余太息。
> 橫流涕兮潺湲，隱思君兮陫側。
> 桂櫂兮蘭枻，斲冰兮積雪。
> 採薜荔兮水中，搴芙蓉兮木末。
> 心不同兮媒勞，恩不甚兮輕絕。
> 石瀨兮淺淺，飛龍兮翩翩。
> 交不忠兮怨長，期不信兮告余以不閒。
> 鼂騁騖兮江皋，夕弭節兮北渚。

〔註131〕張覺：《韓非子校疏》（上海：上海古籍出版社，2010 年），頁 180～181。
〔註132〕袁珂：《山海經校注》，頁 176。

鳥次兮屋上，水周兮堂下。

捐余玦兮江中，遺余佩兮醴浦。

採芳洲兮杜若，將以遺兮下女。

昔不可兮再得，聊逍遙兮容與。〔註133〕

湘君乘著龍型之舟尋覓著湘夫人，男女癡情，生死契闊在巫祝的祭祀熱舞之間，湘君是舜，舜葬九嶷，湘夫人當即帝之二女，二妃死於湘水，《山海經》記載了這最原初的線索，引領讀者回復到最原初的神的旅行記憶，此後諸如屈原〈遠游〉、〈穆天子傳〉、乃至陶淵明神遊之旅，甚至歷經整個中國文學史的「遊仙」主題，直到明代中期，湛若水（1466～1560）把游分為三等，即形遊、神遊與天遊。他以旅遊山水的這種形遊為下等，而以神遊為上等，以道學的天遊為上上。〔註134〕鄒迪光（1550～1626）把遊分成天、人、俗三種：

夫遊有三：一天遊、二人遊、三俗遊。靡曼當前，鐘鼓列後，絲幢延裒，樓船披靡，山珍水錯，充溢圓方。男女相錯，翾而雜坐，連漪不入其懷，清音不以悅耳，是謂俗游；天宇晴空，惠風時至，朗月繼照，諸品一滌，枕石漱流，聽禽坐卉，橫槊抽毫，登高能賦，野老與之爭席，麋麚因而相狎，是謂人游；無町無畦，無畛無域，審乎無假，揮斥八極，出入六合，撓挑無垠，乘夫莽眇之鳥，而息夫亡何有之鄉，是謂天游。余不能天游而大厭俗游，庶幾人游已乎……。〔註135〕

這般對旅遊的概念，深度地對自己的內在作探索的內化工作，其實正是最原初旅行記憶的重新反思，意義上已截然不同，那種對陌生的探索，答案的追求，無懼危險的記憶，恐怕類於千面英雄的人類共同記憶，那是一種對於旅程無法割捨的迷戀。

〔註133〕姜亮夫：《屈原賦校注》〈九歌第二・湘君〉（臺北：華正書局，1974年），頁209～219。

〔註134〕明・湛若水：〈湛甘泉先生文集〉，收在《四庫全書存目叢書》集部第56冊（臺南：莊嚴文化事業有限公司，據明刻本配鈔本影印出版，1997年），卷17，〈送謝子振卿遊南岳序〉，頁83a。

〔註135〕明・鄒迪光：《鬱儀樓集》卷三十六，〈游吳門諸山記〉，頁707。

第七章 《山海經》作為旅行書的
誤讀、驗證與修正

　　劉宗迪提出過一個來自他研究《山海經》後的看法，主要的立論出發點在於他認為《山海經》裡的「海荒經」原始的圖像是類似於長沙子彈庫楚帛書的月令古圖，「句芒、祝融、蓐收、禺彊四神在圖中原本是明確地被作為時序標誌的，但後來由於五行說的盛行，其時序意義漸隱而方位意義則占了上風，《海外經》謂『南方祝融』、『西方蓐收』、『北方禺彊』、『東方句芒』，表明《山海經》的作者已毫不含糊地將他們當成了四方之神。正由於在《海外經》古圖中沒有後世通用的時序標誌，因此，後世的敘圖者忽視其時序性質而將之誤解為共時性的地理圖，……《海外經》古圖一旦被視為地理圖，畫面的時序結構就變成了空間框架，順序展開的歲時活動畫面就順理成章地被視為隨方分佈的方國圖景，於是歲月轉變為山川，天書成了地志。」[註1]在「天文書」的角度下很有見解地解釋了《山海經》海外方國的背後含意。

　　無法否認的是《山海經》的確具有天文書的部分，如前面諸章節所論，那些來自對未知世界的解釋中，包含了對日、月、星、辰、雲、雨、虹、霓、春、夏、秋、冬……這些未知原因現象的解釋，因此《山海經》的確具有劉宗迪所述的「天書」特徵，而且也的確發生過「時間」解讀為「空間」的誤解，但是在這個「天書」角度上無法兼顧〈五藏山經〉的確明白具有的「地理」性質，此外最難以突破的盲點在於劉宗迪提出的因為「五行說」的影響而導致

[註1] 劉宗迪：《失落的天書——山海經與古代華夏世界觀（增訂本）》（北京：商務印書館，2016年），頁289。

—159—

《山海經》被誤讀，時序概念變成方位概念。這一矛盾只要稍一翻閱《山海經》便可知，在《山海經》中所謂五行、所謂生剋等等常見的陰陽五行觀念，幾乎根本找不到。

　　而此外所謂對於《山海經》的地理學解讀，實際上早就開始，這也是本論文前面所論地理學討論中，重要的疑點，從漢代的地理學角度而言，最早提及《山海經》之名的司馬遷，乃至創造「地理志」體例的班固，根本不相信《山海經》裡的地理訊息。

　　因此劉宗迪的所謂「誤讀」一說，恐怕值得深究。而基於本文之前的討論，首先統合《山海經》全書的核心概念，當是「旅行」，而這個旅行所指即在探索未知，解釋世界，將陌生的世界化為可以理解的知識，排除原始心靈的恐懼，而這工作很早就由最早的知識份子巫、祝、帝、商王之屬掌握，因此最早進行《山海經》資料的彙整時，就在這個旅行概念統合之下了。換句話說，所謂對《山海經》的誤讀恐怕發生得很早，或者其實根本沒有誤讀的發生，最初彙整資料的過程中，這些紀錄就是解釋空間、時間的一種方式。

　　而如果這些資訊被接收，並且被透過驗證重現當時的紀錄。那麼就具備了指南的特徵。其實司馬遷可能就已經有所發現，司馬遷，他是現在最早首提《山海經》書名者，他曾說：「至《禹本紀》、《山海經》所有怪物，余不敢言之也。」〔註2〕

　　首先要釐清的是司馬遷所謂的「怪物」其意大與今日所謂「妖怪之物」不同，在司馬遷的說法中「怪物」是比較近似神奇少見之物的意思，甚至還具有神聖神奇的意味，而甚至與封禪相聯繫，例如管仲說服桓公不封禪，就是「說桓公以遠方珍怪物至乃得封，桓公乃止。」〔註3〕以及〈封禪書〉裡記載「黃帝以上封禪，皆致怪物與神通」〔註4〕之類云云。《史記‧大宛列傳》裡他以太史公自述說：

> 太史公曰：《禹本紀》言「河出崑崙。崑崙其高二千五百餘里，日月
> 所相避隱為光明也。其上有醴泉、瑤池」。今自張騫使大夏之後也，

〔註2〕（日）瀧川龜太郎：《史記會注考證》（臺北：萬卷樓圖書有限公司，1993年），頁1316。

〔註3〕漢‧司馬遷：《史記‧齊太公世家》，引自（日）瀧川龜太郎：《史記會注考證》（臺北：萬卷樓圖書有限公司，1993年），頁556。

〔註4〕漢‧司馬遷：《史記‧齊太公世家》，引自（日）瀧川龜太郎：《史記會注考證》，頁514。

窮河源，惡睹本紀所謂崑崙者乎？故言九州山川，《尚書》近之矣。

至《禹本紀》、《山海經》所有怪物，余不敢言之也。〔註5〕

表面上他表示不敢言怪，然而在此同時，其實他已經展現了對於《山海經》的幾項重要理解，首先是他提到了完整書名，這提供了在他之前已有完整《山海經》一書的證據。二則是他在〈大宛列傳〉之末，張騫使大夏，窮河源，鑿空西域事蹟之後記此書，可見《山海經》記錄了某些和張騫通西域可以相互發明的資訊，崑崙、河源可能是《山海經》被疑似可能記載的訊息，然而可能已經讀不懂而變得不可信。而這提供了我們理解《山海經》的一個方向，換句話說司馬遷很可能就已經發現《山海經》具有的指南性質。

可是顯然司馬遷已經不確定《山海經》作為指南的實際應用方式，只能隱約將她歸併在相關的史料中提及。

那麼作為旅行指南的《山海經》是怎麼形成的呢？它是何時的作品呢？

而關於此點驗證不易，此後再論，若重新再檢視，則從司馬遷言《山海經》再上推，事實上大量出現《山海經》資料運用，最為明顯可見者當屬《呂氏春秋》，而這是為什麼呢？

「古代的王者固然最信神權，但因王畿的狹小，四圍又都是些小國家，已開化的和未開化的，不盡能交通無阻，所以他們並無遠行的可能，也就不能到遠處去拜神。……古代命國中的大山川為『望』，也命山川之祭為『望』。各國有各國的望，誰也不想越界去祭神。

春秋、戰國之世，齊和魯是文化的中心，泰山是這兩國的界牆。他們遊歷不遠，眼界不廣，把泰山看作了全世界最高的山……設想人間最高的帝王應當到最高的山頭去祭天上最高的上帝，於是把這侯國之望擴大為帝國之望，定其祭名為「封禪」：封是泰山上的祭，禪是泰山下小山的祭。……」〔註6〕

最早記載此事的是《管子·封禪》，但其篇已亡佚。現在唯一可見的是《史記·封禪書》和《漢書·郊祀志》記的一大段管仲論封禪。這一大段話主旨是齊桓公稱霸，會諸侯于葵丘，想行封禪禮，管仲便說了一大段，表示自古以來封禪泰山約有七十二位王者，管仲記得的有十二位。他定義舉行封禪的條件為二，一是封禪的君主必須是受命之君，天下太平，二是要有各種祥瑞出

〔註5〕漢·司馬遷：《史記·齊太公世家》，引自（日）瀧川龜太郎：《史記會注考證》，頁1315～1316。

〔註6〕顧頡剛：《秦漢的方士與儒生》（上海：上海古籍出版社，2005年），頁5。

現，結果是齊桓公消停了封禪的計畫。

故事精彩，同時也是一段記載過去「封禪」的重要文獻，但是很顯然春秋無人行封禪，事實上戰國也沒有。而春秋、戰國各國地望皆小，能四處祭祀範圍有限，真正能夠將整個中原納入版圖，作為其地望的唯有秦始皇，而針對「封禪」一事，「第一個去實行這個學說的，也是秦始皇。」〔註7〕再加上《呂氏春秋》如此大量引用《山海經》的證據，很顯然秦始皇是第一個讀到《山海經》並且正確以「旅行」角度閱讀，然後把《山海經》視作指南，並且有能力以為應用的人。

第一節　秦始皇的巡遊動機

西元前 221 年，秦王嬴政〔註8〕終結了戰國時代，建立了中國歷史上第一個統一的中央集權國家。這是一個前所未有的新局面，這個國家，成了後世重要的樣本，自漢以下，總結秦朝得失並據以提出治國政策方針的檢討，始終常見，然而要說整體性對秦朝提出多元層面描述與研究，除了史書中的相關記載，則要自 1974 年兵馬俑的發現，才開始大量出現。至今近 40 年，累積了豐碩的成果。

然而對於秦始皇一統天下之後，在史書中首度記載可考的在中國版圖上進行的大規模移動，卻少專門論述，偶有觸及，大多歸之炫耀國威、本身好遊歷、考察民情、巡視邊防、訪查國土、考察建設等等，至於討論對秦始皇追尋長生不死的目的與巡遊的關係，則更為罕見。

這一場五度的巡遊，在秦始皇統一全國到死在巡行途中的十一年中陸續進行，平均兩年多即有一次，甚至前面三次是接連著連年進行。這場活動本身需要地理學知識、龐大的資源以及堅強的動機。同時相較於其他統一後的政策、軍事等等活動，它明確記載由秦始皇親自進行，因此這五次巡遊即具備特殊性，同時指向秦始皇個人。

一、過去論秦始皇巡遊動機的矛盾

這場巡遊活動的研究，多據史料而來，而最為重要的無非《史記》。其中

〔註7〕顧頡剛：《秦漢的方士與儒生》（上海：上海古籍出版社，2005 年），頁6。
〔註8〕即秦始皇，姓嬴氏，名政，本文討論其統一中國後之事，故以下稱秦始皇，其議定稱號前則稱秦王政。

關於巡遊的相關紀錄，主要見於〈秦始皇本記〉、〈封禪書〉旁及其他相關者如李斯、漢高祖、項羽等人的列傳。其中除了巡遊的時間、地點紀錄之外，相關資料可分類如下：

（一）刻石內容

其中在巡遊紀錄中的大量刻石文字，旨在正面地對秦始皇歌功頌德，來自秦始皇的臣屬集團，謂秦始皇巡遊意在宣揚國威，安定天下者，多依此立論。

（二）周邊人物與秦始皇的行動交互關係

秦始皇周邊人物，大致可分三類，第一類是不順秦始皇意者，如聚集「魯諸儒生」來「議封禪望祭山川之事」[註9]，而秦始皇「聞此議，各乖異難施用，由此絀儒生」[註10]，其後秦始皇以自己的方法完成封禪。

又或者如方士侯生、盧生、韓眾密謀了許多秦始皇的不是，結論是「貪於權勢至如此，未可為求仙藥」[註11]於是逃走，卻沒人報告，秦始皇大怒，而對意見不同者「阬之咸陽」[註12]。

第二類是順從秦始皇心意者，例如徐市、第四次巡遊的見到的盧生等方士，這些方士順從秦始皇的意思入海求仙，並順著秦始皇的迷信思維給出各種搪塞或者建議，因此徐市等得到「費以巨萬計」[註13]的經費，盧生甚至求仙後回報「以鬼神事，因奏錄圖書曰。亡秦者胡也。」[註14]，而引起秦始皇派蒙恬帶三十萬人北擊胡人的事件。謂之巡遊為國防邊安者，多以此証。

此外還有盧生回報找不到仙藥，藉口說：「臣等求芝奇藥仙者常弗遇，類物有害之者。方中人主時為微行以辟惡鬼，惡鬼辟，真人至。人主所居而人臣知之，則害於神。」[註15]秦始皇不僅信，還具體行動，從此不自稱「朕」，改稱「真人」，並在宮室間造甬道，讓人不知道他的動向。

與此相似者還有徐市，他尋藥多年不果，藉口大多是「皆以風為解。曰

〔註9〕（日）瀧川龜太郎：《史記會注考證》（臺北：萬卷樓圖書有限公司，1993年），頁119。
〔註10〕（日）瀧川龜太郎：《史記會注考證》，頁501。
〔註11〕（日）瀧川龜太郎：《史記會注考證》，頁125。
〔註12〕（日）瀧川龜太郎：《史記會注考證》，頁125。
〔註13〕（日）瀧川龜太郎：《史記會注考證》，頁125。
〔註14〕（日）瀧川龜太郎：《史記會注考證》，頁122。
〔註15〕（日）瀧川龜太郎：《史記會注考證》，頁124。

未能至，望見之焉。」〔註16〕甚至在秦始皇最後一次巡行徐市編了「蓬萊藥可得，然常為大鮫魚所苦，故不得至，願請善射者與俱，見則以連弩射之。」〔註17〕的說詞，秦始皇依然相信，並為此做夢，請人占卜，最後下令入海之民捕巨魚，自己也在山東沿海途中找機會就岸邊射殺代表惡海神的巨魚。

第三類則是群臣廷議後由秦始皇決斷的議題。例如統一之後群臣討論秦始皇封號，秦始皇決議「去『泰』，著『皇』，采上古『帝』位號，號曰『皇帝』。他如議。」〔註18〕，又如國家制度的採行，秦始皇的作法是「下其議」，然後他的意見則傾向支持他的重要智囊李斯，諸如以五德終始確立「急法」〔註19〕的理論基礎，乃至「分天下三十六郡」〔註20〕的中央集權郡縣制。甚至廷議中淳于越與李斯對於師古與否的意見相左，李斯提出了焚書〔註21〕的意見，秦始皇也是「制曰可」〔註22〕，後續則由李斯主導實施。歷來對秦始皇政治思想與態度的討論多聚焦在此。

（三）民間相關的行動、評論、傳言

此外還有許多來自反映民間想法的紀錄，這部份即可能有些是司馬遷訪查所得的資料，不盡然出自秦宮秘藏的紀錄。

其中有一些是直接與秦始皇相關的，例如統一天下後「東遊至陽武博浪沙中，為盜所驚，乃命天下大索十日。」〔註23〕又或者「微行咸陽，與武士四人俱夜出，逢盜蘭池，見窘。武士擊殺盜，關中大索二十日。」〔註24〕秦始皇採取搜索的方式，面對有刺客、盜賊襲擊的狀況，沒有找到禍首，秦始皇也並未遷怒周邊相關人士。

但是若有觸及詛咒他死亡的，例如「有星墜下東郡。黔首或刻其上曰：始皇帝死而地分。」他要人訪查是誰人所為，沒人肯承認，他卻是「盡取石旁居人誅之」〔註25〕。

〔註16〕（日）瀧川龜太郎：《史記會注考證》，頁502。
〔註17〕（日）瀧川龜太郎：《史記會注考證》，頁127。
〔註18〕（日）瀧川龜太郎：《史記會注考證》，頁116。
〔註19〕（日）瀧川龜太郎：《史記會注考證》，頁117。
〔註20〕（日）瀧川龜太郎：《史記會注考證》，頁117。
〔註21〕（日）瀧川龜太郎：《史記會注考證》，頁123～124。
〔註22〕（日）瀧川龜太郎：《史記會注考證》，頁124。
〔註23〕（日）瀧川龜太郎：《史記會注考證》，頁121。
〔註24〕（日）瀧川龜太郎：《史記會注考證》，頁122。
〔註25〕（日）瀧川龜太郎：《史記會注考證》，頁125。

此外也有間接與秦始皇相關的，例如假借神靈名義，以暗示方式，向他的使者示象。「有人持璧遮使者曰：為吾遺滈池君。因言曰：今年祖龍死。」〔註26〕而秦始皇面對神靈的詛咒，解決的方式是「始皇默然良久，曰山鬼固不過知一歲事也。退言曰，祖龍者人之先也。」〔註27〕如此以自己的解釋，自我安慰。

此外還有來自旁觀者的紀錄，如「秦始皇帝，游會稽，渡浙江，梁與籍俱觀，籍曰，彼可取而代之也。梁掩其口曰，毋妄言，族矣。」〔註28〕這是列在〈項羽本記〉的資料，用來突顯項羽的大志。

與此相類的還有「秦始皇帝常曰，東南有天子氣，於是因東游以厭之。」〔註29〕此出〈高祖本記〉，其旨是突顯劉邦天命所歸。

以上三項大約即是各論者，各自擷取並據以論秦始皇統一天下後的行為、舉措的材料，而由於擷取的材料不同，因此也有各種論點的歧異與矛盾，甚至也因而導出秦始皇精神上有問題的種種見解。

但其實第一部分的刻石文章，剛好可以與第三部份的民間反應，互為正反，前為官方歌功頌德，宣揚秦政，後則為民間種種對於秦政的反動，而秦政實際上很大一部分，可以從第二部分看出來，政策建議與實施者是李斯，思想方針則是由「法家」的思想所主導。

因此歷來論述秦始皇的人很難拋開這個盲點，也就是把整個秦朝統一後的歷史，歸結在秦始皇一人身上。因此論秦始皇和論秦朝，這是有差異的兩件事，雖然我們無法否認其關係密切，而且秦始皇必須對帝國擔負責任。但是若以民間的反動，或者刻石的阿諛，來推論秦始皇巡遊的根本動機，恐怕邏輯上是難免「以果論因」的失誤。

又或者論述者逕以某一次巡行的重點活動，推論為某次巡行目的，例如以封禪推為第二次巡行之旨。又或者根據「東南方有天子氣」，而推演為巡行是為了鎮壓東南方。又或者依據秦始皇到達西境、北境，推為威嚇北方、西方胡人，鞏固國家的邊防。恐怕都是管窺一處，逕行推演的結果。

因為實際上秦始皇五次巡遊僅有封禪泰山一次，去過後便從未再來過，

〔註26〕 （日）瀧川龜太郎：《史記會注考證》，頁125。
〔註27〕 （日）瀧川龜太郎：《史記會注考證》，頁126。
〔註28〕 （日）瀧川龜太郎：《史記會注考證》，頁141。
〔註29〕 （日）瀧川龜太郎：《史記會注考證》，頁163。

而且還僅是途中經過的一處地點，恐怕還是順便。這和史上第二位封禪者漢武帝的八次泰山封禪，大不相同。

至於推為威壓東南方的天子氣，恐怕也忽略了實際上秦始皇東南游僅一次，而且是死於途中的最後一次，而且秦始皇東南至會稽山的活動紀錄是「祭大禹」〔註30〕，而鎮壓天子氣的作法，更恐怕不是敬拜境內神靈可以達成。

而為了鞏固邊防的說法，秦始皇西行、北行各一次，並確有擊胡之舉，但又如何說明其東行、南行。相反地若細觀，實則秦始皇的擊胡舉動，是來自入海求仙未成功的盧生假托圖錄，捏造的「亡秦者胡」之詞，換句話說，秦始皇信盧生是真，擊胡也是真，但是這兩個行動發生在秦始皇北行派盧生等人入海求仙藥之後，因此終歸原因還是起自派人入海求藥。

因此可見，對於秦始皇巡遊的各種解讀雖多，但是這些都無法解釋秦始皇，為何願受舟車勞頓之苦，一再消耗時間與體能，不停出巡，最終而死在巡遊途中的歷史紀錄。或許我們確實不能將這些解讀，視為零，但是將之作為某次巡遊可能有含有某種原因、目的可也，要將它視為秦始皇巡遊的根本動機，恐怕就有其不足。

也就是這些解讀都無法提供這場活動合理的動機，亦即秦始皇的巡遊是一場沒有完成的活動，其活動的完成意味著完成滿足某種需求，而顯然到死，秦始皇要完成的事情並沒有完成。而心理學上的動機，即包括了「維持已引起活動」〔註31〕的特徵。而以上諸解，顯然不夠獨立構成一再一再出巡，乃至於死的動機。

而言及行動，社會學研究的基礎概念即是：

> 行動是社會的，是行為的個體將主觀意義賦予在行動上、考慮他人的行為，並在行動過程中指向他人。〔註32〕

簡而言之，正如前面談及旅行概念時所謂「格物」以「致知」：

> 一個典型的行動理論把行為當成是人與環境互動的結果。人有慾望，同時思考如何在特定環境下滿足慾望。經過選擇，人會作出行

〔註30〕（日）瀧川龜太郎：《史記會注考證》（臺北：萬卷樓圖書有限公司，1993年），頁126。

〔註31〕張春興：《現代心理學》（臺北：東華書局，2001年），頁489。

〔註32〕舒茲著、盧嵐蘭譯：《社會世界的現象學》（臺北：久大、桂冠聯合出版，1993年），頁169。

　　動以達致理想的效果。〔註33〕

　　那麼秦始皇統一天下後大規模巡遊的主要動機到底是什麼呢？

二、秦始皇的巡行動機——神權時代的銜接與不死期望

　　司馬遷在《史記》〈秦始皇本紀〉〔註34〕中記載秦王政一統天下後的第一件記事，就是定名號，而以秦王政立場的開場發言有此一段為結：

> 寡人以眇眇之身，興兵誅暴亂，賴宗廟之靈，六王咸伏其辜，天下大定。今名號不更，無以稱成功，傳後世。〔註35〕

這句話正說明了，秦國的成功在於興兵，也就是絕對的暴力，而暴力連結著絕對的權力，而這絕對權力的獲得之因，依賴的是宗廟的神靈，此外則是秦王政的成功。而這個成就在他心目中的高度，從他擇定的帝號完全顯現出來，他自稱「始皇帝」。

　　這個稱號顯示著什麼意義呢？

> 丞相綰、御史大夫劫、廷尉斯等皆曰：「昔者五帝地方千里，其外侯服夷服諸侯或朝或否，天子不能制。今陛下興義兵，誅殘賊，平定天下，海內為郡縣，法令由一統，自上古以來未嘗有，五帝所不及。臣等謹與博士議曰：『古有天皇，有地皇，有泰皇，泰皇最貴。』臣等昧死上尊號，王為『泰皇』。命為『制』，令為『詔』，天子自稱曰『朕』。」〔註36〕

〔註33〕史丹福大學哲學百科全書：http://plato.stanford.edu/entries/action/ & Mele, Alfred (ed.): The Philosophy of Action，牛津大學出版社，牛津，1997 年。

〔註34〕本文有關秦始皇生平，尤其其五度東巡之事，主要引證來自《史記》〈秦本紀〉及〈秦始皇本紀〉，而有關《史記》可信與否的討論，歷來眾多，然作為中國第一部紀傳體通史，正史體例之祖，其作為可信之歷史之紀錄，當有其理。然為謹慎起見，今學者李開元曾在〈解構《史記·秦始皇本紀》——兼論 3+N 的歷史學知識構成〉（史學集刊 2012 年 7 月）一文中，將《史記·秦始皇本紀》分為四個部分，並論其出自不同時間、不同人之手，這四部份分別是（1）司馬遷所編纂的〈秦始皇本紀〉（2）賈誼《過秦論》三篇（3）《別本秦公世系》（4）班固〈評秦始皇本紀文〉，其說不可謂之無理，故本文所引皆屬其論述中司馬遷編纂之部分，亦即「秦始皇者，秦莊襄王子也」到「始皇帝自以為功過五帝，地廣三王，而羞與之侔。善哉乎賈生推言之也」，這一段紀錄。

〔註35〕（日）瀧川龜太郎：〈秦始皇本紀　第六〉，《史記會注考證》（臺北：萬卷樓圖書有限公司，1993 年），頁 116。

〔註36〕（日）瀧川龜太郎：《史記會注考證》，頁 116。

這段眾臣的提議，有好幾個方面，涉及了組織、制度等等，但是秦王政的意見很簡單：

> 王曰：「去『泰』，著『皇』，采上古『帝』位號，號曰『皇帝』。他如議。」〔註37〕

顯然這才是秦王政所關心之事。關於「皇」字的意思，歷來學者多有闡述，有做形容詞當輝煌、大、美解者，如楊鴻年、西鳩定生，亦有視為名詞者作為層次較高統治者之意如薛小林。

但是就此二字言，更重要的是結尾的「帝」字，這個字就先秦可見典籍來佐看，無非上帝、天之意，例如「聖人亨，以享上帝。」〔註38〕、「肆類于上帝。」〔註39〕，不然就是五帝之名、神名，例如「兆五帝于四郊。」〔註40〕，再不然就是帝堯、帝舜、帝顓頊等等上古神格帝王之名。

《管子》裡面曾有過對於「皇」、「帝」、「王」、「霸」幾字並列的解釋：

> 明一者皇，察道者帝，通德者王。謀得兵勝者霸。〔註41〕
>
> 無為者帝，為而無以為者王，為而不貴者霸，不自以為所貴，則君道也，貴而不過度，則臣道也。〔註42〕

以上分別出自〈兵法〉、〈乘馬〉的兩段，姑且不論其思想，其排列本身即具備高下次序之意，而綜觀整部周代歷史，除了秦昭王曾稱西帝，齊湣王稱東帝之外，基本上是王、霸的時代。

而秦始皇以皇帝二字並稱，把這樣涵義的一種符號，冠給了自己，這裡顯然呈現了秦始皇認為自己的功業凌駕了整個王與霸的時代，甚至呈現了自覺等同或超過以上包括天、上帝、神、上古神格帝王等等涵義的思維。

又或者進一步來說，他「自以為功過五帝、地廣三王」〔註43〕。而的確在秦始皇以前，達到以絕對武力獲得絕對權力的大一統國家，是未曾有過的。

因此若如郭沫若所指出：「皇就是完全的神話時代，帝是原始公社社會，

〔註37〕（日）瀧川龜太郎：《史記會注考證》，頁116。
〔註38〕劉思白：《周易話解》〈鼎卦〉（臺北：天龍出版社，1985年），頁262。
〔註39〕宋・蔡沈集傳：《書經集註》〈舜典〉（臺南：利大出版社，1987年），頁9。
〔註40〕《周禮・春官・小宗伯》
〔註41〕黎翔鳳撰，梁運華整理：《管子校注》，收錄《諸子集成》（北京：中華書局，2004年），頁94。
〔註42〕黎翔鳳撰，梁運華整理：《管子校注》，收錄《諸子集成》，頁13。
〔註43〕（日）瀧川龜太郎：〈秦始皇本紀　第六〉，《史記會注考證》，頁132。

王是奴隸制的社會，霸是封建社會。」〔註44〕的話，秦始皇把自己連結到神話時代與原始公社時代的「皇帝」之名，顯然就具備了向神靠攏的企圖。

此外再綜觀秦始皇統一後的行動，基本上政策上由群臣議，並以李斯的建議為施政，貫徹的是法家思想，這裡夾纏著歷來秦國躍升為強國的施政傳統與臣屬們的治國思維，要說全屬秦始皇一人，恐怕不甚適當。

但是另外一組與施政無直接關係，卻直接反映著秦始皇想法與行動的，就是方士。這些秦始皇對之百般在意的方士，無論方士提出求仙意見，或者求藥失敗理由，秦始皇本人皆給與相信，甚至認同之外，對於再荒謬的行動建議，他也積極進行。相反的，求藥不成，方士逃走，並歸結於對他的批評，也帶給他打擊，導致他的強烈回應。

然後面對有關於針對他的「死亡」暗殺，他採取大搜索。而面對「死亡」詛咒，對百姓，他採取連坐誅殺，對神靈，他選擇逃避。因此可以看得出來攸關於秦始皇個人生命的事件，他的反應是強烈的，而且顯明了他拒不願「死」的思維。

而這個動機事實上《史記》有云：「始皇惡言死，群臣莫敢言死事。」〔註45〕秦始皇不想死的想法明確，明確到群臣不敢言，也記錄在史書中。

甚至秦始皇自己就明確在給太子扶蘇的書信中說出其巡遊的動機：「朕巡天下，禱祀名山諸神，以延壽命。」〔註46〕因此若以此論，其統一之初，以「皇帝」之名，突顯了上與神齊，甚至超越神的企圖，其統一之後至死，不斷頻繁地巡行，並在各種行動中突顯出其個人渴望「成仙」、「不死」的慾望。那麼若以追求追求長生不死作為動機，其五次巡遊則恰好是證明了秦始皇屢試不成的明証。

王紹東先生即曾就秦始皇巡遊的過程探討，認為其行動即為追求長生不死的具體過程，雖然其結論集中在秦朝政治上的負面效應，但是其論，提供了我們將巡遊活動與秦始皇追求長生不死結合的依據之一。其將秦始皇統一後的主軸思考歸在「為達到長壽成仙的目的」，是相當有見解的。他說：

> 秦始皇即位後不久便非常憧憬神仙，統一全國後，他「意得欲從」
> （秦始皇本紀六）人力所能做到的好事他都做了。正如丘瓊山所說：

〔註44〕郭沫若：《中國古代社會研究》（上海：商務印書館，2011年），頁149。
〔註45〕（日）瀧川龜太郎：《史記會注考證》，頁127。
〔註46〕（日）瀧川龜太郎：《史記會注考證》，頁1039。

「始皇即平六國，凡平生志欲無不遂，唯不可必得志者，壽耳。」

為了補救志願無盡而生命有窮的缺憾，秦始皇把尋找不死之藥作為晚年生活的核心內容，並自導自演了一齣齣令人難以捉摸的求仙鬧劇，對秦王朝的統治也產生了巨大的負面影響。〔註47〕

確實如此。亦即秦始皇統一中國後，其巡遊活動的基本動機應當就是追求「不死」。而其統一後開始進行的五次天下巡遊，即是一場由秦始皇運用其手中前所未有的龐大資源，總結之前所有的相關訊息所發動的求仙行動。這場求仙行動，後世多不願帝王效法，即使是 300 年後的漢武帝，也是處於求仙與不求仙的矛盾之中。此後，皇帝再迷信也有限度，理性的思維逐漸取得優勢，要能夠前無古人，後無來者地肆無忌憚追求長生，千古還是秦始皇。

第二節　秦始皇追求長生不死的巡行指南

一、先秦有關長生不死的訊息

那麼秦始皇追求不死，希望升仙，如此抽象的想法，是受到什麼樣的影響而得以具體化成為有計畫組織的巡遊行動呢？

王紹東先生將秦始皇統一後的各種行動的原因歸為追求長生不死，而追求長生不死則歸為神仙思想的影響：

在神仙思想的影響下，秦始皇為達到長壽成仙的目的而巡游全國，北擊匈奴，坑殺儒士，大興土木，說明成仙的欲望對秦王朝的政治產生了巨大的負面效應。〔註48〕

關於這一點，我們有需要釐清。所謂神仙思想雖然在戰國已流傳甚廣，但是實際上有無成套的理論可供依循，就文獻來看，事實上相當欠缺整體可循的求仙成仙方法，充其量是零星地記載，如周紹賢先生曾說：

《左傳》昭公二十年，齊景公問晏子曰：古而無死，其樂若何？晏子以古無不死之人以答。(《晏子春秋》亦載此語)，足徵不死之思

〔註47〕王紹東：〈論神仙學說對秦始皇及其統治政策的影響〉，《內蒙古大學學報（人文社會科學版）》第 32 卷第 1 期，2000 年 1 月，頁 73。

〔註48〕王紹東：〈論神仙學說對秦始皇及其統治政策的影響〉，《內蒙古大學學報（人文社會科學版）》第 32 卷第 1 期，2000 年 1 月，頁 72。

想，在春秋時以為討論之問題。〔註49〕

可見春秋已有不死問題的相關討論，但是其他資料則皆未見。唯到戰國時期文獻，有言及想教王不死之道或吃不死之藥的，一則在《韓非子》〈外儲說左上〉，另一則在《戰國策》〈楚冊四〉「有獻不死藥於荊王者」。前面一則是「教燕王不死之道」，後面一則鮑彪注了一段話：「楚臣有獻不死之藥，知當時此術蔓延浸淯，不獨燕齊然也。」

此外則是《史記》也記載了「自威、宣、昭使人入海求蓬萊、方丈、瀛洲。此三神山者，其傳在渤海中。」〔註50〕

足見戰國時確有言及「不死之道」、「不死之藥」的說法，但是其程度如何，以現在可見的文獻來說，實在難遽下論判斷。只能說先秦神仙思想主要來自稷下學宮的發揚〔註51〕，而受到過齊學影響的秦始皇接收過相關訊息，或者在他之前可能已經有類似的神仙之說、不死藥之薦，行之有年。

但是其中最具體的求仙紀錄——齊威王、齊宣王、燕昭王曾派人入海求仙。見於秦以後的《史記》，秦始皇必無可能見《史記》所載，那麼也就是說，秦始皇能接收到的有關不死的訊息就文獻來說，是很少的。他未到燕齊前，可能不知道戰國已有王派人入海求仙的事，甚至，就這些證據分析，他可能自始自終都不知道有這樣一件求仙的戰國紀錄。

也就是說就現有資料而言，要進行史載的第一次大規模求仙活動，秦始皇是第一人，這種規模超越以往的活動，則可能需要其他更多的資訊。

因此我們可以設問，秦始皇知道怎麼長生不死嗎？他具備了強烈的動機，也掌握了前所未有的權利與資源，但是有關長生不死，如何實現？

史記上說他下令「治馳道，興遊觀，以見主之得意。」〔註52〕：

　　始皇欲遊天下，道九原，直抵甘泉，迺使蒙恬通道，自九原抵甘泉，
　　塹山堙谷，千八百里。〔註53〕

　　三十五年，除道，道九原。抵雲陽，塹山堙谷直通之。〔註54〕

秦始皇下令修建馳道的目的就是為了便於巡遊，而巡遊的動機就在求長生不

〔註49〕周紹賢：《漢代哲學》（臺北：中華書局，1983年），頁90。
〔註50〕（日）瀧川龜太郎：〈封禪書　第六〉，《史記會注考證》，頁502。
〔註51〕鍾宗憲：《中國神話的基礎研究》（臺北：洪葉文化，2006年），頁369～370。
〔註52〕（日）瀧川龜太郎：《史記會注考證》，頁1044。
〔註53〕（日）瀧川龜太郎：《史記會注考證》，頁1047。
〔註54〕（日）瀧川龜太郎：《史記會注考證》，頁124。

死，那麼馳道的修建，必須仰賴地理的知識，同時更需要有方向。換言之，秦始皇出發巡遊之前，已然曉得自己要去哪裡，那麼他總不能沒有基本的方向。可惜的是現今我們能看到的先秦古老地圖已經幾近亡佚，只能從文獻如《史記》中推測秦朝時當有全國性的地圖，這一點應該沒有疑問。然而光有地圖事實上沒有辦法指出目標，就秦始皇的追尋不死目的來看，其依據當是有記載如何追尋不死，或者不死之鄉訊息的資料。

而先秦有關於這些的資訊如上所討論，雖可能有方士傳播，但是見於文獻者極缺乏。除此外，漢以後不論，先秦信的與長生不死有相關性的文獻紀錄大約就在《呂氏春秋》、《楚辭·遠遊》、然後就是之前幾章提到的作為旅行指南的《山海經》。

其中戰國時期燕齊方士的神仙思想，獻藥、提供訊息這一點，秦始皇當是注意到了，幾次的派人海上求仙活動，與燕齊方士的關係密切，但是《史記》記載遇見秦始皇首次遇見齊人方士上書言海中有仙山，是在第二次巡遊到達山東半島，在瑯邪台大樂留三月之時。也就是秦始皇出發巡遊前，或有耳聞方士之說，但是要說實際作為其巡遊規劃的計畫來源，恐怕並不是。不然大可直接召見，何必勞民傷財，由咸陽到山東去見方士，其理不通，自然明白。

此外，就文獻論，〈遠遊〉其時代雖為戰國末，然其作為詩歌，所言及不死之鄉，文如：「仍羽人於丹丘，留不死之舊鄉」〔註55〕云云。或許秦始皇也曾見過，但是其訊息與《呂氏春秋》、《山海經》相比，則欠缺具體訊息，要說是作為巡行計畫的參考，恐怕可能性也不高。

二、《呂氏春秋》、《山海經》與秦始皇

至於秦始皇見過《呂氏春秋》則應該沒有疑問，陳奇猷認為《呂氏春秋》中「八覽」、「六論」晚出於「十二紀」，不過最晚應該也不晚過呂不韋遷蜀，亦即始皇十二年，西元前 234 年〔註56〕。換言之，時代與所出之地，皆不能排除秦始皇可能看過。而《呂氏春秋》中所見不死之鄉，學者多有言及，其來源自《山海經》。

〔註55〕宋·洪興祖：《楚辭補注》（臺北：漢京文化事業有限公司，1983 年），頁 167。
〔註56〕陳奇猷：〈呂氏春秋成書的年代與書名的確立〉，收錄於《呂氏春秋校釋》附錄（上海：學林出版社，1984 年），頁 1885～1889。另田博元、周何主編：《國學導讀叢編》第三冊（臺北：康橋出版事業有限公司，1991 年），頁 204，亦同此說。

既然秦始皇可能看過或者接受過《呂氏春秋》的訊息，那麼《呂氏春秋》又是接收了《山海經》中的哪些訊息呢？

就《呂氏春秋》中徵引或與《山海經》有關之處者甚多，呂子方〈讀山海經雜記〉〔註57〕就曾羅列近三十條《山海經》中與《呂氏春秋》相關的材料，並加以討論。其中首先我們來看《呂氏春秋》〈孝行覽‧本味〉〔註58〕，這裡面可以見到引用了山海經的痕跡，今人賈雯鶴即對此有考，他考證了其中引用了〈五藏山經〉的八處〔註59〕。例如：（一）「肉之美者：猩猩之唇，獾獾之炙。」（二）「醴水之魚，名曰朱鱉，六足，有珠百碧。」（三）「雚水之魚，名曰鰩，其狀若鯉而有翼，常從西海夜飛，遊於東海。」（四）「菜之美者，崑崙之蘋。」（五）「和之美者：陽樸之薑，招搖之桂。」（六）「水之美者：……沮江之丘，名曰搖水。」（七）「水之美者：……高泉之山，其上有湧泉焉，冀州之原。」（八）「果之美者：沙棠之實。」足見〈五藏山經〉屬於《呂氏春秋》編著者群，見過的文獻無疑。

此外〈海外四經〉其中部分內容則可見《呂氏春秋》〈慎行論‧求人〉的運用，他描述了禹四方遊歷的經過之地，東方到過了「槫木」〔註60〕、「青丘之鄉」〔註61〕、「黑齒之國」〔註62〕；南方到過了「羽人（之處）」〔註63〕、「不死之鄉」〔註64〕；西方到過了「一臂、三面之鄉」〔註65〕；北方則到達了「犬戎之國，夸父之野，禹疆之所，積水、積石之山」〔註66〕。這些地方

〔註57〕 呂子方先生曾撰有十餘萬字的《讀〈山海經〉雜記》，他注意到，從漢代起歷代詩賦多引《山海經》中事以為典故，說明該書很早就被廣泛閱讀。呂子方：〈讀《山海經》雜記〉，收其《中國科學技術史論文集》（下）（成都：四川人民出版社，1984年），頁1～214。

〔註58〕 陳奇猷：《呂氏春秋校釋》（上海：學林出版社，1984年），頁739。

〔註59〕 賈雯鶴：〈山海經兩考〉，《中華文化論壇》第4期，2006年。

〔註60〕 〈東山經〉有槫木。參袁珂：《山海經校注》，頁112。

〔註61〕 〈海外東經〉、〈大荒東經〉有青丘國、青丘之國。陳奇猷：《呂氏春秋校釋》（上海：學林出版社，1984年），頁1519。

〔註62〕 〈海外東經〉、〈大荒東經〉有黑齒國。陳奇猷：《呂氏春秋校釋》，頁1519。

〔註63〕 〈海外南經〉、〈大荒南經〉有羽民國。陳奇猷：《呂氏春秋校釋》，頁1519。

〔註64〕 〈海外南經〉、〈大荒南經〉有不死民、不死之國。參袁珂：《山海經校注》，頁196～197、370。

〔註65〕 〈海外西經〉、〈大荒西經〉有一臂三面等記載。陳奇猷：《呂氏春秋校釋》，頁1520。

〔註66〕 〈海外北經〉、〈大荒北經〉、〈海內北經〉有記載犬戎、夸父、禹疆，而積水紀錄則無，禹積石處則出現在〈西山經〉、〈海外北經〉、〈海內西經〉、〈大荒

都在〈海外四經〉、〈大荒四經〉、〈海內北經〉、〈海內西經〉分別出現。

　　另外《呂氏春秋》〈孝行覽·本味〉還有「指姑之東，中容之國」〔註67〕、「流沙之西，丹山之南，有鳳之丸，沃民是食」〔註68〕，這裡的「中容之國」可見〈大荒東經〉、「沃之國」可見〈大荒西經〉。

　　還有《呂氏春秋》〈審分覽·任數〉有「西服壽靡」〔註69〕、「北懷儋耳」〔註70〕，這裡的「壽麻之國」出自〈大荒西經〉，「儋耳之國」出自〈大荒北經〉。

　　而《呂氏春秋》〈有始覽·論大〉有「地大則有常祥、不庭、歧母、羣抵、天翟、不周」其中「常祥」就是「常陽之山」〔註71〕，見於〈大荒西經〉，「天翟」則為「天臺高山」〔註72〕，見於〈大荒南經〉。「不庭之山」〔註73〕、「不周負子」〔註74〕則也分別出自〈大荒南經〉、〈大荒西經〉。

　　《呂氏春秋》〈有始覽·有始〉中提到：「白民之南，建木之下，日中無影，呼而無響，蓋天地之中也。」這「白民之國」〔註75〕見於〈海外西經〉、〈大荒西經〉、〈大荒東經〉「建木」〔註76〕也分別見於〈海內經〉、〈海內南經〉。

　　《呂氏春秋》〈恃君覽〉則有「搖山」〔註77〕出自〈大荒東經〉、「大人之居」〔註78〕見於〈海內北經〉、〈海外東經〉、〈大荒東經〉。

　　《呂氏春秋》〈仲夏紀·古樂〉中提到：「帝顓頊生自若水，實處空桑，乃登為帝」〔註79〕，這裡的「空桑」〔註80〕可見於〈北山經〉、〈東山經〉。此外

北經〉。陳奇猷：《呂氏春秋校釋》，頁1521。

〔註67〕　〈大荒東經〉有中容之國。參袁珂：《山海經校注》，頁344、357。

〔註68〕　〈大荒西經〉有沃之國。陳奇猷：《呂氏春秋校釋》，頁755。

〔註69〕　〈大荒西經〉有壽麻之國。陳奇猷：《呂氏春秋校釋》，頁1073。高誘、畢沅語。

〔註70〕　〈大荒北經〉有儋耳之國。陳奇猷：《呂氏春秋校釋》，頁1073。

〔註71〕　〈大荒西經〉有常陽之山。陳奇猷：《呂氏春秋校釋》，頁726。

〔註72〕　〈大荒南經〉有天臺高山。陳奇猷：《呂氏春秋校釋》，頁726～727。

〔註73〕　〈大荒南經〉有不庭之山。陳奇猷：《呂氏春秋校釋》，頁726。

〔註74〕　〈大荒西經〉有不周負子。陳奇猷：《呂氏春秋校釋》，頁726。

〔註75〕　〈海外西經〉、〈大荒西經〉、〈大荒東經〉有白民之國。陳奇猷：《呂氏春秋校釋》，頁675。

〔註76〕　〈海內經〉、〈海內南經〉有建木。陳奇猷：《呂氏春秋校釋》，頁675。

〔註77〕　〈大荒東經〉有搖山。陳奇猷：《呂氏春秋校釋》，頁1328。

〔註78〕　〈海內北經〉、〈海外東經〉、〈大荒東經〉有大人之國、大人之市。陳奇猷：《呂氏春秋校釋》，頁1328。

〔註79〕　〈海內經〉可見整則完整訊息。

〔註80〕　〈北山經〉、〈東山經〉有空桑。陳奇猷：《呂氏春秋校釋》，頁298。

〈海內經〉有一則：「流沙之東，黑水之西，有朝雲之國、司彘之國。黃帝妻雷祖，生昌意，昌意降處若水，生韓流。韓流擢首、謹耳、人面、豕喙、麟身、渠股、豚止，取淖子曰阿女，生帝顓頊。」，這裡則可以看得出來這句話，是〈海內經〉此則的摘要。

而類似這樣綜合摘要，並加以合併的還有《呂氏春秋》〈孟春紀・去私〉提及：「舜有子九人」。這句高誘注言「九子，不知出於何書也。」〔註81〕事實上這句可以在〈海內經〉中相連的兩則找到線索，其分別是「帝俊生晏龍，晏龍是為琴瑟。」「帝俊有子八人，是始為歌舞。」帝俊即舜，〈海內經〉中所生有禺號、三身、晏龍，另言有子八人，而「禺號」一則言造舟造車之流變，「三身」則為巧匠，獨「晏龍」與「有子八人」兩則並列之外，一言造琴瑟，一言始為歌舞，同屬樂舞一類，因此處晏龍加八子，恐怕即為「舜九子」之謂。

綜觀以上《呂氏春秋》中所引《山海經》內容，足見其相關性之密切，並可以發現所相關者，幾乎完全涉及了今日可見《山海經》的各篇。因此可以印證學者們對於認定《山海經》屬先秦書，並無疑問的見解。

詳考過《山海經》成書年代與性質的陳連山先生，對於《山海經》的成書年代如此說：

> 現代學者很少相信《山海經》是大禹或者大禹臣子伯益的作品，一般認為它成書於戰國中期或後期。儘管有些人認為《山海經》的某些部份成書於秦漢之際，但是，沒有人反對《山海經》的大多數內容屬於先秦時代。〔註82〕

因此視《山海經》為先秦典籍，在眾說紛紜的學者意見間是沒有疑問的。

他並認為《山海經》為周代官方密藏，而關於《呂氏春秋》他這麼說：

> 公元前256年，秦相國呂不韋發兵滅東周，自然有機會得到周天子所藏的所有「圖書」資料，即地圖與相關書籍，其中應該包括《山海經》。呂不韋組織編寫的《呂氏春秋》能夠大量引用《山海經》內容是順理成章的。〔註83〕

此說証見《史記》，因此我們可以推測，秦相國呂不韋既然有可能接觸過《山

〔註81〕陳奇猷：《呂氏春秋校釋》，頁57。
〔註82〕陳連山：《山海經學術史考論》（北京：北京大學出版社，2012年），頁13。
〔註83〕陳連山：《山海經學術史考論》（北京：北京大學出版社，2012年），頁25。

海經》，那麼做為比之呂不韋更為高貴的秦始皇，也就無法排除他見過《山海經》的相關內容，那麼秦始皇所見《山海經》及其相關內容又大約會是如何呢？

三、秦始皇可能看到的《山海經》

首先我們觀察現存幾個最早版本的《山海經》，可以追溯的源頭第一個是尤袤所輯宋淳熙七年（1180年）池陽郡齋本《山海經》〔註84〕，這應當是現今可見最早的《山海經》版本，尤袤自己說明這是：

> 晚得劉歆所定書，其南西北東及中山，號五藏山經，為五篇，其文最多，海內海外大荒三經，南西北東各一篇，并海內經一篇，亦總為十八篇，多者十余簡，少者三二間，雖若卷帙不均，而篇次整比，最古，遂為定本。予自紹興辛未至今三十年所見，無慮十數本，參校得失，于是稍無舛訛，可繕寫。〔註85〕

其雖說劉歆所定書，不過內文其實還是題了是郭璞的傳，所以這應當是一本參校過當年可見各版本得失之後，得出來的最早郭璞注本。

另外一個《山海經》早期版本則是明英宗正統十年（1445年）刻道藏本（涵芬樓影印，原缺十四、十五卷）此版內容缺了二卷，也包含郭璞注，但是經文、注文闕漏處甚多，此外此版還有郭璞的圖讚，而正統道藏既然在後，若參池陽郡齋本，必不至如此殘缺，可見它來自另外一個流傳系統，與池陽郡齋本無關。

就此現今可見最早兩個版本觀之，分卷的方式一致，與現今版本分法無大異。可證郭璞校定時的分法應當就是如此。那往上推劉秀的版本又當是如何情形呢？其真實情形，已不得而知，僅能從文本中保留了劉歆所說大荒以下五篇，皆進（或逸）在外，知道過去劉秀之前的《山海經》可能沒有包括〈大荒四經〉、〈海內經〉，而且我們也從劉歆整理《山海經》並且因獻書所作〈上山海經表〉中觀察到幾個重點，首先劉歆所見到的《山海經》各相關資料是有32篇，而他整理成18篇，這裡可以看出由叢書而刪節整理的過程。其後不久班固所記錄的《山海經》則是13篇，這應當就是沒有包含大荒經以下五篇的算法。

〔註84〕宋·尤袤輯：《山海經》（淳熙七年（1180年）池陽郡齋本）。
〔註85〕尤袤：〈山海經校記〉，收錄於池陽郡齋本《山海經》。

　　所以我們可以推知，現存最早郭璞注本，應當就是當年劉歆上表的十八篇，而在劉歆之前的版本可能龐雜，多到 32 篇之多，但是很可能劉歆是用現今可見的《山海經》中「一曰」之說，做了「存其異說」，「刪其重複」的校訂工作。換言之，秦始皇時可以見到的《山海經》及其相關內容可能多於今日可見，但是就以上觀察可知，其內容與今日所存相比只可能多，並不會少。

　　再旁證《呂氏春秋》所引，如前所析，其引用涵蓋了現今《山海經》中的各篇，而〈慎行論・求人〉則透過禹的四方行動，其四方工整地對上了今日可見〈海外四經〉、〈大荒四經〉的篇章所示方位，另外〈孝行覽・本味〉〈審分覽・任數〉言及某國並附方位處，也工整地對上現今〈大荒四經〉的方位。因此我們或者不能確定《山海經》當時的本來樣貌，但是可以確定當時所謂東、南、西、北的各篇，應當已經與今日可見相去不遠。

　　以上可以說明秦始皇接觸過與今日相差不多的《山海經》及其相關文本可能性是有的。

四、秦始皇運用《山海經》資訊的可能方式

　　那麼秦始皇是如何看待《山海經》呢？最早提及書名的司馬遷，雖言不可信，但其不可信之理由，是對比在相類的地理書籍上，最早上表的劉歆視為博物地理異國紀錄，最早分類的班固則視為刑法類，則以物象知萬物：可見《山海經》的地理性質很早就被視為重要特點來觀察運用。

　　觀之《呂氏春秋》則更可以知道同時代、同國家的秦始皇可能的理解策略。

　　（一）《呂氏春秋》引《山海經》作為方位國家指引：如前述〈慎行論・求人〉，其方位訊息與今日可見《山海經》相同。

　　（二）《呂氏春秋》引《山海經》地名、山名、國名、物名許多是濃縮簡稱以徵引：如前述各篇多有此情形。

　　（三）《呂氏春秋》引《山海經》有些是整段摘要，或綜合後徵引的。如前述〈仲夏紀・古樂〉、〈孟春紀・去私〉。

　　（四）《呂氏春秋》引《山海經》有些是經過驗證後有修正的。如〈孝行覽・本味〉所引各物，《呂氏春秋》都是稱為「肉之美」、「菜之美」、「果之美」等，講的是好吃美味，與《山海經》裡面講食後有各種去災、避禍特異功效相比，顯然是驗證後的修正。

　　而針對《呂氏春秋‧本味》文中「40 項食材當中，具體出自《山海經》的有至少一半。其次這與《山海經》有關聯的 20 項食材，有高達八成甚至全部可以聯繫到「西方崑崙神話」的內容。最後〈本味〉運用這些材料行文的時候「實」與「虛」並存，在「實證」的敘事架構以及態度下，描述了令人心嚮往之但是卻難以到達的「仙鄉」。

　　綜此觀之，可以先證實〈本味〉與《山海經》關係密切，確然是事實。再來這出自《山海經》的 20 項食材，如果以現在可見的《山海經》規模來觀察，現存的《山海經》歷來被視為奇書，其在「不到三萬一千字的篇幅裡，記載了約四十個邦國，五百五十座山，三百條水道，一百多個歷史人物，四百多個神怪畏獸。」〔註 86〕在這麼多的記載中，《呂氏春秋‧本味》僅僅挑選了其中 20 項。

　　這可能反映了幾個事實，要不是當時可見的《山海經》內容很少，不然就是《呂氏春秋》有意撿擇，而後者很可能比較接近事實。也就是說〈本味〉刻意挑選過這些內容，而這些內容的線索要不是關係到「西方」、「赤水」、「黑水」、「流沙」，就是連繫上「仙境」、「仙藥」，而這些全部指向了「昆侖仙鄉」。

　　從這裡可以觀察到，當〈本味〉的編著者作為讀者時，他對於《山海經》的閱讀狀況，其撿擇大有傾向「不死仙鄉」的興趣，而且這個不死仙鄉屬於「西方昆侖系統」。……而為什麼是「西方昆侖」呢？……《呂氏春秋》基本是一本著作來給秦王嬴政閱讀的書，是呂不韋作為一個攝政者想傳授給帝王的全部心血。那麼於是可以理解為什麼〈本味〉是這麼來運用《山海經》資料，它不用《山海經》則已，一旦用之則大量地以「不死仙鄉」為核心來挑選。

　　顯然要非某種層面上反映了嬴政對於「長生不死」的興趣，不然也反映出了戰國時眾多君王們的興趣，亦包含了追求仙鄉不死的願望。

　　……就近地驗證「西方昆侖」是不是真的曾經發生過呢？事實上我們已經不能確定。但是在上述的考察中，我們也許可以推測秦國接收《山海經》之後，對其內容也許曾經進行過全面性調查，而針對帝王有著濃厚興趣的「不死仙鄉」的調查，可能是初步進行的工作。

　　因為《呂氏春秋》本身即是具有很強實證性的著作，它在總和戰國學術成果上，有其驗證與挑選，因此面對《山海經》中所記載『昆侖仙鄉神話』恐怕是非常好奇的，而「昆侖」又位在黃河之源，又位在西方，正近於秦國在戰

〔註 86〕馬昌儀：《古本山海經圖說》（桂林：廣西師範大學出版社，2007 年），頁 7。

國時所在位置，當然也是最熟悉的地區，因此這個角度上合理推測，這些被〈本味〉引述的《山海經》段落，非常可能曾經被經過「證實」或者「證偽」的工作，〈本味〉在文末所說的「審近所以知遠」，會不會正是隱約道出了這樣的可能。〔註87〕

可見秦始皇視《山海經》為方位指引是其中一項理解，另外一個則是實證的態度，配合觀察現存《山海經》內容，追求長生不死的秦始皇，將之視為巡遊的指南可能性是很高的，此外他巡遊的過程本身，也是一種驗證訊息的過程，而也唯有長生不死這樣的資訊，必須由他本人親自執行驗證。

因此秦始皇的確極可能將《山海經》視為求仙指南，並依其可得訊息，透過其當代語境進行解釋，前往訪查，訪查或為訊息源出之地，或者直接依訊息所指方位進行尋找驗證，並且我們保留秦始皇也可能參與了《山海經》驗證修改的一環。

第三節　秦始皇的五次巡遊與《山海經》

根據前論，我們以下即針對《山海經》中各篇對「不死」概念的相關紀錄，乃至於天梯、帝的升仙相關訊息，與秦始皇五次巡遊進行比對，參酌當代學者對於《山海經》源出時地的考論，互為佐證，據此或可得出秦始皇是怎麼認知的《山海經》的一些可能。接下來就以秦始皇五次的巡遊天下為線索，逐一討論。

一、第一次──〈海內經〉與黃帝升仙

（以下請參見附錄：秦始皇巡行圖）〔註88〕

這是秦始皇巡遊的第一次，也是唯一的一次西向出發，時間就在統一六國的次年，秦始皇二十七年（西元前220年），他的巡行過程如下：「二十七年，始皇巡隴西、北地，出雞頭山，過回中焉。」〔註89〕這唯一的一次西行

〔註87〕曹昌廉：〈《呂氏春秋・本味》的美味之外──論〈本味〉與《山海經》的關係〉，收錄於臺灣師範大學國文系編：《第六屆兩岸六校研究生國學高峰會議論文集（上）》（2016年5月14日），頁11。

〔註88〕引自田天：〈秦代山川祭祀格局研究〉文末附圖，收錄《中國歷史地理論叢》第26卷第二輯，2011年4月，頁66。圖面說明，為本文作者另加。

〔註89〕（日）瀧川龜太郎：〈秦始皇本紀　第六〉，《史記會注考證》（臺北：萬卷樓圖書有限公司，1993年），頁118。

是秦始皇的首次巡遊，配合西向的線索，以及不死的概念，在《山海經》中可見的有：

〈海外西經〉軒轅之國此窮山之際，其不壽者八百歲。〔註90〕

〈海外西經〉白民之國在龍魚山，白身披髮，有乘黃，其狀如狐狸，其背有角，乘之壽兩千歲。〔註91〕

〈大荒西經〉有人焉三面，是顓頊之子，三面一臂，三面之人不死。軒轅之國此窮山之際，其不壽者八百歲。〔註92〕

〈海外西經〉、〈大荒西經〉這幾則頗難找到與秦始皇此次西行的地名聯繫。不過另外具體指出類似地點，並且暗示〔註93〕在西的則尚有：

〈海內經〉流沙之東，黑水之閒，有山名不死之山。〔註94〕

〈海內經〉華山青水之東，有山名曰肇山，有人名曰柏高，柏高上下於此，至於天。〔註95〕

這是相連的兩則，前一則明確提到了不死之山，後一則則說了一個上下於天的柏高。這兩則，頗值得玩味。

首先「柏高」是誰？郝懿行說：「柏高則伯高矣。伯高者，管子地數篇有黃帝問於伯高云云，蓋黃帝之臣也。帝乘龍鼎湖而伯高從焉，故高亦仙者也。」〔註96〕

郝懿行提到了黃帝乘龍登仙的傳說，而指出伯高是跟隨者，那麼黃帝在哪成仙呢？歷來對此眾說紛紜，但是值得注意的是《史記》中是最早詳述了「鼎湖成仙」〔註97〕這一則事件的典籍。而這件事出自於齊人公孫卿受漢武帝召問時的內容，漢武帝聽完這件事後，封公卿為郎官，要他到太室山迎神仙，而自己做的事情是：「上遂郊雍，至隴西，西登崆峒，幸甘泉。」而崆峒

〔註90〕袁珂：《山海經校注》，頁 221。
〔註91〕袁珂：《山海經校注》，頁 225。
〔註92〕袁珂：《山海經校注》，頁 413。
〔註93〕此二則雖未明言方位，但是在〈海內經〉的編排中，依然可以看得出來東、西、南、北的方位序，而此二則正是在西海之內以下，南海之內以上的內容，故謂之為暗示。
〔註94〕袁珂：《山海經校注》，頁 444。
〔註95〕袁珂：《山海經校注》，頁 444。
〔註96〕清·郝懿行箋疏，范祥雍補校：《山海經箋疏補校》（上海：上海古籍出版社，2013 年），頁 389。
〔註97〕（日）瀧川龜太郎：〈秦始皇本紀　第六〉，《史記會注考證》（臺北：萬卷樓圖書有限公司，1993 年），頁 512。

山、雞頭山，袁珂《山海經校注》有考：

> 畢沅云：「開題疑即筓頭山也，音皆相近。」珂案：六朝陳顧野王
> 《與地志》（漢唐地理書鈔集）云：「筓頭山即雞頭山。」唐李泰《括
> 地志》（漢學堂叢書輯）云：「筓頭山一名崆峒山。黃帝問道於廣成
> 子，蓋在此。」開題、筓頭（雞頭）、崆峒，均一音之轉也。〔註98〕

因此得証，漢武帝聽完黃帝升仙之事後，緊接著去的地方與秦始皇首次的巡
行路線完全相同。

再以開題、筓頭、雞頭、崆峒來觀察《山海經》，則開題出在〈海內西
經〉、〈海內南經〉後來袁珂先生則將此二則移到〈海內北經〉〔註99〕。

至於崆峒則見於〈海內東經〉，這部份袁珂疑為《水經》後來則刪去，其
為是，至於雞頭、筓頭則皆未見於《山海經》。

因此顯然對秦始皇來說這是一個以調查「崆峒山」為核心的追求長生行
動，我們以此為核心，把相關文獻表列如下：

表 7.1 與開題、柏高相關的文獻列表

典 出	人 物	人 物	地 點	大 意	秦始皇可見與否
海內南經			開題	匈奴一曰開題之國。	可
海內西經			開題	提到此地名。	可
海內經			流沙之東，黑水之間。	不死之山	可
海內經		柏高	華山青水之東，肇山。	柏高自此上下於天	可
莊子天地	禹	伯成子高	未明地點	問治道	可
呂覽長利	禹	伯成子高	未明地點	抄莊子天地一整段	可
管子地數	黃帝	伯高	未明地點	問天下資源，黃帝與他的臣屬關係	可
莊子在宥	黃帝	廣成子	空桐	問道並及長生之道	不確認其時
列子	黃帝	容成子	空桐	同居	可能為晉以後作
郝懿行	黃帝	伯高	鼎湖	隨同成仙	不可

〔註98〕袁珂：《山海經校注》，頁288。

〔註99〕袁珂如此改動的理由，是以楚為中心之緣故。

　　據上表可知，若以求長生為主題，最佳的指南資料是《莊子・在宥》，其中既有長生之道，又有具體地點——「空桐」。並且正與秦始皇此行前去的「雞頭山」吻合。但是筆者認為其可疑之處有二，其一為歷來對此文本的時代爭議，秦始皇是否能見到這段，確實難說，不過這非關鍵。關鍵在於其二，也就是記得太詳細了，這裡面廣成子揭示了清清楚楚的長生之道：「我守其一以處其和，故我修身千二百歲矣，吾形未嘗衰。」〔註100〕這已經是長生的答案了，答案既已有，如果秦始皇確實見到此文本，那麼已知長生之道，又何須再去問一次。

　　而再觀察其他秦始皇可能見到的文本，《莊子・天地》裡面提到禹問伯成子高的事，整段被《呂氏春秋》照抄，不過這完全跟長生無關。《管子・地數》則管子與桓公討論完國家資源，接著管子跟桓公講到了伯高與黃帝，其中伯高也是在談國家資源。這可能是一個與《山海經》關係密切的線索，郝懿行即引此處來注解伯高。但是也沒有與長生不死的聯繫。

　　因此整體來說，秦始皇此次西行除《莊子・在宥》之外，能得到與長生相關，並指出地點的就是〈海內經〉的這兩則。

　　那麼肇山在哪裡呢？此處雖有郝懿行言及柏高升仙，但是古今卻無人指出「肇山」具體何在。而筆者認為肇山既接在不死之山後，又有與黃帝升仙相關的柏高記載，加之以秦始皇西行登雞頭山、漢武帝聞黃帝升仙後登崆峒山之證，此處肇山，即可能就是開題、雞頭、崆峒山。

　　加之以鍾宗憲先生〈論《山海經》記載中的黃帝〉〔註101〕一文，依據黃帝的神話體系，觀察了《山海經》中關於直接載明黃帝之處有九則，〈西山經〉一則、〈大荒經〉五則，〈海內經〉三則，並論述黃帝與姬周之關連，讓人聯想到〈五藏山經〉、〈大荒經〉、〈海內經〉與周民族的關係，或者可能屬於源出之地，或者可能有文化滲入。

　　因此秦始皇此次西行，其所本即可能在此。亦即以周為中心的西邊，這最為可能者是為〈海內經〉中所載不死之山、肇山的部份。可是〈海內經〉最為明顯的特徵是多有秦、漢地名，這部分很可能凸顯了〈海內經〉並非完成於周人之手，更為可能的是〈海內經〉主要是由秦完成的。而秦就在周的左

〔註100〕清・郭慶藩輯：《莊子集釋》〈在宥〉（臺北：漢京文化，1983 年），頁 381。
〔註101〕鍾宗憲：〈論《山海經》記載中的黃帝〉，收錄於韓國中央大學校：《外國學研究》第 15 卷第 1 期，頁 303～322。

近，在觀點上以秦為中心並不影響對〈海內經〉的解讀，相反的可以說明〈海內經〉中許多秦時地名，正是由秦對《山海經》進行驗證修訂的明證。

此外〈五藏山經〉則可一併論及，其文本出於周當無疑問，陳連山先生引張步天的〈五藏山經〉底本周王官書說來論述：

> 他（筆者按：張步天）認為：《五藏山經》的早期底本是西周時代全國性的調查紀錄，此後不斷修訂。平王東遷，王室衰微，但直到春秋早期，周天子仍有一定權威，估計這種調查紀錄尚在延續，所以〈中山經〉記載洛邑附近比較詳盡。該底本大約在春秋戰國之交形成後世之《山海經》。〔註102〕

這個說法，也恰可以秦始皇這次西行為佐證，〈五藏山經〉中明記黃帝之名者惟在〈西山經〉，此外〈西山經〉有云：「西南四百里，曰崑崙之丘，是實惟帝之下都。」這裡的帝，鍾宗憲先生有論，雖然《山海經》中的各帝，或可能各有所指，但是〈西山經〉這裡的帝則應該就是黃帝，其論曰：

> 〈西次三經〉這裡的「帝」，《穆天子傳》卷二：「天子升於崑崙之丘，以觀黃帝之宮」，《莊子·天地》：「黃帝游於赤水之北，登乎崑崙之丘」，以及〈西次三經〉西王母所居處的玉山西方「軒轅之丘」的郭璞注：「黃帝居此丘娶西陵女，因號軒轅丘」，郝懿行案語：「《大戴禮·帝繫篇》云：『黃帝居軒轅之丘，娶于西陵氏之子，謂之嫘祖氏。』《史記·五帝紀》同《淮南·墬形訓》云：『軒轅丘在西方。』高誘注云：『軒轅，黃帝有天下之號即此也。』」）綜合上述部份列舉資料來看，或者應當如袁珂所說的一樣，「帝」指的就是「黃帝」。〔註103〕

此外再補一證，亦即〈西山經〉有記載祭祀之禮者：

> 凡西山之首，自錢來之山至于騩山，凡十九山，二千九百五十七里。華山冢也，其祠之禮：太牢。羭山神也，祠之用燭，齋百日以百犧，瘞用百瑜，湯其酒百樽，嬰以百珪百璧。其餘十七山之屬，皆毛牷用一羊祠之。燭者百草之未灰，白蓆采等純之。〔註104〕

相較於整部〈五藏山經〉，所有言及祭祀之處，唯有此處規格最高，其六處以

〔註102〕陳連山：《山海經學術史考論》（北京：北京大學出版社，2012年），頁21。
〔註103〕鍾宗憲：〈論《山海經》記載中的黃帝〉，收錄於韓國中央大學校：《外國學研究》第15卷第1期，頁303～322。
〔註104〕袁珂：《山海經校注》，頁32。

百計，全然不是他處可比。張步天也說「此為王者山神祭禮。羭山王者山神之祭，又是西山經出自西周之重要佐證：其時都在鎬，平王東遷則至洛邑矣。」〔註105〕因此華山與羭山的地位顯然極高，足見其特殊性，而若以之洛邑為中心，所謂西山，也正是秦始皇這首次西行所向之處，其中華山山群，也是經過之地。

　　由此可見，秦始皇的首度西行，即顯現了與《山海經》的相關性，並且可見〈五藏山經〉、〈海內經〉可能源出於周地或與周人有關的密切線索。至於究竟全貌為何，待下一章再全面討論。

二、第二次──三處地點的訪查

　　這是秦始皇首度的東行，緊接在西行的隔年，秦始皇二十八年（西元前219年），《史記》用了近一千二百字紀錄這次東行，扣除其中照錄刻石的文章，包括琅邪刻石的跋（序）一段，也還約有三百五十字，主要原因是這次巡行路線甚長，包含整個山東半島，深入南方，渡過長江到古雲夢澤南岸的湘山，再北上渡過漢水，轉西向回咸陽。

（一）鄒嶧山──〈海外南經〉

　　在這次巡行的主軸，多有論之為「封禪」者，其行也果然有泰山封禪之事，但是我們詳觀《史記‧秦始皇本紀》記載的內容〔註106〕，首先秦始皇的第一站並非封禪之地「泰山」，而是「鄒嶧山」，而在此所謂聚集「魯諸儒生」來「議封禪望祭山川之事」，其實與《史記‧封禪書》〔註107〕所說的並不盡相同，〈封禪書〉所述是「祀騶嶧山」，之後再召集齊魯儒生到泰山下，而《史記‧秦始皇本紀》此處關於「鄒嶧山」記載，缺少了刻石之文，其怪異，明朝的陳仁錫〔註108〕、盧文弨〔註109〕都發現了。換句話說，這裡的文字經過了未知其詳情的刪改，此處可疑。

〔註105〕張步天：《山海經解》，頁75。
〔註106〕（日）瀧川龜太郎：《史記會注考證》（臺北：萬卷樓圖書有限公司，1993年），頁119。
〔註107〕（日）瀧川龜太郎：《史記會注考證》，頁501。
〔註108〕「陳仁錫曰：始皇巡狩立石頌德，凡七處，太史公載其六，獨鄒嶧不載，何也。」，（日）瀧川龜太郎：《史記會注考證》，頁119。
〔註109〕「盧文弨曰：案此文，似有脫誤，嶧山刻石，乃七篇中第一篇也，史公必不特刪此篇。」，（日）瀧川龜太郎：《史記會注考證》，頁119。

　　可以確認的是，此處是第一站，而且是秦始皇的有意識目的，因為祭祀之外，刻石於此，而秦始皇刻石在太史公記載中僅七處。其地位必不亞於泰山，何也。若僅是討論如何封禪，其必不必重視到刻石。而事實上，根據《史記・封禪書》關於儒生們提出的封禪建議，秦始皇根本沒採用，甚至還「聞此議，各乖異難施用，由此絀儒生」，逕行他自己的方式。可見這段是為了鋪陳下面，秦王下山遇風雨，遭儒生譏笑而設。實際上，秦始皇或可能有召集人來討論封禪之事，但是可能不只是儒生。而依照前述的秦始皇追求長生的理路，更可能是找人來詢問與長生訊息相關之事。那麼這個地點，就顯出了特異的重要性，而這樣一座既非五嶽，又不是歷代帝王封禪之山的山，不但立下刻石，刻石之文還不知何因被刪除，那麼重要性在哪裡呢？

　　劉宗迪先生曾在〈《海外經》《大荒經》地域及年代考〉一文中，透過胡厚宣先生對於殷商四方風名的考證，加之以天文、《周髀算經》的交叉互証，得出以下結論：

> 總之，從文獻學、考古學和天文年代學三個方面的考察不謀而合，表明《大荒經》和《海外經》的文化淵源可以追溯到公元前 2500 年前後山東地區的大汶口——東夷文化，而其中心則是泰山。〔註110〕

其論可能接近部分真相，也就是〈海外四經〉的中心當在泰山一帶，「二十世紀九十年代，何幼琦、喻權中等先後著文撰書研究『海荒經』地圖。何氏《海經新探》云，『海經圖』……製作於堯舜時代，其下限為公元前二十一世紀；主張『海經』地理範圍在今以泰山為中心之魯中南地區。」〔註111〕楊朝明先生對於魯國文化的起源有過深入討論，指出魯國文化起於上古文化最發達地區之一，至今「在泰山以南的今魯南地區，已發現了眾多的原始文化遺跡。」〔註112〕，而「進入新石器時代以來，這裡更有北辛文化、大汶口文化、龍山文化一脈相連，在魯南地區形成了中國史前文化的完整序列」〔註113〕。大汶口文化即是以山東中南部為中心，其中一處重要史前遺址就在鄒縣野店，這裡正是秦始皇東巡首站。

　　那麼現存《山海經》文本有何訊息呢？如果依劉宗迪先生的結論，〈海外

〔註110〕劉宗迪：〈《海外經》《大荒經》地域及年代考〉，《文化研究》2003 年第二期，頁 40。
〔註111〕張步天：《山海經解（下）》（香港：天馬圖書公司，2004 年），頁 344。
〔註112〕楊朝明：《魯文化史》（濟南：齊魯書社，2001 年），頁 3。
〔註113〕楊朝明：《魯文化史》，頁 3。

經〉、〈大荒經〉顯然是觀察重點。

> 不死民在其東，其為人黑色，壽，不死。〈海外南經〉〔註114〕
> 有不死之國，阿姓，甘木是食。〈大荒南經〉〔註115〕

而這兩部份皆明確提到關於不死的訊息，不過秦始皇訪查完「鄒嶧山」，留下刻石，接著是稍轉北登「泰山」，禪「梁父」，緊接著是東行，接著「并勃海以東，過黃、腄」，前往山東半島，盡繞「成山」，登上三面環海的陸連島——「之罘」山，並立石，接著繞到山東半島南方，登「琅邪」山，「大樂之，留三月」，甚至遷移了三萬戶人民到此。也立了刻石。

　　這行動是向東繞行整座山東半島，依此看，秦始皇可能按照的訊息是〈海外南經〉中「不死民在其東」的東行提示，而非方向線索指向南的〈大荒南經〉。

　　亦即很可能秦始皇即認為〈海外南經〉出自於鄒嶧山（也就是〈海外四經〉中心在稍北的泰山。）。但是〈大荒南經〉可能在他的理解就位在他處。換句話說，秦始皇必認為〈海外南經〉源出在「鄒」，而以此為中心，向東尋找「不死民」。

　　接下來秦始皇就在琅邪遇見了方士徐市（福）：

> 齊人徐市等上書，言海中有三神山，名曰蓬萊、方丈、瀛洲，僊人
> 居之。請得齋戒，與童男女求之。於是遣徐市發童男女數千人，入
> 海求僊人。〔註116〕

這裡就是秦始皇遣人海上求仙明確記載之處，也是遇見齊魯方士的開始，也是首次秦始皇聽見海上仙山之事，是在遶行整個山東沿海之後，離開留下刻石二處的山東半島沿海轉進內陸之前，而這也為隔年第二次東行留下伏筆。

（二）彭城撈鼎——求圖的可能

　　接下來轉進內陸的秦始皇，來到鄒縣再南方一點的「彭城」，然後「齋戒禱祠，欲出周鼎泗水。使千人沒水求之，弗得。」〔註117〕

　　此處派遣千人潛水搜索周鼎之事，頗值得玩味，秦亡後，對此事的解釋，

〔註114〕　袁珂：《山海經校注》，頁288。
〔註115〕　袁珂：《山海經校注》，頁370。
〔註116〕　（日）瀧川龜太郎：《史記會注考證》（臺北：萬卷樓圖書有限公司，1993年），頁121。
〔註117〕　（日）瀧川龜太郎：《史記會注考證》，頁121。

眾說紛紜，因為司馬遷記載秦滅周時，即「其器九鼎入秦」〔註118〕，因此此處泗水撈鼎，即顯弔詭。王充就主張這是以訛傳訛的誤說〔註119〕，俞樾循此理也認為是方士之妄說〔註120〕，當然也有如酈道元記載之餘，還加上龍囓斷索的傳言〔註121〕，讓此事顯得更為神奇。也有綜合史料分析判斷的，如王先謙所說，周鼎入秦，是秦人揣度，其實周鼎實未入秦，周人自己亡毀之，說周鼎在泗水，也是秦人傳聞，而秦始皇據傳聞有此行動〔註122〕。

以上對此鼎的主張，大約為二，一即信有此事，二即認為此為虛妄。

若此事為方士妄說，那麼即無討論必要，若非，則又可以分為兩種態度，一種即是為此處之鼎為權力象徵，政治意義之鼎，如王先謙。另外一種則是據此說鋪陳繼續向帝王遊說成仙之道的方士，如漢文帝〔註123〕時的新垣平。

而此鼎最後依司馬遷的記載是由漢武帝〔註124〕得到：

　　其夏六月中，汾陰巫錦為民祠魏脽后土營旁，見地如鈎狀，掊視得

〔註118〕（日）瀧川龜太郎：《史記會注考證》，頁108。

〔註119〕王充：《論衡》〈儒增〉：「《傳》言：《傳》言：『秦滅周，周之九鼎入于秦。』案本事，周赧王之時，秦昭王使將軍摎攻王赧。王赧惶懼犇秦，頓首受罪，盡獻其邑三十六，口三萬。秦受其獻，還王赧。王赧卒，秦王取九鼎寶器矣。若此者，九鼎在秦也。始皇二十八年，北遊至琅邪，還過彭城，齊戒禱祠，欲出周鼎，使千人沒泗水之中，求弗能得。案時，昭王之後，三世得始皇帝。秦無危亂之禍，鼎宜不亡，亡時殆在周。《傳》言：『王赧犇秦，秦取九鼎。』或時誤也。」

〔註120〕（日）瀧川龜太郎：〈封禪書　第六〉，《史記會注考證》（臺北：萬卷樓圖書有限公司，1993年），頁500。

〔註121〕北魏・酈道元注，楊守敬、熊會貞疏，段熙仲點校，陳橋驛復校：《水經注疏》（南京：江蘇古籍出版社，1989年），頁2145。《水經注・泗水篇》原文如下：「周顯王四十二年，九鼎淪沒泗淵。秦始皇時，而鼎見于斯水。始皇自以德合三代，大喜，使數千人沒水求之，不得，所謂鼎伏也。亦云：『系而行之，未出，龍齒齧斷其系。』，故語曰：『稱樂大早，絕鼎系。』，當是孟浪之傳耳。」

〔註122〕（日）瀧川龜太郎：〈封禪書　第六〉，《史記會注考證》，頁500。

〔註123〕（日）瀧川龜太郎：〈封禪書　第六〉，《史記會注考證》，頁507。另見王充《論衡》〈儒增〉：「……孝文皇帝之時，趙人新垣平上言：『周鼎亡在泗水中。今河溢通於泗水，臣望東北，汾陰直有金氣，意周鼎出乎！兆見弗迎則不至。』於是文帝使使治廟汾陰，南臨河，欲祠出周鼎。人有上書告新垣平所言神器事皆詐也，於是下平事於吏。吏治，誅新垣平。夫言鼎在泗水中，猶新垣平詐言鼎有神氣見也。」

〔註124〕（日）瀧川龜太郎：〈封禪書　第六〉，《史記會注考證》，頁511。

鼎。鼎大異於眾鼎，文鏤毋款識，怪之，言吏。吏告河東太守勝，勝以聞。天子使使驗問巫錦得鼎無姦詐，乃以禮祠，迎鼎至甘泉，從行，上薦之。……公卿大夫皆議請尊寶鼎。……黃帝作寶鼎三，象天地人也。禹收九牧之金，鑄九鼎，皆嘗鬺烹上帝鬼神。遭聖則興，遷于夏商。周德衰，宋之社亡，鼎乃淪伏而不見。……今鼎至甘泉，光潤龍變，承休無疆。合茲中山，有黃白雲降蓋，若獸為符，路弓乘矢，集獲壇下，報祠大饗。惟受命而帝者心知其意而合德焉。

鼎宜見於祖禰，藏於帝廷，以合明應。」制曰：「可。」〔註125〕

其意義是「昔大帝興神鼎一，一者一統天地，萬物所繫終也。」〔註126〕

綜觀以上尋鼎說法，值得注意的是全為秦以後的解釋，而如果司馬遷確為實錄，秦始皇作為第一個泗水撈鼎的人，其實也是惟一一個親自進行此事的帝王（漢文帝、漢武帝皆非自己找鼎），排除這些漢代後對此鼎的詮釋，自來幾乎無人思考此「鼎」對秦始皇的真正意義是什麼，而方便地援用了漢代詮釋的意義。

鼎其實是一種食器，先秦早期有限的記載中：「王日一舉，鼎十有二，物皆有俎。」〔註127〕其最初的意義就是盛裝、烹煮食物的器具。此後有對早期的鼎的解釋「昔夏之方有德也，遠方圖物，貢金九牧，鑄鼎象物，百物而為之備，使民知神姦，故民入川澤山林，不逢不若，螭魅罔兩莫能逢之。」〔註128〕兼具了食器功能之外的神力與圖文紀錄的文化性，其政治的象徵意味則要到戰國，禮崩樂壞，有「問鼎」的逐鹿中原意味，有想得鼎而代周之覬覦，鼎於是有強烈政治意義。

此處我們要問這種政治意義對已然統一天下的秦始皇，重要性何在，或許有其重要性，但作為一統天下之帝王，我們可以參酌其後兩位帝王的作法來驗證，漢文帝、漢武帝都是被動由人獻上訊息，甚至得鼎來獻。秦始皇卻是親臨彭城來進行此事，依據他巡遊是為求長生的理路來思考，其尋找政治意義上的鼎，恐怕是其中一種思維而已，甚至可能成份甚微。「秦始皇所企圖撈的鼎，當是來自齊魯一帶論述下的神奇之鼎，也應該是有著被周文化政治

〔註125〕（日）瀧川龜太郎：《史記會注考證》，頁216。

〔註126〕（日）瀧川龜太郎：《史記會注考證》，頁216。

〔註127〕清・孫詒讓：《周禮正義》（北京：中華書局，1987年），頁241～242。

〔註128〕楊伯峻：〈宣公三年〉，《春秋左傳注》上冊（臺北：洪葉文化，1993年），頁669～670。

論述後上接神話時代意義的那種鼎」〔註129〕也就是後代詮釋「鼎」的神仙思想。傾向於黃帝「鼎湖升仙」這樣意義的鼎，要更多一些。甚至我們可以找到第三個意義，那也就是如《呂氏春秋》中對於鼎的理解，其中對於鼎，一當作食器；二是此朝得前朝之鼎，當作亡國之器；三則是其中有五處分寫「周鼎著饕餮」、「周鼎著象」、「周鼎著倕」、「周鼎著竊」、「周鼎著鼠」，陳其猷說：「呂氏所著之周五鼎確如左傳所說『鑄鼎象物』。」〔註130〕那麼「鼎」對秦始皇來說也就或有所謂具備著紀錄圖像的意義存在。

　　那麼依據《山海經》來進行追求長生計畫的秦始皇，會不會有可能是需要圖像的資料來進行更深入的訊息解讀，換言之，可不可能秦始皇當時所見《山海經》已經沒有圖可以參考了呢？我想這是值得思考之處。

（三）湘山──〈大荒南經〉

　　接著已旅經「鄒嶧山」、「泰山」、「山東半島」、「彭城」的秦始皇也還不是逕回咸陽，反而直向西南方「渡淮水，之衡山、南郡」，「浮江，至湘山祠。逢大風，幾不得渡。上問博士曰：『湘君神？』博士對曰：『聞之，堯女，舜之妻，而葬此。』於是始皇大怒，使刑徒三千人皆伐湘山樹，赭其山。上自南郡由武關歸。」

　　此處秦始皇對於神的態度相當明顯，「人擋殺人，佛擋殺佛」般雖千萬人吾往矣的堅持，再次明証秦始皇基本上認為自己功過三皇五帝的高度。而有趣的是，此處又派了三千人伐湘山樹，此行動就字面看，是報復，但是若對比在琅邪遣徐市「發童男女數千人，入海求僊人」，在彭城「欲出周鼎泗水。使千人沒水求之」，此處行動規模與前兩者相若，要說是單純向神報復，不如說更像在找東西。

　　而依照秦始皇對長生不死的執著，此處樹木顯然有著詭異之處。而《山海經》中既有不死長生訊息，又與樹木相關的有下兩條：

　　　　〈海內西經〉開明北有視肉桂樹、文玉樹、玕琪樹、不死樹。〔註131〕
　　　　〈大荒南經〉有不死之國，阿姓，甘木是食。〔註132〕

〔註129〕曹昌廉：〈泗水撈鼎推原〉，《中國學術年刊》第三十六期秋季號，2014 年 9 月，頁 84。
〔註130〕陳奇猷：《呂氏春秋校釋》，頁 954。
〔註131〕袁珂：《山海經校注》，頁 229。
〔註132〕袁珂：《山海經校注》，頁 370。

〈海內西經〉裡說的不死樹，很可能是一個名稱，與前面三種樹對比來看，所謂不死樹，很難說是一種吃了有不死效果的東西。但是〈大荒南經〉裡的不死之國，有姓氏，而且描述了吃甘木這樣一種東西，顯然與此處秦始皇的行動有若干關聯。

甚至〈大荒南經〉裡面還有一則提到：

> 大荒之中，有山，名歹塗之山，青水窮焉。有雲雨之山，有木名曰欒。禹攻雲雨，有赤石焉生欒，黃本，赤枝，青葉，群帝焉取藥。〔註133〕

這是《山海經》中獨見的，提到群帝取藥的樹木，雖未明言長生不死的效果，但是與群帝概念相連，顯然此藥有其「神」性質，再加之以另外一條「不死之國」「甘木是食」的記載，顯然秦始皇認為〈大荒南經〉所指位在此處。而他為尋此長生不死之甘木，或者欒，盡伐了湘山樹。

三、第三次——考察徐市成果

結束了路途遙遠的第一次東行，沒有經過多少休息的秦始皇，馬上隔年秦始皇二十九年（西元前218年），又展開了他的第三次巡行，不過這次他很有效率地，直往山東半島，再登上陸連島「之罘」山，再次刻石，便前去琅邪，回程則避開了有刺客企圖狙殺他的博浪沙。

可見「之罘」山，對秦始皇的重要性之外，這次目的顯見是為了考察去年的求仙成果，而去年「不死民」、「鼎」、「湘山木」都有了結果，唯一尚未有結果的，即是在琅邪派遣徐市入海求仙藥一事。當然這裡的結果也是令人失望的，不過方士們提供了理由，司馬遷記載了秦始皇「使人乃齎童男女入海求之。船交海中，皆以風為解，曰未能至，望見之焉。」〔註134〕足見秦始皇派人（徐市）出海求仙，是有嚴格考察的，只是徐市等人以遇風而到達不了作為搪塞之詞，卻又不忘告訴秦始皇有看見仙山，以秦始皇繼續期待海上求仙的可能。這也就不難理解秦始皇四次東行都有到海邊的原因。

四、第四次——〈海內北經〉

秦始皇經過前三次連年密集的巡遊後，休息了二年，秦始皇三十二年（西

〔註133〕袁珂：《山海經校注》，頁376。

〔註134〕（日）瀧川龜太郎：《史記會注考證》（臺北：萬卷樓圖書有限公司，1993年），頁502。

元前 215 年）再度出發，這次的行動，史記在〈封禪書〉所記較簡略，僅曰：
「後三年，游碣石，考入海方士，從上郡歸。」〔註 135〕容易讓人誤以為此處
是在查核方士成果，不過〈秦始皇本紀〉所記則詳細許多：

> 三十二年，始皇之碣石，使燕人盧生求羨門、高誓。刻碣石門，壞
> 城郭，決通隄防。（刻石文略），因使韓終、侯公、石生求仙人不死
> 之藥。始皇巡北邊，從上郡入。燕人盧生使入海還，以鬼神事，因
> 奏錄圖書，曰「亡秦者胡也」。始皇乃使將軍蒙恬發兵三十萬人北擊
> 胡，略取河南地。〔註 136〕

由此可知，秦始皇此次直接北行前往「碣石」，不是考方士成果而已，而是派
遣燕人方士盧生入海求仙，之後才有成果可考察，而有『奏錄圖書曰「亡秦
者胡」』的成果。不然此處逕行考察方士成果，往前推只能說是考察齊人方士
徐市的成果，但是徐市出發在山東琅邪，與秦始皇在燕國舊地相約可能性不
高，在此一併釐清。

　　而據此亦可推斷，第二次巡行山東半島後，秦始皇休息的兩年，即可能
是信了徐市，所以在咸陽等徐市的消息回報，不過可以想見，傳回來的答案，
應當與秦始皇二十九年，他親去考察時得到的回覆相差無幾。

　　因此秦始皇再度出發，這次顯然是針對徐市所說的海上仙山，而做的尋
訪。所以他這次再派遣燕人盧生、韓終、侯公、石生求不死之藥，由屬於舊燕
地的碣石出發。

　　《史記》關於此地，全然沒有說到入海目標是什麼，不過通觀前後文，
其入海所指應當也就是海中三仙山，此三仙山，在秦始皇二十八年的巡行中，
在琅邪，由齊人徐市等上書告知是為「蓬萊」、「方丈」、「瀛洲」。

　　那麼對齊人徐市由信而漸轉懷疑的秦始皇，是怎麼把行動目標改成北方的
碣石的呢？《山海經》中，唯一記載了海上三神山名稱的，只在〈海內北經〉：
「蓬萊山在海中。」一句。而這句話可能來自三個來源，一是本已記之，二是
秦始皇改之，三是漢人增益。其中漢人最無可能，其因在於《山海經》中記載
海中三神山，只此一處，方丈、瀛洲皆無所見，若要說漢人增益，當以漢人時
已知的三山名增益之，而不會只增一處。剩餘兩種可能，無論是秦始皇改之，
或者是本來皆有，都證明了〈海內北經〉影響了秦始皇到此處尋長生的行動。

〔註 135〕 （日）瀧川龜太郎：《史記會注考證》，頁 502。
〔註 136〕 （日）瀧川龜太郎：《史記會注考證》，頁 122。

　　可以理解初時依據《山海經》求長生不死的秦始皇，著眼在長生不死的相關訊息，對此句無感，但是當他三年前得知三神山名之後，這句話對他就有意義了。所以他第四次的巡行直接到舊燕之地，並派人入海求仙，顯然可能是認為〈海內四經〉源出於燕。

　　而有關〈海內四經〉出於燕的線索，實際上文本中就即顯明，泛觀《山海經》頻繁提及燕及其相關之事，甚至稱燕為鉅燕的，僅在〈海內四經〉，或許秦始皇也是據此判斷，又或者他有其它判斷的資料，這已不得而知，今人魏挺生先生則有這方面的觀察，他論述此或者與鄒衍有關，或有可能〔註137〕，但若說是由鄒衍主持調查隊分赴各國紀錄，則恐怕不至於，此已有李豐楙先生論述討論〔註138〕，不待贅言。

五、第五次──〈大荒南經〉的另外一處可能

　　第四次巡行結束之後，秦始皇休息了四年，未再巡行，或者身體狀況也逐漸老化，對於依據《山海經》尋找不死之方，依方士言派遣海上求仙者「徐市等費以巨萬計，終不得藥。」的回覆感到痛苦，再加上有些毀謗言論出現，於是有所謂坑殺意見不同者之事〔註139〕，之後他在秦始皇三十七年（西元前210年）進行了第五次巡行，這次規模不亞於八年前的第二次巡行。從十月到隔年他病死的七月，八個月的長時間，都還未到咸陽。

　　而這次他的第一個目的是「雲夢，望祀虞舜於九疑山。」此處是當年他盡伐湘山樹的地點，也是他曾想找到不死之藥的地點之一，接著他沿長江走水路，「觀籍柯〔註140〕，渡海渚。過丹陽，至錢唐。臨浙江，水波惡，乃西百二十里從狹中渡。上會稽，祭大禹，望于南海，而立石刻頌秦德。」

　　目的是在會稽山，其重要從立刻石可知。而此處，在丹陽之南，或者秦始皇這次繼第二次東巡至湘山後，獲得其他訊息或想法，懷疑這裡是〈大荒

〔註137〕衛挺生考釋，徐聖謨製圖：《山海經今考第一編：山海經地圖考》（臺北：華岡出版部，1974年），頁1～3。

〔註138〕李豐楙：《山海經──神話的故鄉》（臺北：時報文化，2012年），頁2～10。

〔註139〕（日）瀧川龜太郎：〈秦始皇本紀　第六〉，《史記會注考證》（臺北：萬卷樓圖書有限公司，1993年），頁125。

〔註140〕此段文字待解處不少，「觀籍柯」即未解其意，注本亦無說明，或可改標為「觀籍，柯渡海渚。」閱讀書籍，以柯搭伐或者橋，過海渚。又或者此處之「柯」可視為木條，據今出土文獻多有繪於木條上之圖，或許這指的是相對於記有文字的籍的某種繪有圖形的木板條。

南經〉「不死之民」的第二處可能地點。

而有趣的是，湘山、會稽山都正好在歷來爭論過的楚國舊都地點之南，湘山正好在丹淅〔註141〕（今淅川縣）之南，會稽山則在丹陽（當塗）之南〔註142〕。

接著秦始皇「還過吳，從江乘渡。竝海上，北至瑯邪。」第三次到琅邪，必然是要考察徐市等人成果的，而徐市等人也編了一套：「蓬萊藥可得，然常為大鮫魚所苦，故不得至，願請善射與俱，見則以連弩射之。」的說辭，秦始皇還為此夢見與似人的海神戰，經博士解夢後，認為海神是惡神，會幻化為巨大魚類出沒，不除，善神不來。因此秦始皇下令入海捕巨魚，自己則繼續沿山東半島岸邊北上，隨時帶連弩待射大魚，沿路北上都沒遇到，直到他刻石數次的陸連島「之罘山」，終於見到一條巨魚，射殺。然後，除掉海中惡神的秦始皇，終於還是沒有等到好消息，出山東到黃河邊的港口平原津，便生病，渡過黃河，最終死在沙丘。

在這次巡遊中新增的地點是會稽，而會稽出現在《山海經》中的〈海內東經〉「會稽山在大楚南。」並無提及長生不死相關記載，秦始皇當本非依據此條而來，反而可能是當初懷疑〈大荒南經〉「不死之民」在楚之南，但是據他所知的楚舊都，除了丹淅，還有這一處未訪查，所以到這裡查訪。

第四節 小結

透過本章的考察，可以得知，秦始皇統一後的五次巡遊，確實與《山海經》有著相當的聯繫，而且可以看出秦始皇將之作為旅行紀錄，甚至以為指南使用的情形，並且重要的是我們透過秦始皇巡行的地點，可以得知《山海經》中各篇在秦始皇的視野下，他所認知的資訊來源，也就是第一次的向西巡行依據〈海內經〉，第二次巡行則依據〈海外南經〉、〈大荒南經〉，第四次巡行則依據〈海內北經〉，第五次則與〈大荒南經〉有關。足見秦始皇確實見過《山海經》，雖不確定其是否已有統整之書名，但是兩者間具有密切關聯，是可以肯定的。

並且依照秦始皇的巡行路線，可以約略辨認他心目中的〈海內經〉是以秦為中心；〈海外南經〉則當出自「鄒」，可能就是商奄舊地，而這一點與現今

〔註141〕 錢穆：《國史大綱》「楚之先亦顓頊後，始起在漢水流域，丹淅水入漢水處。」
〔註142〕 楚國舊都當塗說。

劉宗迪先生的考察有著相應之處;〈海內四經〉則〈海內北經〉則當在燕國舊地,〈海內東經〉則在楚國之南,至於〈大荒南經〉從秦始皇南方探尋的兩處,可以得知這是以楚國舊都為中心的,並且我們可以知道楚國舊都在秦始皇資訊中,已經是有兩種可能地點。這一點和後來對楚國舊都的考察,以及〈大荒四經〉中豐富的神話材料,以及楚文化特徵,也有著相符之處。

　　因此顯然秦始皇對《山海經》的訊息理解是認為其各篇出自各個不同地點的,這一點如同李豐楙先生所說:

> 周王室統有天下時,確實需要「任土作貢」,周朝職司貢職的官員整理各方所貢輿圖,才能周知海內外輿服情形。因為是各地域,分由不同職官紀錄整理的檔案資料,才會有不同文筆、不同方言的歧異現象。當周朝王室衰微時,各國漸有自己的行政體系,基於政治需要,也需要分任專人職掌紀錄地理的首要工作,經中出現鉅燕、大楚以至於竟然有西周等名稱,都是職官各尊視其國的常見現象。因此,原始山海經的資料應該是周王室以及諸侯所紀錄的國家檔案──其中範圍廣衍,莫非王土,而獨詳於河洛地區,就是京畿為中心的觀念;至於神話資料,東、西兩大系俱備,炎、黃兩族原發祥於西北,再向東發展,因此保留了早期西北資料;但東方濱海夷族,帝俊系統的神話資料也是大宗,因為殷商文化並非在周朝統一之後就完全淪沒,還保有部分資料;另有再加上南方之楚,成為重要一系,也擁有豐富的神話資料。這種紛然並陳的神話系統實與兼收並蓄的檔案及調查資料有密切關係。〔註143〕

據此《山海經》全出於某地的說法,恐怕並不是《山海經》的原始樣貌,依據本文的觀察,更高的可能當是各篇分別來自各地,而由周王室彙整秘藏,然後呂不韋滅周得周朝秘藏,之後再由劉邦入咸陽,得秦王朝之秘藏,這也是為什麼身為王族的淮南王劉安得以在《淮南子》中多用《山海經》資料的原因,因為《山海經》在周朝已然彙整一處,《呂氏春秋》、《淮南子》得以窺得全貌,是合情理的。接下來依著秦始皇五次巡行提供的訊息,將可以重新建構描述作為旅行指南的《山海經》在先秦的流傳過程。

〔註143〕李豐楙:《山海經──神話的故鄉》(臺北:時報文化,2012年),頁4～5。

第八章　結論——旅行視野下的 《山海經》流傳

　　從《山海經》的地理性質開始，重讀歷來文獻的過程中，《山海經》本身具足地理特徵，自漢代開始卻又不被認為是實際可用地理書的閱讀難題，在「旅行」視野下得到了解決。既可以理解為什麼《漢書·藝文志》把《山海經》歸在「數術類」的「形法家」，又得理解為什麼《山海經》又有地理記載，又有遠方異國人物文化等等神奇怪異內容，實的旅行記錄以及虛的旅行記錄同時並存在《山海經》，寫作的人當即最早的巫、祝、帝、方士這些過去政權的掌握者，同時也是知識的擁有者，因此他們得以解釋世界，將陌生世界與事物，化生為熟。

　　而實際上從巫、祝、帝、方士等等身分的人物，別說是醫藥、觀星等等這類發展至今都是重要科學學科的項目，即使是占卜、預言、祭祀這些表面看似玄怪離奇不科學的活動，事實上都在進行著對未來、未知、陌生的探索，是一種廣義的心靈旅行，無怪乎過去的解釋活動能夠形成神話這個研究領域，而神話對世界的解釋在人類的集體潛意識中，古今中外西方東方皆然，喬瑟夫·坎伯提出的「英雄旅程」在旅程的角度上，正砌上《山海經》精神之旅的那一塊，用在解釋世界變化運轉，呈現的是古代中國人的空間以及時間概念，也正是宇宙觀。而他們無疑的是權力的擁有者，對世界提出解釋的發言者，他們就是最早的科學家，理科人才。

　　這一點到東漢，許多著名科學家、醫生都是術士、方士可以得到印證，例如像是《後漢書·方術列傳》所載的費長房、華陀都是名醫，前面所論治

水的科學家王景、乃至於既是天文學家、地理學家、數學家、科學家的張衡，不只被范曄放進《後漢書·方術列傳》，還指出「中世張衡為陰陽之宗」〔註1〕。

方士是和儒生不同領域的二種人才，但其基本理想都在建立秩序，儒生是從人倫關係去尋找規律，尋找到以父慈子孝的人倫規律，試圖依此邏輯建立倫理學角度的政治秩序；方士則是從自然、天文、地理尋找到與人間對應的規律，因此陰陽五行符應之說，是方士尋找到的與人間對應的秩序。儒生方士兩者之間建立了不同原理的政治秩序，放在一起便成了政治鬥爭，秦時方士一度有機會獲勝，讓人有了或許中國的科學能夠更早萌生茁壯的遐想，不過隨著秦的衰亡，最終在漢代「過秦」的風氣中，以人倫秩序為基礎的儒家思想，站上了歷史舞台，大獲全勝。

而本文在討論《山海經》旅行性質的同時兼而論及了《山海經》可能的起源與記錄者，從對世界的了解出發，一代一代的旅行者不停出發，拓展對世界的認識。而誠如對《山海經》極富興趣的科學家呂子方所言：

> 現存的《山海經》遠非最初的模樣，它的成書有一個漫長的發展過程。最早，它可能是某地區的氏族部落在一段時期的文化記述，後來隨著社會發展和文化交流，傳入其他地區，其他地區的人吸取了其中的精華，加進本地優秀的文化材料，補充了原書的不足。隨著文化交流的頻繁，《山海經》越傳越廣，內容卻越加豐富。但是粗陋的方言土語與緻密的文采詞藻錯雜其間，文字風格前後迥然不同，加之年代久遠，簡冊錯漏，不免存在一些舛訛難懂的詞句。儘管如此，後人仍代代相承，竟將書中的許多資料當作可信的典故引用，從先秦到兩漢，許多著名的思想家、文學家均不例外。〔註2〕

因此《山海經》是不是如劉宗迪說的那樣被誤讀了？應該這麼說，並非漢代五行說盛起之後對《山海經》有了誤解，所謂的誤讀其實更早一點。而其實這樣的誤解並不是解讀角度的錯誤，相反地，越接近《山海經》原始年代，解讀的角度應當越接近正確的性質，而這樣的正確解讀，也就是把《山海經》

〔註1〕南朝宋·范曄著，韓復智、洪進業註：《後漢書紀傳今註（十）》〈方術列傳　第七十二〉（臺北，國立編譯館，2003年版），頁4612。

〔註2〕呂子方：《讀〈山海經〉雜記》，收錄於其《中國科學技術史論文集（下）》（成都：四川人民出版社，1984年），頁1～2。

視為旅行書，並且加以應用的秦始皇，其實用了完全正確的角度解讀《山海經》，秦始皇把《山海經》作為他追求不死的巡行指南。只是這部《旅行書》當中既有實際的地理資訊，也有過去古代商王流傳下來通天知地，上下巡遊，超生越死的訊息。秦始皇的誤讀，也就是用了只有他可以與眾不同的態度，相信只有他本人可以按圖索驥，在《山海經》的紀錄中追索到長生不死的結果。

　　而秦始皇這類因為過人自信，加上對死亡的懼怕、轉化成長生的渴求而遭騙的紀錄層出不窮。盧生就編過說詞騙秦始皇：

> 臣等求芝奇藥僊者常弗遇，類物有害之者。方中，人主時為微行以辟惡鬼，惡鬼辟，真人至。人主所居而人臣知之，則害於神。真人者，入水不濡，入火不爇，陵雲氣，與天地久長。今上治天下，未能恬惔。願上所居宮毋令人知，然後不死之藥殆可得也。」於是始皇曰：「吾慕真人，自謂『真人』，不稱『朕』。」乃令咸陽之旁二百里內宮觀二百七十復道甬道相連，帷帳鐘鼓美人充之，各案署不移徙。行所幸，有言其處者，罪死。〔註3〕

秦始皇聽盧生之言想成為「真人」，於是用盡方法不讓人知道他的行蹤，用天橋、甬道連接咸陽周圍二百里內的宮觀兩百七十座，用帷帳遮蔽通道，鐘鼓、美女安置在裡面，分別登記起來，不准遷移。如果有透露出皇帝所在的便處死，這也間接造成了趙高的專橫，讓他簡直成了秦始皇的代言人。另外徐福出海不歸也就算了，還騙秦始皇去射大鮫，更間接可能釀成了秦始皇病死的結果。

　　但是秦始皇以其千古一帝，功過三皇，德兼五帝的不世之姿，而且加上了當時秦始皇掌握到的《山海經》應該已經沒有圖，導致只能以無圖的方式，對《山海經》進行解讀，這也是為什麼秦始皇要在彭城泗水撈鼎〔註4〕，他要的不是王權，他心中的自己早已超越人間王者的高度，他要的是解開《山海經》中長生不死的秘密，因此在當時首度大一統的中國版圖上，依《山海經》進行尋求長生不死的巡遊之舉，卻是給了後世了解《山海經》流傳過程的重要線索以及提示。

　　過去歷來對於《山海經》的成書，討論者眾，誠如本文開篇所引述，而

〔註3〕（日）瀧川龜太郎：〈秦始皇本紀　第六〉，《史記會注考證》（臺北：萬卷樓圖書有限公司，1993年），頁124。

〔註4〕曹昌廉：〈泗水撈鼎推原〉，《中國學術年刊》第三十六期，2014年9月秋季號，頁67～90。

這些可謂《山海經》研究中相當重要的一環，過去卻尚無依旅行視野進行討論的專著，以下則就此角度並綜合過去龐大的研究成果，一方面驗證一方面提出《山海經》在旅行視野下可能的流傳、成書過程。

第一節　作者與成書時間

　　歷來討論《山海經》的眾說紛紜，在前面已有提及，除去了第一章提到的極端例子之外，事實上《山海經》從性質、作者到寫作時間都莫衷一是。劉歆整理上書時說：「禹別九州，任土作貢，而益等類物善惡，著山海經。」〔註5〕直指《山海經》作者是禹和益等人，雖然不知何據，但是此後大多數學者都依照這個說法，例如東漢趙曄在《吳越春秋》記到：

> 禹……巡行四瀆，與益夔共謀，行到名山大澤，召其神而問之山川脈理、金玉所有、鳥獸昆蟲之類，及八方之民俗、殊國異域、土地里數使益疏而記之，名曰山海經。〔註6〕

王充則在《論衡》中延續劉歆的說法：

> 禹益並治洪水，禹主治水，益主記異物，海外山表，無遠不至以所聞見，作山海經。〔註7〕

凡此都認為山海經是唐虞時代的禹益所作。

　　而在這個清代以前的主流說法中，也偶有提出質疑者，例如北齊的顏之推，他在《顏氏家訓》〈書證篇〉中記到：

> 或問：「山海經夏禹及益所記，而有長沙、零陵、桂陽、諸暨，如此郡縣不少，以為何也？」
> 答曰：「史之闕文，為日久矣。加復秦人滅學，董卓焚書，典籍錯亂，非止於此。譬猶本草神農所述，而有豫章、朱崖、趙國、常山、奉高、真定、臨淄、馮翊等郡縣名。……皆由後人所羼，非本文也。」〔註8〕

〔註5〕東漢‧劉歆：〈上山海經表〉，引自袁珂：《山海經校注‧附錄》（臺北：里仁書局，1981 年），頁 477。
〔註6〕東漢‧趙曄撰，元‧徐天祐音注：《吳越春秋》（臺北：世界書局，1979 年），頁 178。
〔註7〕黃暉：《論衡校釋（一~二）》（臺北：臺灣商務印書館，1964 年），頁 599。
〔註8〕王利器撰：《顏氏家訓集解》（北京：中華書局，1993 年），頁 483~484。

雖然並未否定作者禹益之說，但是這已經是目前所見最早指出《山海經》文本中與所謂唐虞時代的矛盾。宋朝晁公武《郡齋讀書志》則在〈跋山海經〉中也提到他父親在考察《山海經》之後，對於書中存有漢代郡縣名的心得：

> 大禹製，晉郭璞傳，漢侍中奉車都尉劉秀校定，表言：「禹別九州，而益等類物善惡，著此書。皆聖賢之遺事，古文之著明者也。」大父嘗考之於其書，有曰：「長沙、零陵、雁門，皆郡縣名，又自載禹、鯀，似後人因其名參益之。」〔註9〕

清朝郝懿行《山海經箋疏敘》則歷歷指出疑似後人羼入的痕跡，其一：

> 今考海外南經之篇，而有說文王葬所，海外西經之篇，而有說夏后啟事。夫經稱夏後，明非禹書；篇有文王，又疑周簡：是亦後人所羼也。

其二：

> 至於郡縣之名，起自周代，周書作雒篇云：「為方千里，分以百縣，縣有四郡。」春秋哀公二年左傳云：「克敵者上大夫受縣，下大夫受郡。」杜元凱注云：「縣百里，郡五十里。」今考南次二經云：「縣多土功」、「縣多放士」，又云「郡縣大水」、「縣有大繇」：是又後人所羼也。

其三：

> 中次十二經說天下名山，首引「禹曰」。一則稱禹父，再則述禹言，亦知此語，必皆後人所羼矣。〔註10〕

而雖然如此舉證，但是郝懿行仍然是主張「以此類致疑本經，則非也。」認為禹益作《山海經》有其可信。

一直到南宋尤袤彙整各種版本刻印《山海經》在篇末提記，這才首度有學者推翻了劉歆的說法，尤袤指出：

> 山海經夏禹為之，非也。其間或援啟及有窮后羿之事。漢儒或謂伯翳為之，非也。然屈原離騷多摘取其山川，則言帝嚳葬於陰，帝堯葬於陽，且繼以文王皆葬其所。又言夏耕之尸也，則曰湯伐夏桀於

〔註9〕宋·晁公武撰，孫猛校證：《郡齋讀書志校證》（上海，上海古籍出版社，2011年），頁338。

〔註10〕清·郝懿行：〈山海經箋疏敘〉，引自袁珂：《山海經校注·附錄》（臺北：里仁書局，1981年），頁483～484。

章山，克之。其論相顧之尸也，則曰伯夷父生四岳，先生龍。按此

三事，則不止及夏啟、后羿而已，是周初亦嘗及之。

然後首度作出了與以往不同的推論，尤袤認為「定為先秦書，信矣。」〔註11〕

與尤袤幾乎同時的薛季宣則進一步懷疑《山海經》中出現的許多並非夏

代之事：

> 經言大川所出，及舜所葬，皆秦漢時郡縣。又有成湯文王之事，管
> 子之文，其非先秦有夏遺書審矣。……山海經要為有本於古，或為
> 秦漢增益之書。〔註12〕

據此認為《山海經》可能是有本於古，再加上秦漢增益的結果，這是相當有

見地的看法。

明朝胡應麟則觀察到《山海經》與先秦諸典籍的關係：

> 始余讀山海經而疑其本穆天子傳雜錄離騷莊列傳會以成者，然以出
> 于先秦未敢自信，載讀楚辭辨證云：古今說天問者皆本山海經、淮
> 南子。今以文意考之，疑此二書皆緣天問而作，則紫陽已先得矣。
> 然經所紀山川神鬼，凡離騷、九歌、遠遊、二招中稍涉奇怪者，悉
> 為說以實之，不獨天問也。而其文體特類穆天子傳，故余斷以為戰
> 國好奇之士取穆王傳，雜錄莊、列、離騷、周書、晉乘以成者，自
> 非熟讀諸書及此經本末不易信也。……古人著書，即幻設必有所
> 本……至於周末，離騷、莊、列輩，其流遂不可底極，而一時能文
> 之士，因假穆天子傳之體，縱橫附會，勒成此書，以傳於「圖象百
> 物」之說，意將以禹益欺天下後世，而適以誣之也。〔註13〕

他延續了紫陽（朱熹）的觀點認為《山海經》是「戰國好奇之士取穆王傳，雜

錄莊、列、離騷、周書、晉乘以成者」，已然觀察到《山海經》文本的多元性

質。乃至於同樣是明朝的王崇慶在《山海經釋義》裡面也針對〈中山經〉文末

一大段「禹曰」所提到的「封於泰山，禪於梁父，七十二家得失之數，皆在此

內……」提出質疑：

> 夫封禪，秦以後也，而曰『七十二家，所以戒人主之侈心也，又何

〔註11〕宋・尤袤：〈山海經跋〉，收錄於（宋　淳熙七年池陽郡齋本《山海經》）。

〔註12〕宋・薛季宣：〈敘山海經〉，《浪語集》卷30（上海：上海社會科學院，2003
年），頁426。

〔註13〕明・胡應麟：《四部正譌》（臺北：臺灣開明書店，1979年），頁57～59。

「得失」之可分哉？觀封禪之說，其不為禹益所撰文一明驗也矣。

指出了禹益寫作《山海經》的不可信。時至今日，對於《山海經》作者的看法，也就逐漸揚棄了劉歆當年的說法，慢慢趨向可能是非一時一地一人的共識。

然而據以上引文，不難觀察到從南北朝時的顏之推以下，對「禹益」作《山海經》提出懷疑觀點的論述，大多都提到了《山海經》裡面夾纏秦漢地名、說法、觀念等等的痕跡，但是卻又同時無法擺脫《山海經》內容來源「有本於古」〔註14〕，「周初亦嘗及之」〔註15〕，乃至於「戰國好奇之士取穆王傳，雜錄莊、列、離騷、周書、晉乘以成」〔註16〕，「定為先秦書」〔註17〕這樣的痕跡。這事實上反映了一個現象，也就是《山海經》時間跨度、地域跨度都超乎了一般書籍的常態〔註18〕，換言之很可能《山海經》是一部長時間累積而成的作品，而且《山海經》的各篇有其個別的來源與形成時間。明確指出這一點的應當首推是清朝的畢沅之見，他在《山海經新校正》的〈山海經古今本篇目考〉說：「山海經三十四篇，禹益所作。」〔註19〕他認為《山經》部分為禹益所作，而指出：

> 《海外經》四篇，《海內經》四篇，周秦所述也。禹鑄鼎象物，使民知神奸，案其文有國名，有山川，有神靈奇怪之所標，是鼎所圖也。鼎亡於秦，故其先時人尤能說其圖而著於冊。……《大荒經》四篇釋《海外經》，《海內經》一篇釋《海內經》當是漢時所傳，亦有山海經圖，頗與古異。〔註20〕

畢沅把《海外四經》《海內四經》連繫到「禹鼎圖」，然後認為《大荒四經》是解釋《海外四經》的文本，單篇的《海內經》則是《海內四經》的解釋，把《山海經》的各篇章作了離析，也說明了他們彼此間的關係。

此後顧頡剛《中國上古史研究講義》也運用了這樣的觀點，把〈山經〉

〔註14〕宋・薛季宣：〈敘山海經〉，《浪語集》卷 30（上海：上海社會科學院，2003年），頁 426。

〔註15〕宋・尤袤：〈山海經跋〉，收錄於（宋　淳熙七年池陽郡齋本《山海經》）。

〔註16〕明・胡應麟：《四部正譌》，頁 57。

〔註17〕宋・尤袤：〈山海經跋〉，收錄於（宋　淳熙七年池陽郡齋本《山海經》）。

〔註18〕關於時空跨度廣大這一點，很容易讓人聯想到《詩經》，而這也是學者如廖平等等將《山海經》連繫到《詩經》的一項理由。

〔註19〕清・畢沅：《山海經新校正》（上海：上海古籍出版社，1989 年），頁 81。

〔註20〕清・畢沅：《山海經新校正》，頁 81。

〈海經〉分開來討論，雖然顧頡剛顯然和畢沅不同的是他對於「禹鼎圖」的
存在抱持懷疑態度，但是顧頡剛並沒有否定他們很可能是某種圖畫的說明文
字。

> 《山海經》至今流傳，其中〈山經〉和〈海經〉各成一個體系；〈海
> 經〉又可分為兩組，一組為〈海外四經〉與〈海內四經〉，一組為〈大
> 荒四經〉與〈海內經〉。這兩組的記載是大略相同的，他們共就一種
> 圖畫作為說明書，所以可以說是一件東西的兩本記載。〔註21〕

自此《山海經》邁入現代研究，基本上研究者們者對於《山海經》是由幾個部
分彙集而成，並且不是出自一地一人一時之作逐漸形成比較一致的看法。而
後在這個基礎上各有論述。

以《山海經》成書時間而言，除了呂思勉認為是晉人模仿漢代以後的史
志偽造〔註22〕，認為成書在秦以後是相當獨特的見解之外；徐旭生認為〈海
外四經〉〈海內四經〉是漢武帝以前作品〔註23〕；陸侃如則認為《山海經》除
《五藏山經》是戰國楚人作之外，《海經》屬於西漢時期，淮南子以後劉歆以
前的作品，《大荒經》和〈海內經〉則是東漢到魏晉郭璞以前的作品。〔註24〕
的確，這些認為《山海經》有漢代甚至漢代以後痕跡的看法，並非無憑無據，
《山海經》有秦漢以後痕跡，倒也是實情，這一點從北齊的顏之推以降〔註25〕，
多有學者發現。例如劉宗迪也注意到了《山海經》有秦漢地名，他透過援引
王建軍的資料比對研究說：

> 王建軍通過對《山海經》各篇中「存在句」的統計分析，指出各種
> 形式的存在句（包括非完型的「有」字句、完型的「有」字句、「無」
> 字句、「在」字句、「居」字句、非動詞存在句）在各部分中的分布
> 很不均衡，據此可將《山海經》各篇區分為四組，一為《山經》、一
> 為《海外經》、一為《海內經》（四篇者）、一為《大荒經》和《海內
> 經》（一篇者），並根據漢語史上存在句演變的規律斷定：「《大荒經》、
> 《海內經》和《海外》諸經大致成書於戰國，《山經》部分內容成書

〔註21〕顧頡剛：《中國上古史研究講義》（臺北：洪葉文化，1994 年），頁 32。
〔註22〕呂思勉：《中國民族史》（長春：吉林人民出版社，2012 年），頁 9。
〔註23〕徐旭生：《中國古史的傳說時代》（臺北：里仁書局，1999 年），頁 429。
〔註24〕陸侃如：〈論《山海經》的著作時代〉，載於《史學論叢》，收入《中國期刊彙
編》（第 31 種）（臺北：成文出版社，1985 年），頁 27～46。
〔註25〕前文論及學者認為作者恐非禹益時，多有討論，可參考。

於戰國，大部分為秦漢人增補，《海內》諸經則為秦漢之作」。〔註26〕
而這樣的說法恐怕沒有注意到劉歆在〈上山海經表〉的提到的《山海經》是
「皆聖賢之遺事，古文之著明者也。」的訊息，而既然《山海經》是由古文寫
作而成，按照漢代的古文定義，起碼是許慎的說法：「周太史籀著大篆十五篇，
與古文或異。」〔註27〕將古文、大篆並舉，指出古文或是史籀以前的文字。
近代學者則進一步說明古文應是泛稱春秋戰國時期東方諸國文字，如「孔壁
古文」、「汲郡古文」等。從這一點觀察《山海經》不當晚於秦始皇統一文字之
後。換句話說《山海經》全書至少在秦始皇統一六國之前已經完成。而且是
由秦完成了彙整修正的工作。

所以針對上面提到《山海經》有秦漢人痕跡的問題，顏之推認為：

> 答曰：「史之闕文，為日久矣；加復秦人滅學，董卓焚書，典籍錯亂，
> 非止於此。譬猶本草神農所述，而有豫章、朱崖、趙國、常山、奉
> 高、真定、臨淄、馮翊等郡縣名，出諸藥物；爾雅周公所作，而云
> 『張仲孝友』；仲尼修春秋，而經書孔丘卒；世本左丘明所書，而有
> 燕王喜、漢高祖；汲冢瑣語，乃載秦望碑；蒼頡篇李斯所造，而云
> 『漢兼天下，海內并廁，豨黥韓覆，畔討滅殘』；列仙傳劉向所造，
> 而贊云七十四人出佛經；列女傳亦向所造，其子歆又作頌，終于趙
> 悼后，而傳有更始韓夫人、明德馬后及梁夫人嫕：皆由後人所羼，
> 非本文也。」〔註28〕

他舉了相當多古書被竄入的例子來說明，這些痕跡當是「後人所羼」，而後余
嘉錫在《四庫提要辨證》中進一步分析：

> 顏氏云「後人所羼入」，余謂非有意羼入也，直是讀古人書時，有所
> 題識，如今人之批書眉。傳鈔者以其有所發明，遂從而鈔入之，不
> 問其何人之筆爾。彼作者尚不屬名，豈有偶批數行，必著其為某某
> 者乎？要之古人以學術為公器，故不以此為嫌。章氏學誠有〈言公〉
> 之篇，余於《古書通例》中言之詳矣。凡古書有後人續入者，以歷

〔註26〕劉宗迪：《失落的天書——《山海經》與古代世界華夏觀》（北京：商務印書
　　　　館，2016 年），頁 481。
〔註27〕東漢・許慎撰，清・段玉裁注：《說文解字注》（臺北：漢京文化，1985 年），
　　　　頁 757。
〔註28〕王利器撰：《顏氏家訓集解》（北京：中華書局，1993 年），頁 483～484。

史地理書為多，議論文則少見，蓋實用與空論之別耳。〔註29〕
指出了所謂「竄入」是歷代眉批與傳鈔的綜合性結果。

據此《山海經》大體最終完成時間，至少在劉歆上書之前，而且司馬遷
寫作《史記》當時已經對其內容有失掌握，所以根據以上分析可以得到以下
幾點歸納：

一、學者們多有提及的〈山經〉、〈海經〉應當分別視之的觀點，其實在
　　「旅行」觀點的統合下，已經可以重新審視，兩者其實共有的交集。
　　但是這兩者還是各有不同的流傳、寫作、驗證、修改、增刪的過程，
　　這一點值得注意。

二、《山海經》寫作時間最晚不會晚過劉歆上書，再加上書中多有商代文
　　化的痕跡（尤其是〈大荒經〉），例如商之兵主蚩尤、商王王亥、商之
　　四方風神、商人的鳥始祖諸如此類多已在前面論述，因此《山海經》
　　流傳時間很可能始自先商。而且大體的《山海經》文本在秦始皇時已
　　經完成最後大部分的修改與增刪。

三、作者應當不是單純一句禹、益撰著可以解釋。

認為《山海經》記載了旅行路線的張步天針對〈山經〉提出觀察：

《山經》並非成於一時，其早期底本應為西周王官或即追述西周初
年建置之《周禮》所稱大司徒、大宗伯機構主持之調查紀錄，有文
有圖，且定期或不定期重複修訂，不斷增刪潤色。「文」為文字筆記，
即後世所見經文。「圖」即地圖，亦有某種實物圖、神祇圖原始資
料，……。平王東遷洛邑之後，王室浸衰，但春秋時周王仍有一定
權威，此種調查紀錄並未終止，此即〈中山經〉記載洛邑附近十分
詳細之緣由。祭祀山林川澤並開展局部地區山川調查可上溯至夏
商。商代有《山書》已見於典籍記載。然則夏商時代山川調查即使
留有記錄也當十分簡略零散，不可能即是已具有相對完善體系且具
有一定規模之《山經》早期底本。兩周長達八百餘年，東西二度長
期穩定，且簡冊文字已較龜甲文字方便普及許多，《周禮》雖成書於
戰國時代，所追述周初典制應有所本，其所記地官司徒職掌「辨其
山林川澤丘陵地衍原隰之名物」，春官宗伯職掌「以血祭祭社稷五祀
五嶽，以貍沉祭山林川澤，以疈辜祭四方百物。」等記載與《山經》

〔註29〕余錫嘉：《四庫提要辨證》（臺北：中華書局，1980 年），頁 1121。

博物民俗內容相合。據以上分析，推知《山經》早期底本可溯至西

周乃至商末。〔註30〕

以上針對〈五藏山經〉張步天之說有甚為理，恐怕是最接近事實的說法。

　　此外「『海荒經』……乃是中原與遠近周邊地區官方民間往來之產物。其資料來源一是四裔傳入，二是主動採集，商周以前，中原與遠近周邊地區官方民間來往即已存在。西周為強盛東方大國，中原與周邊部落部族交往已相當頻繁。如在東北，史載肅慎曾以楛矢石砮入貢，殆至『康王之時，肅慎復至』，又如南方中南半島，始稱越裳國曾於西周時派始者來貢白雉。在西北、西南、漢代通西域以前即已存在東西方之間海上交通路線，上古時代中亞西亞文化東來大抵通過此諸古道，域外使者，商人入境與中原官商人員外出必然帶來域外風物傳聞。中原王官、朝廷也有意主動採集四域信息。」〔註31〕這也正是「海荒經」形成的重要過程，資料來源之一，再加上記載這些傳聞的巫、祝一類人物，對世界的解釋，記載了神靈上下之旅的說法，就構成了《山海經》的基本架構。

第二節　《山海經》的地域範圍與成書過程

　　關於《山海經》的地域範圍，如前面章節所論，有範圍廣至全世界的看法，不過按照實際情況而論，以「旅行」的真實行動角度而言，要超過古代中國版圖範圍，有其困難，但是誠如山西運城的春秋時期芮國墓中，可以出土熱河、遼寧一帶新石器時期的紅山文化玉器，南越王趙眜墓中可以出土波斯銀盒，不能否認的是交通的發展，可能帶來的遠方異國文物以及傳聞，而這些當即構成描述世界的重要一部分，此外則可能再加上神靈之旅、星座運轉的行動記錄，形成《山海經》如此獨特的宇宙觀。

　　而即使將《山海經》限縮在古代中國範圍中，主張地域中心在何處者也各有主張，有認為〈海經〉僅在「今山東省中南部以泰山為中心的地域」〔註32〕者，也有主張「記述的是雲南西部東經 101 度以西，北緯 23 度以北縱谷地區的地理，書中的古昆侖山即今雲南納溪河和毗雄河──苴力河以西、雲

〔註30〕張步天：《山海經解（上）》（香港：天馬圖書公司，2004 年），頁 4～5。

〔註31〕張步天：《山海經解（上）》，頁 344。

〔註32〕何幼琦：《海經新探》，《歷史研究》1985 年第 2 期。

縣縣城以北、高黎貢山以東、金沙江以南橫斷山脈地區」〔註33〕的說法。但是事實上，秦始皇的驗證活動證明了線索限縮在當時可行之範圍。誠如清代的董豐垣《唐虞五服成周九服考》指出：「案王制九州，州方千里，是方三千里之地，積之為方千里者九也，……周官之五千五百里，所謂東漸于海，西被于流沙，朔南暨，兼邑居，道路，山川，林麓，言之也。」〔註34〕

因此依據前面所論秦始皇巡行過程中運用《山海經》的線索，可以得知秦始皇一統天下後基於追求超凡入聖，長生不死的想望，而進行的五度巡遊，的確與《山海經》有著密切的關係。《呂氏春秋》的大量引用《山海經》即是秦國對於《山海經》內容進行撿擇、驗證的結果，因此秦始皇與《山海經》之間的關係是既有應用，也有驗證，甚至修改增添。這當是在「旅行書」的角度下應用《山海經》以作為指南的互動。

而很幸運地透過秦始皇在史書中詳細記載的巡行地點，可以參酌《山海經》中各篇在秦始皇閱讀視野中，他所理解的訊息來源，也就是前面所指出的第一次的向西巡行依據〈海內經〉，第二次巡行則依據〈海外南經〉、〈大荒南經〉，第四次巡行則依據〈海內北經〉，第五次則與〈大荒南經〉有關。足見秦始皇確實見過《山海經》，雖不確定其是否已有統整之書名，但是當可以肯定兩者間具有密切關聯。

並且依照秦始皇的巡行路線，可以約略辨認他心目中的〈海內經〉是以秦為中心；〈海外南經〉則當出自「鄒」，可能就是商奄舊地，而這一點與現今劉宗迪先生的考察有著相應之處；〈海內四經〉則〈海內北經〉則當在燕國舊地，〈海內東經〉則在楚國之南，至於〈大荒南經〉從秦始皇南方探尋的兩處，可以得知這是以楚國舊都為中心的，並且我們可以知道楚國舊都在秦始皇資訊中，已經是有兩種可能地點。這一點和後來對楚國舊都的考察，以及〈大荒四經〉中豐富的神話材料，以及楚文化特徵，也有著相符之處。

其中最明顯的與秦的驗證相關的，即為「海內四經」以及〈海內經〉，關於將《山海經》視為指南並加以驗證，從其名稱而言，謂之「海內」者即是，由海外而海內，由陌生而熟悉的過程。

現存可見的「海內四經」的內容可以劃分為四個部分〔註35〕：

〔註33〕扶永發：《神州的發現》（昆明：雲南人民出版社，1992 年）。
〔註34〕清・董豐垣：《識小編》卷上（北京：中華書局，1988 年），頁 81～82。
〔註35〕本分類參考劉宗迪：《失落的天書──《山海經》與古代世界華夏觀》（北京：

第一部分，「是四方的一些狄夷之國和地方，《海內南經》全篇、《海內西經》的前半部分，《海內北經》的大部分、《海內東經》的開頭幾句話都是，其所述之國和地方大多是秦漢一統、疆域開闢之後才有的地名，如甌、閩、桂林、番禺、雕題、匈奴、東胡、犬封、林氏、朝鮮、倭、鉅燕、西胡等，其中西方的國家最多，北方和南方次之，東部最少，正與華夏地理和秦漢疆域開闢的大形勢相合，章炳麟《訄書·封禪》云：『古之中夏，贏於西極，而縮於東南。』又說：『贏、劉之君，南殄滇、粵，而北逐引弓之民』，華夏文明發祥於東方而向西、北、南發展，秦、漢疆域的開闢主要是在這三個方向。」〔註36〕劉宗迪這段分析，可以說是清楚的交代了「海內四經」的來歷，但是必須注意的是，「海內四經」雖然與秦漢地名多相合，可是增益與竄入卻無法忽視，尤其劉歆〈上山海經表〉中明說了「侍中奉車都尉光祿大夫臣秀領校、秘書言校、秘書太常屬臣望所校山海經凡三十二篇，今定為一十八篇，已定。」〔註37〕再加上《山海經》中很多「一曰」之類云云的別記它說的文字，說明了漢代主要進行的是校對、修訂、乃至彙整《山海經》的工作。而真正能呼應「海內四經」如此恢宏巨製，恐怕也需要相當國力，而泛觀漢代能與秦相較的國力至少要到漢武帝才出現，然而漢武帝時的司馬遷讀到《山海經》卻已經是讀不懂不好說，覺得神怪了，因此真能開疆闢地進行大規模驗證《山海經》內容工作的唯有秦，以及一統天下的秦始皇。

第二部分，乃是例來學者多有發現的〈海內東經〉一大段記各地河水流向的文字，畢沅就曾說：「右海內東經舊本合『岷三江，首……』以下云云為篇，非，今附在後。」又云：「自『岷三江，首……』以下疑水經也。」〔註38〕，畢沅指出這是一段疑似水經的文字，袁珂也同意此說。此外甚至周振鶴更明確地指出這段水經當是一段遺落於今本《水經注》之外的秦代《水經》〔註39〕。

第三部分，是〈海內西經〉中相當引人注目的一段：「海內崑崙之墟，在西北，帝之下都。崑崙之墟，方八百里，高萬仞。上有木禾，長五尋，大五

商務印書館，2016 年），頁 473～474。然劉宗迪所分為三類，本文依論述需要另加一部分，並在論述上強調所出為秦，漢代僅作修改、以及佚文彙整。

〔註36〕劉宗迪：《失落的天書——《山海經》與古代世界華夏觀》（北京：商務印書館，2016 年），頁 473。

〔註37〕東漢·劉歆：〈上山海經表〉，引自袁珂：《山海經校注·附錄》（臺北：里仁書局，1981 年），頁 477。

〔註38〕袁珂：《山海經校注》，頁 332。

〔註39〕周振鶴：《被忽視了的秦代〈水經〉》，《自然科學史研究》第 1 期，1986 年。

圍。面有九井,以玉為檻。面有九門,門有開明獸守之,百神之所在。在八隅之巖,赤水之際,非仁羿莫能上岡之巖。」這部分對「崑崙」的描寫,劉宗迪認為濃墨重彩,誇張神祕而且條理分明〔註40〕,和〈海內四經〉各部分皆不相同,的確這一段落大規模描寫崑崙,可是整部《山海經》皆如此,而且分佈也不限西方。倒是真正引人注目的是本段描寫崑崙出現了一句《山海經》中僅見於此的「非仁羿莫能上岡之巖。」而這一句話正揭示了仁可以爬上崑崙,但是前提是這個人必須是「仁君」,是一個親愛人民的君王,敘述者巧妙地把對王的期待,包裹在美麗的糖衣中。這不禁讓人想到《呂氏春秋》豈不正是在進行一樣的事,這不正是對秦王嬴政說的道德故事?此外「海內四經」中描寫此類仙境還有〈海內北經〉中的「蓬萊」,此「蓬萊」一樣是只見於此,而且這當即是與秦始皇相關的描述,不是秦始皇按圖索驥前往,就是秦始皇聽聞後加入的資料,而當非漢代說法的原因乃是漢代言蓬萊,多以蓬萊、瀛洲、方丈三仙山並稱之。

第四部分,是其中一些「關於奇獸物怪等的記載,如猩猩、窫窳、建木、巴蛇、旄馬、孟鳥、貳負之尸、吉量、蜪犬、窮奇、大蜂、朱蛾、闒非、據比之尸、環拘、王子夜之尸、陵魚、大鯾、大人之市、雷神等……其中有些已見於《海外經》、《大荒經》,有些見於《逸周書·王會篇》(詳見郝懿行《箋疏》)」〔註41〕而劉宗迪所謂「東鱗西爪」「不成系統」「道聽塗說的小說家者言」之語,話說得太重,其中的確有明顯文句殘斷難解,方位次序凌亂的情形,而且這些來源多屬於四裔傳聞,但是在意義上這些紀錄恰好也正是反映了這是被修改驗證過後情形。

此外第六屆兩岸國學高峰會議中曾有拙著〈《呂氏春秋·本味》的美味之外──論〈本味〉與《山海經》的關係〉一文發表,其中探討了作為烹飪最早篇章的「說湯以至味」一段。這一段落中所列舉的 40 項食材中有 20 項食材與《山海經》對應,這與《山海經》有關的 20 項食材,有高達八成,甚至全部。都可以聯繫到「西方崑崙神話」的內容。而且事實上〈海內四經〉的內容除了「水之美者」言及〈海內西經〉的崑崙之井外,其他全部不在其引用之中。這正好證明了「海內四經」大部分是秦國驗證後的內容,因此無須被寫在《呂氏春秋·本味》中,提供給秦王嬴政閱讀。而相反地〈本味〉百分之八

〔註40〕劉宗迪:《失落的天書──《山海經》與古代世界華夏觀》,頁 471～472。
〔註41〕劉宗迪:《失落的天書──《山海經》與古代世界華夏觀》,頁 473～474。

十和《山海經》的仙鄉、不死、概念相連。恐怕源於：「《呂氏春秋》基本是一本著作來給秦王嬴政閱讀的書，是呂不韋作為一個攝政者想傳授給帝王的全部心血。那麼於是可以理解為什麼〈本味〉是這麼來運用《山海經》資料，它不用《山海經》則已，一旦用之則大量地以『不死仙鄉』為核心來挑選。

顯然要非某種層面上反映了嬴政對於『長生不死』的興趣，不然也反映出了戰國時眾多君王們的興趣，亦包含了追求仙鄉不死的願望。」而另外單獨成一篇的海內經呢？這當是一篇以秦為核心的記錄，或者是補充《山海經》的資料。其中呈現與「海內四經」一樣的朝鮮、天毒較新地名，此外西方有柏高上下於天之所，這應當是秦始皇首發西行的目標，南方九嶷山也在記載中，此外也記載了巴人，更記載了西南方的都廣之野，這顯見對於巴蜀文化有相當掌握，而中原對於巴蜀經略最為深刻者，就是秦國。

戰國時（西元前316）年秦惠文王因為蜀王弟苴侯私自與巴結交〔註42〕，蜀王大怒攻苴，苴侯逃至巴，巴、蜀均向秦惠文王求助。可是韓國來犯，秦惠文王聽了司馬錯的建議「拔一國，而天下不以為暴；利盡西海，諸侯不以為貪。是我一舉而名實兩附，而又有禁暴正亂之名」〔註43〕，自此進攻巴蜀，滅蜀國開明氏〔註44〕，此後進取苴、巴〔註45〕，此後司馬錯順水而下攻打楚國與巴邊境，占領了楚國的黔中郡，雖不久之後楚國又拿回黔中，但是從此

〔註42〕《華陽國志·巴志》：蜀王弟苴侯私親於巴。巴蜀世戰爭，周慎王五年，蜀王伐苴。苴侯奔巴。巴為求救於秦。秦惠文王遣張儀、司馬錯救苴、巴。遂伐蜀，滅之。

〔註43〕《戰國策·卷三·秦策一》所載原文如下：司馬錯曰：「不然，臣聞之，欲富國者，務廣其地；欲強兵者，務富其民；欲王者，務博其德。三資者備，而王隨之矣。今王之地小民貧，故臣願從事於易。夫蜀，西僻之國也，而戎狄之長，而有桀、紂之亂。以秦攻之，譬如使豺狼逐群羊也。取其地，足以廣國也；得其財，足以富民；繕兵不傷眾，而彼以服矣。故拔一國，而天下不以為暴；利盡西海，諸侯不以為貪。是我一舉而名實兩附，而又有禁暴正亂之名，今攻韓劫天子，劫天子，惡名也，而未必利也，又有不義之名，而攻天下之所不欲，危！臣請謁其故：周，天下之宗室也；齊，韓、周之與國也。周自知失九鼎，韓自知亡三川，則必將二所並力合謀，以因於齊、趙，而求解乎楚、魏。以鼎與楚，以地與魏，王不能禁。此臣所謂危，不如伐蜀之完也。」惠王曰：「善！寡人聽子。」引自：西漢·劉向輯錄：《戰國策》（臺北：里仁書局，1990年），頁117～118。

〔註44〕《華陽國志·蜀志》：周慎王五年秋，秦大夫張儀、司馬錯、都尉墨等從石牛道伐蜀。蜀王自於葭萌拒之，敗績。王遯走至武陽，為秦軍所害。其相及太子退至逢鄉，死於白鹿山。開明氏遂亡。凡王蜀十二世。

〔註45〕《華陽國志·蜀志》：冬十月，蜀平。司馬錯等因取苴與巴。

巴蜀入秦之治，甚至可以說是後來秦滅六國的重要開端。而〈海內經〉中既然有如此明顯的巴蜀文化殘跡，又名「海內」，足見屬於已經過驗證的資料，又有秦地名，因此〈海內經〉實屬秦滅巴蜀後，經略交通過程中蒐集撰寫的《山海經》補充資料，其中依然搜羅上下於天、不死仙鄉等等的資訊，可見其旅行的視野不變。

只是秦國只要遷人，都放逐巴蜀，例如呂不韋、嫪毐的舍人就是，其中除呂不韋外最有名的是協助商鞅變法的尸佼，在商鞅車裂後逃入蜀，而被劉向《孫卿書錄》說著書「非先王之法，不循孔氏之術」的尸子，就是蜀地學術傳統的代表知識份子，此後西漢甚至還有「易在蜀」之說，「《儒林傳》說：『蜀人趙賓好小數書，後為易，持論巧慧，諸易家不能難，皆曰非古法也。云受孟喜。』這應該是蜀人之法，所以和易家不同；以及閬中的落下閎，任交公都長於律曆災異，這些人倒似乎反映出巴蜀文化的特點。馬、班《曆書》說：『已得太初本星度新正，（射）姓等奏不能為算，乃選巴郡落下閎運算轉曆。』這也是文翁以前巴蜀獨傳之學。在《華陽國志》著錄的楊厚、任安等一派，自西漢末年直到近代，師承不絕，都是以黃老災異見長，共有三十餘人。這在兩漢最為突出。其餘如楊宣、趙翹以天文推步之名的還很多。張道陵更是顯著事例……把詞賦、黃老、陰陽、數術合為一家的很多。這種風氣，好像在巴蜀是有深遠的基礎。」〔註46〕所以這一方面切合了前面所論，《山海經》是以旅行為主軸並由方士、職方氏、巫、帝等這些人傳播彙整的之外，指出了一個還別有巴蜀文化特徵的部分值得注意，而這一點最具象的連結就在「大荒四經」，這就是蒙文通指為巴、蜀地域所流傳的代表巴蜀的古籍。〔註47〕而「大荒四經」當中不能忽視的是，他也具有濃厚的商文化色彩，如前所論「大荒四經」實際上主要是記載日月星辰運行的旅行書，其中心當與「海外四經」相同，也就是在「以泰山—曲阜為中心的上古時代的東夷地區。」〔註48〕但卻有不同的流傳路徑，而按照〈大荒四經〉的特徵則很可能是巴蜀方士描述天文的一種傳統典籍，而後被秦所獲。其流傳路線可能是由春秋宋傳至楚，再由楚依長江流

〔註46〕蒙文通：〈巴蜀文化的特徵〉，收錄在呂子方《中國科學技術史論文集》（下）（成都：四川人民出版社，1984 年），頁 361。

〔註47〕蒙文通：〈略論《山海經》的寫作時代及其產生地域〉，收錄《中華文史論叢》第一輯（上海：上海古籍出版社，1962 年）。

〔註48〕劉宗迪：《失落的天書——《山海經》與古代世界華夏觀》（北京：商務印書館，2016 年），頁 445。

域傳至巴蜀的過程，而秦經由秦對巴蜀攻略的路線，獲得「大荒四經」。

　　而「海外四經」則如前討論秦始皇巡遊所論；〈海外南經〉的中心在魯南，因此推論〈海外四經〉資訊來自泰山一帶觀測天文的早期巫祝之口。而這系列的文本記載，初期就被周人獲得，並且收藏但並不重視。

　　〈五藏山經〉則當屬周人收藏並且驗證補充後的資料，譚其驤先生在撰寫《中國自然地理・歷史地理篇》時談水系變遷，利用《山海經》中的資料，勾勒了古代黃河下游的若干面貌。他認為《山經》所載山川大部分是歷代巫師、方士、祠官的踏勘記錄，經長期傳寫編纂，多少會有所誇飾，但仍具有較高的正確性。部分偏遠地區資料採自傳聞，無從核實，離地理實際就相當遠。

第三節　《山海經》內容驗證修改與流傳

　　以旅行為核心的知識自商開始已蒐集、彙整，而且這是一門「商王」、「方士」、「巫」、「帝」等掌握的學問。盤庚遷殷，進入農業生產、土地固著、糧食囤積、酒類生產之後，穩定生活的前提，這些早期的旅行資料掌握在商代的知識份子手中，而且那個時候最明顯的是真正的旅行者實地去行走的旅行記錄，和觀測天候、釐定四時的天文觀察，以及來自四方傳聞的各種行旅異聞，都在旅行這一概念下被統一彙整。

　　待周武王牧野之戰伐商滅紂王後，西周成為天下諸部族之首，很可能商紂王手上的《山海經》初期資料便落入了周王室，成為周王室秘藏，這部分即可能經過刪刪改改多年累積，而成了〈五藏山經〉其中的〈中山經〉，〈中山經〉敘述洛陽一帶最詳，恐怕即為此因，再加上其他四方旅行知識的累積，〈五藏山經〉當即成書於周。而商人另外一部分的日月星辰諸神天際冥界旅行的記錄，則可能是以圖的方式被周人接收，而周人透過文字描述圖，此後圖卻可能因為保存不易等等原因失傳，導致文字和圖連結斷裂，自此〈海外四經〉難解成謎。

　　武王滅商，並非滅盡商人，事實上還留了一個宋國，它在整個周代歷史中的意義，正是孔子所說「興滅國，繼絕世」〔註49〕的實例。司馬遷在〈宋微子世家〉記錄：

─────────────────────

〔註49〕宋・朱熹撰：《四書集注》〈論語・堯曰〉（臺北：漢京文化事業，1987年），頁194。

> 周公既承成王命誅武庚，殺管叔，放蔡叔，乃命微子開代殷後，奉
> 其先祀，作微子之命以申之，國于宋。微子故能仁賢，乃代武庚，
> 故殷之餘民甚戴愛之。〔註50〕

因此宋國是武庚叛亂遭誅後，周天子唯一封的殷人之國，文化上它是殷文化在周代的遺存中心，留存了較為本色的殷商文化。於是很可能在這裡商人自己留存了《山海經》的重要資料，尤其是「海外四經」所據的古圖，或者也還有相關的文字說明，此後這一脈的商人可能因為宋在齊、楚之間的緣故，在齊滅宋後，大批流亡至楚，在楚國開始了沿長江流域乃至巴蜀的流傳過程，或者說與巴蜀文化間的交互作用。

此後數百年間這早期《山海經》資料最多僅存在周王室和楚國貴族，這可以從中原文獻歷經春秋戰國未有出現關於《山海經》文句的現象，以及相對的在楚國貴族如屈原筆下如〈天問〉等篇章卻經常出現與「大荒四經」相關資料得證。

而周王室持續探勘、修正《山海經》資料，〈五藏山經〉當在東周時期陸續完整化，而這也是許多研究者認為〈五藏山經〉具戰國語法的原因。可知的是從〈中山經〉精確化的驗證，表示了真實化思維的逐漸抬頭，很可能周人在某種角度上已經開始逐漸看不懂其中來自商人的抽象圖、文，或者因為圖的佚失，導致了「海外四經」的文獻開始被存而不論，或許也被加以部分的增添修改，但是那已經是微弱不足與「五藏山經」相比的了。

但是總之最重要的契機則在於二場重要的戰爭，其一是秦滅巴蜀，秦國在惠文王時攻滅巴蜀的戰爭，順道占領了楚國的丹陽為中心的黔中郡，這時候的秦國很可能即已獲得流傳在楚的「大荒四經」，但是此已無圖。

其二是秦滅周，《史記·周本紀》記載了周赧王最後的殘喘：

> 秦昭王怒，使將軍摎攻西周。西周君奔秦，頓首受罪……周君、王
> 赧卒，周民遂東亡。秦取九鼎寶器，而遷西周公於憚狐。後七年，
> 秦莊襄王滅東周。〔註51〕

很清楚記下了秦國獲得九鼎寶器，這其中當然九鼎象徵了政治權力，而寶器

〔註50〕 （日）瀧川龜太郎：《史記會注考證》（臺北：萬卷樓圖書有限公司，1993 年），頁 613。

〔註51〕 （日）瀧川龜太郎：《史記會注考證》（臺北：萬卷樓圖書有限公司，1993 年），頁 87。

之流必然包括了《山海經》，而此時秦所得到的《山海經》應當主要是〈五藏山經〉、〈海外四經〉。

　　此後以秦的國力與民風，再搭上當時秦國經略六國的企圖，對於書籍內容進行大量驗證，可以說是合理且必然的，而這工作很可能就是完成在《呂氏春秋》的編纂之中。而拙著〈《呂氏春秋・本味》的美味之外——論〈本味〉與《山海經》的關係〉曾就此，以〈本味〉篇為研究對象有過討論如下〔註52〕：

　　而關於這一點也許可以從將〈本味〉的編著者作為作者的角度來觀察，換句話則可以回歸《呂氏春秋》的讀者是誰？這樣的問題來看。

　　過去歷來對〈本味〉的閱讀大抵不離「求賢」的要旨，而誰需要求賢呢？顯而易見的是「帝王」。而在《呂氏春秋》著作時，能為帝王者，也只有秦王嬴政。因此推論《呂氏春秋》是著作為秦王嬴政所參考閱讀的帝王之學，是相當合理的。

　　即使以著作時間來推測，秦始皇見過《呂氏春秋》也應該沒有疑問，陳奇猷認為《呂氏春秋》中「八覽」、「六論」晚出於「十二紀」，不過最晚應該也不晚過呂不韋遷蜀，亦即始皇十二年，西元前234年〔註53〕。

　　此外《呂氏春秋・序意》提供了更豐富的線索：

　　　〈序意〉在今本《呂氏春秋》中置於十二紀之末、八覽之首，內容是呂不韋就門下學士提問，對十二紀、同時亦是對全書編寫宗旨作出的說明。呂不韋回答的第一句話是：我曾經學過黃帝教誨顓頊的話，黃帝說：有皇天在上，大地在下，如果你能「法天地」，即順應天地的品格修養自己並據以行事，那就可以為庶民的父母，也就成為帝王。⋯⋯呂不韋以囊括百家的氣度主持編寫出這麼一部帝王之學來，是要給誰看呢？這段話裡也已作了暗示。⋯⋯在這裡，呂不韋很可能以黃帝自居，而把嬴政比作了顓頊。沒有任何跡象可以斷定呂不韋想要篡奪王位（他真要這樣做也不難），但確實有足夠證

〔註52〕曹昌廉：〈《呂氏春秋・本味》的美味之外——論〈本味〉與《山海經》的關係〉，收錄於臺灣師範大學國文系編：《第六屆兩岸六校研究生國學高峰會議論文集（上）》（2016年5月14日），頁12〜15。

〔註53〕陳奇猷：〈呂氏春秋成書的年代與書名的確立〉，收錄於《呂氏春秋校釋》附錄（上海：學林出版社，1984年），頁1885〜1889。另田博元、周何主編：《國學導讀叢編　第三冊》（臺北：康橋出版事業有限公司，1991年），頁204，亦同此說。

據說明他想要做像周公那樣的攝政者，做一個太上皇。他幾乎是拿
出了全部心血來輔佐嬴政的，……。〔註54〕

據此，顯然《呂氏春秋》基本是一本著作來給秦王嬴政閱讀的書，是呂不韋
作為一個攝政者想傳授給帝王的全部心血。那麼於是可以理解為什麼〈本味〉
是這麼來運用《山海經》資料，它不用《山海經》則已，一旦用之則大量地以
「不死仙鄉」為核心來挑選。

顯然要非某種層面上反映了嬴政對於「長生不死」的興趣，不然也反映
出了戰國時眾多君王們的興趣，亦包含了追求仙鄉不死的願望。

而究竟是不是這樣呢？我們無法確認秦王嬴政是否讀過《山海經》，但是
基本上如果從張步天、陳連山的論述角度來看：

公元前256年，秦相國呂不韋發兵滅東周，自然有機會得到周天子
所藏的所有「圖書」資料，即地圖與相關書籍，其中應該包括《山
海經》。呂不韋組織編寫的《呂氏春秋》能夠大量引用《山海經》內
容是順理成章的。〔註55〕

因此很可能在周覆滅後作為周朝王官之書，調查國家資源、四方風土的《山
海經》即落入了秦之手。

而那麼試圖想說服君王，則大量運用君王有興趣的題材，是很一般的常
識，這樣的作法在戰國說客即為常見，而王夢鷗在《鄒衍遺說考》中，提到
〈本味〉一篇很可能和鄒衍遺說有相當關係，他說：

除現存於山海經裡的一些怪物之外，尚有極可疑的是：司馬遷對鄒
衍學說的總評忽然會連想到「伊尹負鼎說湯」的故事。這故事在呂
氏春秋裡有很詳細的記載……綜觀本味篇文，頗與鄒忌之鼓琴干齊
威王者同（見戰國齊策），然而誘惑諸侯為「天子」的用意昭然若揭，
顯是戰國說客慣用的口氣。〔註56〕

即指出了〈本味〉這一段試圖說服「諸侯為天子」的企圖。

王夢鷗並沒有針對〈本味〉篇中這些食材逐一分析與《山海經》的關連
〔註57〕，因此他並沒有進一步申論，但是依據他的觀察，並綜合本文前面的

〔註54〕周駿富、朱永嘉、蕭木、楊樹藩、王更生等著：《中國歷代思想家（三）：公
　　　　孫龍、呂不韋、韓非、陸賈》（臺北：商務印書館，1999年），頁61～62。
〔註55〕陳連山：《山海經學術史考論》（北京：北京大學出版社，2012年），頁25。
〔註56〕王夢鷗：《鄒衍遺說考》（臺北：商務印書館，1966年），頁139。
〔註57〕在《鄒衍遺說考》中王夢鷗主要討論的是鄒衍以及其遺說。

分析證之。不難推想當時戰國君王對「長生不死」有所企望，很可能並不罕見。而不論這個君王是當時尚且年輕的秦王嬴政，抑或這是來自戰國末期說客們針對諸侯君王們的殘留作品。

可以肯定的是〈本味〉包裝了這個有趣的題材，在試圖教育君王「求賢」「尚賢」的君王治道上，展現了它的糖衣性質，所以〈本味〉反覆強調「天子成則至味具」，正是這樣的企圖。

因此「海內四經」當即在《呂氏春秋》的編纂之前或者幾乎同時，開始撰著，這些驗證是針對了從巴、蜀、楚一帶獲得的「大荒四經」〔註58〕，從周獲得的〈五藏山經〉、「海外四經」，以秦國最大利益為開始，而後在秦掃滅六國之後轉而為尋求長生不死的秦始皇追尋長生，這些對旅行內容的驗證、彙整與注解，呈現在「海內四經」中，再加上〈海外經〉一篇作為補充，因此這些驗證最後由秦始皇本人在一統天下，在統治的 11 年間進行了五次天下巡遊總結驗證，順道追根溯源、開拓疆域、固守邊防、訪查世界、了解認識查證各種傳聞，進行秦始皇千古一帝的壯遊。

這其中恐怕最後增刪，便自此大定。直到楚漢爭霸，劉邦先入咸陽，封閉秦宮室，表面上絲毫未動，盡忠職守作為守衛的同時，其實就坐實了劉邦獲得了秦宮室秘寶的實情，《漢書·蕭何曹參傳》就記了蕭何得秦圖書的遠見：

> 及高祖起為沛公，何嘗為丞督事。沛公至咸陽，諸將皆爭走金帛
> 物之府分之，何獨先入收秦丞相御史律令圖書藏之。沛公具知天下
> 阨塞，戶口多少，彊弱處，民所疾苦者，以何得秦圖書也。〔註59〕

不過此後漢初國力有限，加以治國策略以「黃老治術」為主軸，國政方針則由「過秦」以得經驗，因此要像秦國那樣大規模巡行，必然不可能之外，大規模派人進行驗證也相當困難，甚至可能採取的態度是相對退縮，或句話說《山海經》在入漢之手時就是大致已完成如今所見的樣貌，司馬遷首提《山海經》書名，班固《漢書·藝文志》則收錄《山海經》13 篇，大致上沒有再進行太多變動，而在劉歆發現漢宮室藏有此書，並加以校定、編輯的時候，很可能有一些其他相類似版本的資料參佐，作了較多的調整，《山海經》便自此塵埃落定。

〔註58〕這即「海外四經」的另外一個流傳版本。

〔註59〕東漢·班固撰，唐·顏師古注：《漢書》，頁 509。

　　因此作為旅行指南的《山海經》應當起自商，最晚至秦漢之際匯整成書名為《山海經》之作，其中經歷了各篇的單行流傳，最後由劉歆彙整各版本上書。

　　而關於這一點班固可能知道答案，雖然他對於《山海經》地理知識展現了極度的不信任，但是他說過一則記事：

> 秦之先曰柏益，出自帝顓頊，堯時助禹治水，為舜朕虞，養育草木鳥獸，賜姓嬴氏，歷夏、殷為諸侯。至周有造父，善馭習馬，得華騮、綠耳之乘，幸于穆王，封于趙城，故更為趙氏。後有非子，為周孝王養馬汧、渭之間。孝王曰：「昔伯益知禽獸，子孫不絕。」乃封為附庸，邑之於秦，今隴西秦亭秦谷是也。〔註60〕

很有趣的幾個關鍵字「秦（始皇的祖先）」、「柏益（《山海經》作者）」、「顓頊（山海經主神）」、「禹（《山海經》成書的領導者）」、「舜（山海經主神）」、「周穆王（遊歷四方之王）」全部出現，再加上這裡是先以「秦地，于天官東井、輿鬼之分野也。」天上星星作為秦地分野為開頭，唯一僅差未見《山海經》書名出現。這幾個關鍵字，近乎本論文全書的觀點，而這正是《山海經》最重要的解讀之鑰。酈道元《水經注》〈河水〉卷一，曾提到過《山海經》閱讀之難，驗證之難：

> 《穆天子》、《竹書》及《山海經》，皆埋縕歲久，編韋稀絕，書策落次，難以緝綴；後人假合，多差遠意，至欲訪地脈川，不與《經》符，驗程準途，故自無會。〔註61〕

其實做為一個旅行者，他說出了真誠的體會，而那也是《山海經》被匯集成書的重要意義，最初作為一種旅行的記錄，只是彙整來自方士工作中探索世界、解釋世界過程中的記錄，其中包含了早期的陸行見聞、水行知識、乃至於對於天文的觀察，對天體運行的解釋，甚至生與死的魂靈之旅，反映了早期先民的心靈意識結構，而且無疑地是統合在旅行這一主軸之下。只是春秋戰國，周王室乃至秦王朝的誤讀，以純粹的地理角度對《山海經》進行驗證，乃至修正，從此實證式的思維套在《山海經》的解讀上，導致酈道元對《山海經》閱讀、驗證之難發出感嘆，而事實上的確要能真正驗證《山海經》並全面調查，唯有國家等級的能量做為支持，而這一點秦王朝已完成過。此後

〔註60〕東漢・班固撰，唐・顏師古注：《漢書》，頁418。
〔註61〕陳橋驛：《新譯水經注（上）》（臺北：三民書局，2011年），頁29。

歷經千年，《山海經》到了近代出現以西方角度對其進行神話的層面研究，才逐漸剝開方士曾經被淹沒的痕跡，然而也因此出現了學者們憂心的矛盾，本文在研究的過程中即證明《山海經》是一部以旅行為主軸彙整的著作，起源於商文化，最早當由兼領巫祝的商王掌握，此後由國家秘傳並由方士擴充、驗證，然後分別傳至周、楚，最終流入秦。在這些流傳過程中，誤讀不斷發生，但也有如秦始皇巡遊之舉，留下可以回溯的線索，此後《山海經》研究也許能因此有一條新的路徑，在旅行的視野下為《山海經》研究提供綿薄的貢獻。

參考文獻

一、古籍

1. 周‧呂望:《六韜》《景印文淵閣四庫全書》第 726 冊卷四(臺北:臺灣商務印書館,1983 年)。

2. 春秋‧左丘明:《國語》卷十八(上海:上海古籍出版社,1988 年)。

3. 西漢‧孔安國撰,唐‧陸德明音義:《尚書》《四部叢刊初編》卷三(上海:商務印書館,1922 年)。

4. 西漢‧劉向輯錄:《戰國策》(臺北:里仁書局,1990 年)。

5. 西漢‧劉歆著,袁珂校注:《山海經校注》(臺北:里仁書局,1981 年)。

6. 東漢‧鄭玄注,唐‧孔穎達疏:《禮記正義》(臺北:廣文書局,1971 年)。

7. 東漢‧應劭:《風俗通義》《景印文淵閣四庫全書》第 862 冊,卷八,〈祖〉(臺北:臺灣商務印書館,1983 年)。

8. 東漢‧班固撰,唐‧顏師古注:《漢書》(臺北:宏業書局,1972 年 11 月)。

9. 東漢‧許慎撰,清‧段玉裁注:《說文解字注》(臺北:漢京文化,1985 年)。

10. 三國吳‧韋昭注:《國語‧魯語》(臺北:藝文印書館,據【天聖道明本】影印)。

11. 晉‧陳壽撰,宋‧裴松之注:《三國志》(北京:中華書局,2006 年)。

12. 北齊‧顏之推撰,檀作文譯注:《顏氏家訓》(北京:中華書局,2007 年)。

13. 南朝宋・范曄著，韓復智、洪進業註：《後漢書紀傳今註》（臺北，國立編譯館，2003 年版）

14. 梁・沈約：《宋書》，收錄於許嘉璐主編：《二十四史全譯》（上海：商務印書館，2004 年）。

15. 梁・蕭統編，唐・李善注：《文選》（臺北：華正書局，1982 年）。

16. 梁・蕭綱著，蕭占鵬、董志廣校注：《梁簡文帝集校注》（天津：南開大學，2012 年）。

17. 唐・李淳風注釋：〈孫子算經・序〉，《叢書集成初編》（北京：中華書局，1985 年北京新一版）

18. 唐・姚思廉：《梁書》卷三十三，列傳第二十七（臺北：鼎文書局，1975 年）。

19. 宋・尤袤輯：《山海經》（淳熙七年（1180 年）池陽郡齋本）。

20. 宋・朱彧著，李偉國點校：《萍洲可談》（與陳師道《後山談叢》合刊）（北京：中華書局，2007 年）。

21. 宋・朱熹撰：《四書集注》（臺北：漢京文化事業，1987 年）。

22. 宋・李昉：《太平御覽》（六）（臺北：商務印書館，1975 年）。

23. 宋・洪興祖：《楚辭補注》（臺北：漢京文化事業有限公司，1983 年）。

24. 宋・蔡沈：《書經集註》（臺南：利大出版社，1987 年）。

25. 宋・薛季宣：《浪語集》（上海：上海社會科學院，2003 年）。

26. 宋・羅泌：《路史》冊（一）（臺北：中華書局，1966 年，據【四庫備要】影印）。

27. 宋・林之奇：《尚書全解》《景印文淵閣四庫全書》第 55 冊，卷三，（臺北：臺灣商務印書館，1983 年）

28. 元・周致中纂集，明・周履靖輯刊，明・陳繼儒校：《異域志》（北京：中華書局，據國家圖書館所藏荊山書林刊《夷門廣牘》本影印，1985 年北京新一版）。

29. 元・脫脫編修：《宋史（三）》（臺北：藝文印書館，1972 年）。

30. 明・王圻編撰：《三才圖會》總第 33 冊，人物類第 13 卷（北京：北京大學圖書館掃描）。

31. 明・胡應麟：《少室山房筆叢》卷十六（四庫全書本）。

32. 明・章潢：《圖書編》卷 29（《欽定四庫全書》本，子部十一・類書類，浙江大學圖書館影印古籍）。

33. 明・湛若水：〈湛甘泉先生文集〉，收在《四庫全書存目叢書》集部第 56 冊（臺南：莊嚴文化事業有限公司，據明刻本配鈔本影印出版，1997 年）。

34. 清・吳承志：《遜齋文集》卷八，收入《求恕齋叢書》（北京：文物出版社，1984 年）。

清・郝懿行：《爾雅義疏》（臺北：漢京文化事業有限公司，1985 年）。

35. 清・郝懿行箋疏，范祥雍補校：《山海經箋疏補校》（上海：上海古籍出版社，2013 年）。

36. 清・畢沅：《山海經新校正》（上海：上海古籍出版社，1989 年）。

37. 清・郭慶藩輯：《莊子集釋》（臺北：漢京文化，1983 年）。

38. 清・陳夢雷主編，蔣廷錫排校：《古今圖書集成・方輿匯編・邊裔典・卷四十二》第 212 冊（上海：中華書局影印）。

39. 清・董豐垣：《識小編》卷上（北京：中華書局，1988 年）。

二、專書

1. Michael Pidwirny, "FUNDAMENTALS OF PHYSICAL GEOGRAPHY", 2006.

2. 中國科學院考古研究所編著：《殷墟婦好墓》（北京：文物出版社，1980 年）。

3. 王冬珍、徐文助、陳郁夫、陳麗桂校注：《新編管子》下冊（臺北：國立編譯館，2002 年）。

4. 王利器撰：《新編諸子集成：新語校注》卷上（北京：中華書局，2000 年）。

5. 王孝廉：《中國神話世界下編：中原民族的神話與信仰》（臺北：洪葉文化事業有限公司，2006 年）。

6. 王紅旗解說，孫曉琴繪圖：《圖說山海經》（臺北：城邦文化事業股份有限公司尖端出版，2006 年）。

7. 王雲五編：《四庫全書總目提要》（臺北：商務印書館，1968 年）。

8. 王葆玹：《西漢經學源流》（臺北：東大圖書公司，2008 年二版）。

9. 王夢鷗：《鄒衍遺說考》（臺北：商務印書館，1966 年）。

10. 田博元、周何主編:《國學導讀叢編》第三冊(臺北:康橋出版事業有限公司,1991年)。

11. 交通部主編:《發展國民旅遊研討會報告書》(臺北:交通部觀光局,1998年)。

12. 向達校注:《指南正法》(北京:中華書局,1961年)。

13. 向達校注:《順風相送》(北京:中華書局,1961年)。

14. 朱芳圃:《殷周文字釋叢》(北京:中華書局,1962年)。

15. 江林昌:《中國上古文明考論》(上海:上海教育出版社,2005年)。

16. 江紹原:《中國古代旅行之研究》(上海:上海文藝出版社,1989年)。

17. 余錫嘉:《四庫提要辨證》(臺北:中華書局,1980年)。

18. 呂子方:《中國科學技術史論文集(下)》(成都:四川人民出版社,1984年)。

19. 呂思勉:《中國民族史》(長春:吉林人民出版社,2012年)。

20. 巫仁恕、狄雅斯:《遊道:明清旅遊文化》(臺北:三民書局,2010年)。

21. 扶永發:《神州的發現——山海經地理考》(昆明:雲南人民出版社,1992年)。

22. 李濟:《安陽》(石家莊:河北教育出版社,2000年)。

23. 李豐楙:《山海經——神話的故鄉》(臺北:時報文化,2012年)

24. 杜而未:《山海經神話系統》(臺北:學生書局,1977年)。

25. 周紹賢:《漢代哲學》(臺北:中華書局,1983年)。

26. 周駿富、朱永嘉、蕭木、楊樹藩、王更生等著:《中國歷代思想家(三):公孫龍、呂不韋、韓非、陸賈》(臺北:商務印書館,1999年)。

27. 屈萬里:《詩經詮釋》(臺北:聯經出版社,1983年)。

28. 林麗娥:《先秦齊學考》(臺北:臺灣商務印書館,1992年)。

29. 姜亮夫:《屈原賦校注》(臺北:華正書局,1974年)。

30. 故宮博物院:《圖文天下——明清輿地學要籍》(北京:紫禁城出版社,2011年)。

31. 胡平生、張德芳編撰:《敦煌懸泉漢簡釋粹》(上海:上海古籍出版社,2001年)。

32. 凌純聲:《中國邊疆民族與環太平洋文化‧中國與東南亞之崖葬文化》下

冊（臺北：聯經書局，1979 年）。

33. 凌純聲：《中國邊疆民族與環太平洋文化・昆侖丘與西王母》（臺北：聯經書局，1979 年）。

34. 宮玉海：《〈山海經〉與世界文化之謎》（吉林：吉林大學出版社，1995 年）。

35. 徐志平：《中國古代神話選注》（臺北：里仁書局，2017 年）。

36. 徐旭生：《中國古史的傳說年代》（北京：科學出版社，1960 年）。

37. 徐客編著：《圖解山海經》（新北：西北國際文化有限公司，2014 年）。

38. 徐顯之：《山海經探原》（湖北：武漢出版社，1991 年）。

39. 袁珂：《古神話選釋》（臺北：長安出版社，1986 年）。

40. 馬昌儀：《古本山海經圖說（上卷）》（臺北：蓋亞文化，2016 年）。

41. 馬昌儀選編：《中國神話學百年文論選》上冊（西安：陝西師範大學出版社，2013 年）。

42. 張光直：《美術、神話與祭祀》（瀋陽：遼寧教育出版社，2002 年）。

43. 張步天：《山海經解》（香港：天馬圖書公司，2004 年）。

44. 張春興：《現代心理學》（臺北：東華書局，2001 年）。

45. 曹海東：《新譯西京雜記》（臺北：三民書局，1995 年）。

46. 郭少棠：《旅行：跨文化想像》（北京：北京大學出版社，2005 年）。

47. 郭沫若：《中國古代社會研究》（上海：商務印書館，2011 年）。

48. 陳奇猷：《呂氏春秋校釋》（上海：學林出版社，1984 年）。

49. 陳連山：《〈山海經〉學術史考論》（北京：北京大學出版社，2012 年）。

50. 陳橋驛、葉光庭注：《新譯水經注（上）》（臺北：三民書局，2011 年）。

51. 舒茲著、盧嵐蘭譯：《社會世界的現象學》（臺北：久大、桂冠聯合出版，1993 年）。

52. 黃中業、陳恩琳譯注：《中國名著選譯叢書 22——論衡》（臺北：錦繡文化出版事業，1992 年）。

53. 黃暉：《論衡校釋（一~二）》（臺北：臺灣商務印書館，1964 年）。

54. 楊伯峻：《春秋左傳注（下）》（臺北：洪葉文化事業有限公司，1993 年）。

55. 楊朝明：《魯文化史》（濟南：齊魯書社，2001 年）。

56. 葉舒憲、蕭兵、鄭在書：《山海經的文化尋蹤：想像地理學與東西文化碰觸》（武漢：湖北人民出版社，2004 年）。

57. 廖炳惠：《臺灣與世界文學的匯流》（臺北：聯合文學，2006 年）。

58. 熊禮匯注釋，侯迺慧校閱：《新譯淮南子》（臺北：三民書局，1997 年）。

59. 劉宗迪：《失落的天書——山海經與古代華夏世界觀（增訂本）》（北京：商務印書館，2016 年）。

60. 劉思白：《周易話解》（臺北：天龍出版社，1985 年）。

61. 劉樂賢：《馬王堆天文書考釋》（廣州：中山大學出版社，2004 年）。

62. 梁啟超：《佛教與中國文學》（臺北：大乘文化出版社，1981 年）。

63. 蔡瑜：《陶淵明的人境詩學》（臺北：聯經出版事業股份有限公司，2012 年）。

64. 衛挺生考釋，徐聖謨製圖：《山海經今考第一編：山海經地圖考》（臺北：華岡出版部，1974 年）。

65. 黎翔鳳撰，梁運華整理：《諸子集成》（北京：中華書局，2004 年）。

66. 賴炎元註譯：《春秋繁露今註今譯》（臺北：商務印書館，1984 年）。

67. 錢穆：《史記地名考》（北京：商務印書館，2001 年）。

68. 錢穆：《國史大綱》（新北市：臺灣商務印書館，2017 年）。

69. 閻振益、鍾夏校注：《新編諸子集成：新書校注》卷六（北京：中華書局，2000 年）。

70. 鍾宗憲：《中國神話的基礎研究》（臺北：洪葉文化，2006 年）。

71. 鍾宗憲：《先秦兩漢文化的側面研究》（臺北：知書房出版社，2005 年）。

72. 顏忠賢：《不在場：顏忠賢空間論文集》（臺北：田園城市文化事業，1988 年）。

73. 魏仲佑、許建崑執編：《旅遊文學論文集》（臺北：文津出版社，2000 年）。

74. 譚其驤：《長水集續編》（上海：人民出版社，1994 年）。

75. 蘇雪林：《屈原與〈九歌〉》（臺北：文津出版社，1978 年）。

76. 顧頡剛：《中國上古史研究講義》（臺北：洪葉文化，1994 年）。

77. 顧頡剛：《秦漢的方士與儒生》（上海：上海古籍出版社，2005 年）。

78. 希勒格（Gustaaf Schlegel）著，馮承鈞譯：《中國史乘中未詳諸國考證》（臺北：商務印書館，1966 年）。

79. 羅貝托·賈克（Roberto Giacobbo）著，黃正旻譯：《國家地理進入神祕國度：探索地球上最知名的未解之謎》（臺北：大石國際文化有限公司，

2015 年)。

80. （日）瀧川龜太郎：《史記會注考證》（臺北：萬卷樓圖書有限公司，1993 年）。

81. （加拿大）卜正民（Timothy Brook）：《塞爾登先生的中國地圖：香料貿易、佚失的海圖與南中國海》（臺北：聯經出版社，2015 年）。

82. （美）默茨，崔岩峙等譯：《幾近退色的記錄——關於中國人到達美洲探險的兩份古代文獻》（北京：海洋出版社，1993 年）。

83. （馬來西亞）丁振宗：《破解《山海經》——古中國的 X 檔案》（鄭州：中州古籍出版社，2001 年）。

84. （韓）李燦著，Kim Sarah（英譯），山田正浩、佐佐木史郎、涉谷鎮明（日譯）：《韓國之古地圖》（汎友社，2005 年）。

三、期刊論文

1. 王永波：〈膠東半島上發現的古代獨木舟〉，《考古與文物》第 5 期，1987 年。

2. 王紹東：〈論神仙學說對秦始皇及其統治政策的影響〉，《內蒙古大學學報（人文社會科學版）》第 32 卷第 1 期，2000 年 1 月。

3. 朱兆明：《《山海經》和中華文化圈》，《東北師範大學學報》，1994 年第 5 期。

4. 何幼琦：〈海經新探〉，《歷史研究》，1985 年第 2 期。

5. 宋美瑾：〈自我主體、階級認同與國族建構〉，《中外文學》第 26 卷第 4 期，1997 年 9 月。

6. 李學勤：〈論多友鼎的時代及意義〉，《人文雜誌》1981 卷 6 期，頁 87～92。

7. 蕭兵：〈《山海經》：四方民俗文化的交匯——兼論《山海經》由東方早期方士整理而成〉，收錄於中國《山海經》學術討論會編：《山海經新探》（成都：四川省社會科學研究院，1986 年）。

8. 車廣錦：〈論船棺的起源和船棺所反映的宗教意識〉，《東南文化》創刊號，1985 年 6 月。

9. 周振鶴：〈被忽視了的秦代〈水經〉〉，《自然科學史研究》第 1 期，1986 年。

10. 周策縱：〈中國古代的巫醫與祭祀、歷史、樂舞、及詩的關係〉，《清華學報》新第 12 卷第 1、2 期合刊，1979 年 12 月，頁 1～59。

11. 林緱宇：〈現存南海更路簿抄本系統考證〉，《中國地方誌》第 3 期，2019 年。

12. 段塔麗：〈戰國秦漢時期巴蜀喪葬習俗——船棺葬及其民俗文化內涵〉，《中國歷史地理論叢》第 17 卷第 1 輯，2002 年 3 月。

13. 胡遠鵬：〈《山海經》揭開中國及世界文化之謎〉，《淮陽師專學報》，1995 年第 3 期。

14. 宮玉海：〈談談如何揭開〈山海經〉奧秘〉，《長白論壇》，1994 年第 3 期。

15. 曹昌廉：〈《呂氏春秋·本味》的美味之外——論〈本味〉與《山海經》的關係〉，收錄於臺灣師範大學國文系編：《第六屆兩岸六校研究生國學高峰會議論文集（上）》（2016 年 5 月 14 日）。

16. 曹昌廉：〈泗水撈鼎推原〉，《中國學術年刊》第三十六期秋季號，2014 年 9 月。

17. 陳佳榮：〈朱應、康泰出使扶南和《吳時外國傳》考略〉，《中央民族學院學報（哲學社會科學版）》，1978 年第 4 期。

18. 陸侃如：〈論《山海經》的著作時代〉，載於《史學論叢》，收入《中國期刊彙編》（第 31 種）（臺北：成文出版社，1985 年），頁 27～46。

19. 鹿憶鹿：〈《贏蟲錄》在明代的流傳——兼論《異域志》相關問題〉，《國文學報》第 58 期，2015 年 12 月。

20. 鹿憶鹿：〈殊俗異物，窮遠見博——新刻《山海經圖》、《贏蟲錄》的明人異域想像〉，《淡江大學中文學報》第 33 期，2015 年 12 月，頁 118～128。

21. 彭毅：〈諸神示象——《山海經》神話資料中的萬物靈跡〉，《文史哲學報》46 期，1997 年 6 月。

22. 賈雯鶴：〈山海經兩考〉，《中華文化論壇》第 4 期，2006 年。

23. 廖平：〈《山海經》為《詩經》舊傳考〉，《地學雜誌》，1923 年 14 卷 3 期、4 期。

24. 廖明君：〈《山海經》與上古學術傳統——關於《山海經》研究的對話〉，《民族藝術》第 4 期，2003 年。

25. 蒙文通：〈研究〈山海經〉的一些問題〉，《光明日報》，1962 年 3 月 17 日。

26. 劉宗迪：〈《海外經》《大荒經》地域及年代考〉,《文化研究》第二期,2003年。

27. 潘銘基：〈從陸賈《新語》到楊雄《劇秦美新》——前漢文人以秦亡舊事進諫的研究〉,收入先秦兩漢學術國際研討會：《第十屆先秦兩漢學術國際研討會論文集》(新北：輔仁大學中國文學系,2013年)。

28. 鄭焱：〈旅遊的定義與中國古代旅遊的起源〉,《湖南師範大學學報》第28卷。

29. 鍾宗憲：〈中國神話的語言構成初探〉,《興大中文學報》第23期增刊,2008年11月。

30. 鍾宗憲：〈論《山海經》記載中的黃帝〉,《外國學研究》第15卷第1期。

四、學位論文

1. 陳怡芬：〈山海經的旅行紀錄〉(臺北：國立臺灣師範大學國文研究所碩士論文,2004年)。

五、報紙及網路資料

1. 胡巨成：〈信陽發現商代獨木舟〉,《河南日報》,2010年8月7日,第三版。

2. 徐振輔：〈黑與金的洞穴〉(徐振輔生態專欄),收錄於《鏡周刊》,2018年01月09日。網路版網址：https://www.mirrormedia.mg/story/20171228cul003/。

附錄一　秦始皇巡行路線圖

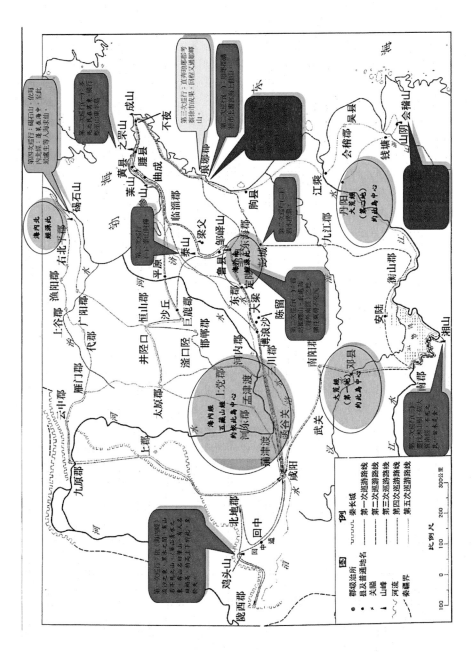